TRAICIONADA

AGENTES DEL FBI JULIA STEIN Y HANS FREEMAN N° 3

RAÚL GARBANTES

Copyright © 2020 Raúl Garbantes

Producción editorial: Autopublicamos.com
www.autopublicamos.com

Diseño de la portada: Giovanni Banfi
giovanni@autopublicamos.com

Todos los derechos reservados. Ninguna parte de esta publicación puede ser reproducida, distribuida o transmitida en cualquier forma o por cualquier medio, incluyendo fotocopia, grabación u otros métodos electrónicos o mecánicos, sin la previa autorización por escrito del autor, excepto en el caso de citas breves para revisiones críticas, y usos específicos no comerciales permitidos por la ley de derechos de autor.

Esta es una obra de ficción. Los nombres, personajes, instituciones, lugares, eventos e incidentes son producto de la imaginación del autor o usados de una manera ficticia. Cualquier parecido con personas reales, vivas o fallecidas, o eventos actuales, es pura coincidencia.

ISBN: 978-1-922475-13-8

Página web del autor:
www.raulgarbantes.com

amazon.com/author/raulgarbantes
goodreads.com/raulgarbantes
instagram.com/raulgarbantes
facebook.com/autorraulgarbantes

Obtén una copia digital GRATIS de *Miedo en los ojos* y mantente informado sobre futuras publicaciones de Raúl Garbantes. Suscríbete en este enlace: https://raulgarbantes.com/miedogratis

ÍNDICE

PARTE I

Capítulo 1	5
Capítulo 2	9
Capítulo 3	16
Capítulo 4	21
Capítulo 5	24
Capítulo 6	28
Capítulo 7	33
Capítulo 8	40
Capítulo 9	44
Capítulo 10	51
Capítulo 11	57
Capítulo 12	65
Capítulo 13	73
Capítulo 14	81
Capítulo 15	85
Capítulo 16	88

PARTE II

Capítulo 1	97
Capítulo 2	106
Capítulo 3	111
Capítulo 4	121
Capítulo 5	126
Capítulo 6	132
Capítulo 7	138
Capítulo 8	144
Capítulo 9	148
Capítulo 10	152
Capítulo 11	156
Capítulo 12	160

Capítulo 13	162
Capítulo 14	166

PARTE III

Capítulo 1	171
Capítulo 2	178
Capítulo 3	180
Capítulo 4	185
Capítulo 5	188
Capítulo 6	192
Capítulo 7	201
Capítulo 8	210
Capítulo 9	214
Capítulo 10	218
Capítulo 11	223
Capítulo 12	226
Capítulo 13	230
Capítulo 14	232
Capítulo 15	237
Capítulo 16	240
Capítulo 17	243
Capítulo 18	246
Capítulo 19	251
Capítulo 20	253
Capítulo 21	256
Capítulo 22	261
Capítulo 23	263
Capítulo 24	271
Notas del autor	275

PARTE I

Los jóvenes de uno y otro sexo podrían aprender, además, que la amistad que las personas de malas costumbres otorgan con tanta facilidad no es más que una trampa peligrosa, tan funesta para su felicidad como para su virtud.

Relaciones peligrosas, de Pierre Choderlos de Laclos.

1

Ethel estaba sentada a la mesa. Miraba por la ventana de la cocina, pero no se fijó en que alguien la observaba tras el árbol de cerezo del parque que había enfrente de su casa. Vio un auto estacionado cerca de la entrada, pero creyó que se trataba de una visita al vecino. De pronto, un brusco sonido la hizo voltear: Linda —con quien compartía la casa— había dejado caer el vaso que lavaba y que chocó dos veces contra el fregadero, sin romperse.

—¿Ya te vas a correr? —preguntó Ethel porque la vio vestida con la malla térmica de color mora, la chaqueta que hacía juego y las Nike.

—Sí —respondió Linda mientras se secaba las manos con el paño de cocina marrón que Ethel había comprado hacía unas semanas.

—Hace un frío polar —apuntó Ethel, intentando de manera soterrada que desistiera porque quería hablarle de la persona que había conocido en la playa.

—Sabes que eso nunca me ha detenido —respondió su amiga sin ni siquiera darse la vuelta.

—Es cierto —dijo Ethel, resignada, al tiempo que daba golpecitos a la taza con los dedos, pensando que cada uno tenía sus rutinas y que la de su amiga era correr como un caballo apenas amanecía. En cambio, ella era mucho más sedentaria y no le importaba reconocerlo. De pronto, como una chispa, la memoria la llevó de vuelta a la última vez que le había contado a alguien sobre su sedentarismo: en la playa hacía unos días estuvo hablando sobre su ingreso a la Universidad de Harvard, sus libros preferidos, su locura por la literatura. Quiso volver a hablarle a Linda sobre esa conversación con aquella persona, pero la vio tan apurada por salir que desistió. Supuso que fue por esa necia premura que casi rompe el vaso. No le gustaba el nerviosismo e inquietud de su compañera y todavía se preguntaba si no sería mejor vivir sola. Pero, por otra parte, sabía que Linda era incondicional y que era importante tener con quién hablar en casa para alimentar la creatividad. Sin embargo, le parecía que su amiga estaba diferente aquella mañana. Podía ser que se hubiese arrepentido de haberle confesado la noche anterior lo «mal que le iba con su padre». Ethel sabía que algunas veces la gente hablaba de más y que después de hacerlo se sentía expuesta, incómoda.

Dejó de pensar en el ánimo de Linda y tomó el último sorbo de café de la taza. Le invadió en la boca ese sabor amargo, pero dulce al mismo tiempo, mientras pensaba que el próximo lunes conocería a sus nuevos compañeros de su primer curso en Harvard. Eso la emocionaba.

Linda se dirigió a la sala y Ethel se quedó sola en la cocina. Entonces se levantó y caminó hasta el fregadero, lavó la taza y la puso a secar junto al vaso de Linda. Pensó, animada, que le esperaba en la habitación la novela *Las relaciones peligrosas*, de Pierre Choderlos. Ya que su amiga prefería correr que a hablar con ella, ahora quería encerrarse a devorar la novela como la primera vez que lo hizo, a los doce años, y olvidar la versión cinematográfica que había visto luego, con Michelle Pfeiffer y John Malkovich, que le pareció una mala adaptación de la obra. A la hora que sintiera hambre calentaría una *pizza* de jamón y champiñones que había comprado, la pondría en el horno ocho minutos a doscientos grados y la comería sin despegar los ojos del libro. Entonces se dijo que era mejor que Linda se fuera de una vez para que no hubiese ningún ruido en casa.

Se dirigió a su habitación sin siquiera preguntarse por qué antes había intentado convencer a su amiga de que no saliera. Ethel era una chica intuitiva, y aunque no logró ver a su asesino desde la ventana, percibía que había hecho algo peligroso días atrás, que aquel encuentro fortuito podría significar un riesgo para ella. Pero al final no hizo caso a esa difusa alarma que se encendió en su cabeza.

Subió las escaleras. Entró en un cuarto amplio y luminoso que contaba con una bonita ventana, una mesita circular y una silla de madera oscura de estilo parisino, tapizada con una tela de color verde oliva. Sobre la mesa había un jarrón negro que guardaba unas flores blancas. Ethel cuidaba que las cortinas en ese rincón estuviesen descorridas porque en ese lugar se inspiraba para escribir, y de vez en cuando miraba hacia afuera. Bajo el jarrón dejaba papeles con anotaciones útiles para continuar su escritura.

Caminó y se detuvo frente al espejo de pie, de marco ovalado. Apartó unos mechones de pelo que le caían justo delante de los ojos. Su imagen le pareció atractiva. Levantó el mentón y sonrió.

—Hoy tengo el pelo bonito, muy ondulado —se dijo.

Luego se lanzó a la cama, que había dejado tendida. Le encantaban los plumones que compró cuando equipó la casa. Había disfrutado decorándola porque iba a ser su hogar en los próximos cuatro años. Se había traído pocas cosas de la casa de sus padres; dos cajas de libros, el póster metálico de *El mago de Oz* y el cuadrito de la chica con la cabeza llena de tazas de café que había comprado en aquella tienda de garaje en Los Ángeles y que su madre odiaba. También se había traído la taza Tardis del *Doctor Who*, y nada más. Ella era una chica de pocas pertenencias.

Se descalzó, acomodó las almohadas a su espalda y se recostó sobre ellas. Extendió la mano derecha y tomó de la mesita de noche la novela de Pierre Choderlos, que se hallaba justo al lado del teléfono móvil. Apenas iba por las primeras páginas, pero deseaba volver a enfrentarse con el vizconde de Valmont, y tomar notas de su personalidad en el cuaderno que tenía para esos fines en la gaveta de la mesita. Ese interés se debía a que la persona que había conocido en la playa se le parecía a ese personaje.

«¿Quién iba a decir que una chica como yo iba a llamar la atención de alguien que trabajase en…?».

Aquel pensamiento se interrumpió porque el timbre comenzó a sonar de manera insistente.

Dejó el libro sobre la cama y se levantó, pero cuando llegó al umbral se detuvo. Se preguntaba para qué bajar a abrir si no pensaba interrumpir su lectura a causa de ninguna visita molesta.

Sin embargo, algo dentro de ella la impulsó a continuar, y abrir la puerta…

2

EL ASESINO SABÍA muchas cosas de la vida de Ethel Jones porque había escarbado con astucia en sus redes sociales. Estaba al tanto de que Linda Smith salía a correr todas las mañanas en el parque Joan Lorenz, a excepción de los jueves, día en el que prefería ejercitarse en el paseo del río Charles, y por ello tardaba más en llegar a casa. Solo tenía que esperar unos minutos a que la chica saliera.

—¡Hola! ¿Qué haces aquí? ¡No lo puedo creer…!

—Hola, Ethel. ¿Cómo has estado?

Al momento que pronunciaba estas palabras el asesino empuñó una pistola Taser y disparó. La vio temblar por la descarga eléctrica, luego caer y quedarse muy quieta, tendida. También vio cómo antes había tropezado con una cesta que contenía dos paraguas.

El asesino entró y cerró la puerta.

Se detuvo junto al cuerpo ya inmóvil. Se arrodilló y le inyectó una sustancia anestésica en la vena del brazo. Ya no la veía tan bella como antes, cuando la conoció.

Arrastró a Ethel tomándola de los brazos. Tropezó con

una silla y el borde de la puerta antes de llegar a la cocina. Todo estaba en silencio, excepto por un goteo que se escuchaba. Se dirigió al fregadero y movió la llave del grifo para asegurarla. Las gotas dejaron de caer, aunque luego volvió a aparecer un hilo de agua. Golpeó la llave con fuerza, pero el hilo se hacía más grueso.

—¿Cómo es que estas inútiles no han arreglado la llave del grifo? —dijo en voz alta.

Buscó, intentando mantener la calma, en las gavetas de la despensa un cordel para amarrar las muñecas de Ethel. No encontró nada que le sirviera. Comprobó que ella todavía estuviera inconsciente y luego se desplazó a una habitación junto a la cocina, que parecía ser un depósito. Allí encontró una cinta adhesiva y unos trozos de cuerda. Maniató a Ethel y también tapó sus labios con la cinta. No había querido llevar consigo esos objetos porque era más seguro utilizar los que estaban en la casa siempre que no se quitara los guantes, para que no quedaran rastros de compras comprometedoras.

Volvió a la sala y acomodó el cesto de los paraguas que habían caído.

Fue a la cocina, abrió la puerta de servicio y observó un pasillo angosto que separaba la casa de la chica con la del vecino. Caminó a donde yacía ella inerte, la cargó, salió y bajó los escalones que conducían al patio. Se detuvo unos segundos antes de salir del alargado pasillo para asegurarse de que en ese momento nadie pasara por la calle, pero no tomó la previsión de mirar en dirección a la ventana de la casa vecina. Aunque resultaba arriesgado lo que hacía porque alguien podría verlo, el asesino actuaba con rapidez, sintiéndose entre asustado y eufórico.

Siguió adelante y cuando estuvo junto al auto que había alquilado la acomodó en el puesto del copiloto. Cerró la puerta y miró a ambos lados de la calle. No había nadie cerca.

Luego miró un poco más lejos, al parque, y tampoco vio a ningún testigo. Dio la vuelta y se subió al auto. Una vez dentro tapó las manos atadas de Ethel con una manta que tenía en el asiento trasero y le quitó la cinta que tapaba su boca. El anestésico ya había hecho su efecto. Le colocó el cinturón de seguridad y sonrió. Se miró al espejo y se acomodó el pelo, luego se puso él su cinturón. Sabía que sus ojos destellaban emoción en estado puro. No entendía por qué había esperado tanto para cometer este primer asesinato.

Tomó la previsión de ponerse los lentes oscuros al comenzar a manejar. De esa forma podría enfrentarse al peaje en la Massachusetts Turnpike sin que lo reconocieran. Estuvo conduciendo durante treinta minutos en dirección al parque Auburndale; un enorme bosque a la vera del caudaloso río Charles. Sabía que un día como aquel, lluvioso y frío, haría que este estuviese casi desierto. Solo habría algunos corredores tenaces.

Llegó a Auburndale de buen humor. Llevó el auto hasta el punto más cercano a la ribera del río Charles, al final del parque. Luego de meter a Ethel en el maletero, comenzó a pasear por el sendero junto al río. Aparentaba hacerlo de manera despreocupada, pero vigilaba. Cuando sintió hambre, volvió al auto y sacó una barrita energética de sabor cítrico; la comió recostado en la parte delantera del BMW mientras miraba la superficie del río y el efecto que el viento hacía sobre ella. Cuando terminó de comer, guardó el envoltorio de la Infisport que había devorado, doblándolo minuciosamente y metiéndolo en el bolsillo del estrecho pantalón. No iba a cometer el error de dejarlo caer en aquel lugar para que luego los forenses tuviesen su ADN. Inspiró profundo un par de veces y se sintió indestructible.

Decidió ponerle la otra inyección a Ethel. Abrió la puerta del maletero y la vio inconsciente. No será necesario otra, se dijo. Quería estar al límite del riesgo y no hacer su primer asesinato tan fácil. Incluso podría desear que la chica se despertara, comenzara a golpear, a pedir auxilio. Eso aumentaría su adrenalina.

Después estuvo vagando en el sendero junto al río una y otra vez. Le pareció que aquel era el mejor lugar para rodar «la película de Ethel» porque era un escenario que derrochaba un romanticismo trágico, ese día gris. El agua encrespada por el viento en la superficie la hacía lucir peligrosa y las ramas de los árboles junto al río parecían brazos oscuros. Unos palos negros emergían en el medio del cauce, como testigos afilados de lo que iba a hacerle a Ethel. Eran las seis de la tarde y el viento arreciaba. Sabía que ese parque era el lugar perfecto para cometer su primer asesinato porque estaría libre de testigos en esa gran extensión de bosque, donde nadie le vería.

Volvió al auto y sintió una brisa glacial en los ojos. Con los dedos apartó unas lágrimas que habían aparecido producto del frío y dio la vuelta. Abrió el maletero, cargó a Ethel hasta la orilla del río y la puso sobre la maleza. Junto a ese lugar había un trípode pequeño, una cuerda y una mochila que antes había dejado allí.

Se sentó al lado de ella y quitó los trozos de cuerda que le ataban las manos. Después sacó del bolsillo del pantalón el celular. Puso a grabar un video en el aparato y luego lo instaló en el trípode, cuidando que quedara bien sujeto. Se puso de pie y se acercó al teléfono lo suficiente para cuadrar que la imagen en la grabación quedara perfecta.

Segundos después, volvió a sentarse y acercó el cuerpo de la chica, para acomodar el torso sobre los muslos de él, de modo que la cabeza de Ethel descansara en el suelo, pero al alcance de sus manos. Acarició su pelo negro, sintiéndolo a través de sus lustrosos guantes oscuros. Ahora la veía todavía más pálida y le pareció una niña. Se quedó mirando la punta simétrica de su nariz y la mínima barbilla afilada.

Sintió humedad en la parte posterior de la cabeza de Ethel, miró sus guantes y vio el brillo de la sangre. Parecía que el golpe contra el suelo, después de la descarga eléctrica, la había roto. Pensó que tal vez al caer había arrastrado algo punzante, pero recordó que no había rastros de sangre en su casa. Quizá fue en el maletero del auto que se hizo daño.

Siguió acariciándola un rato más, le parecía una figura de porcelana fina, una indefensa reina de agua... luego miró el río, oscuro. En esa área el caudal parecía más fuerte y el paisaje se había tornado todavía más sombrío porque el día estaba muriendo. En el aspecto técnico su video sería impecable. Además, la chica se había vestido con una camiseta sepia sobre otra blanca más ajustada, que marcaba su torso y sus mínimos pezones. Llevaba unos pantalones holgados ExOfficio marrones claro que había visto antes en chicas parecidas a Ethel, que vestían como ella. Lo sabía todo sobre ese tipo de intelectuales. La palidez de su piel y las ropas le daban un aire intemporal, de perfecta víctima de un ser maligno, y aquel pelo largo y negro sobre las telas blancas le parecía maravilloso. Pensó que hubiese sido mejor que los labios mostraran un color rojo rubí. Entonces frotó con los dedos el área húmeda de la cabeza de Ethel y extrajo de ella la sangre suficiente para mojarlos. Luego, con el índice y el dedo medio, tocó los labios de la chica, pero no consiguió el efecto deseado. Aunque se tiñeron un poco de sangre no logró llenarlos de ese color vivo y claro que tenía en su imaginación.

Alargó los brazos, sin levantarse, y tomó una tabla ligera y angosta que había dejado antes allí, cuando preparó la escena. Movió el cuerpo de Ethel para ponerlo de lado, con el fin de situar la tabla junto a ella. Pretendía entablillarla; sujetarla a la tabla y amarrar todo su cuerpo a esta con la cuerda. Lo hizo poniéndola bocarriba, con los brazos y antebrazos junto al torso y las piernas también juntas.

Entonces se levantó y dio unos pasos arrastrando la tabla, tomándola por el extremo donde estaban amarrados los pies de la chica, y llegó a la orilla del río. Allí había dejado dispuesto un tronco no muy grueso que le sirviera de palanca y soporte. Maniobró la tabla de forma tal que logró apoyarla a la mitad sobre el tronco, siempre sosteniendo el extremo que amarraba los pies de Ethel. Empujó la tabla hacia el río, apoyándose en el tronco para sumergir el extremo con la cabeza de la chica. Esperó varios segundos, hasta que se sorprendió al ver cómo el cuerpo se estremecía. Se había despertado, y pudo presentir la desesperación dentro de su cabeza bajo el agua. En un impulso, jaló la tabla hacia él para sacarla del agua. La vio toser y el color de su cara había variado; ya no era pálido, sino rosáceo. Ella intentaba mirarlo, no podía entender por qué le hacía eso, pero continuaba tosiendo sin poder hablar.

Ethel comenzó a mover la mano derecha sobre la madera sin que el asesino se diera cuenta, y desplazaba la punta del dedo índice sobre la tabla, rozando la uña pintada de blanco mate, clavándola, haciendo muescas.

El asesino volvió a sumergir la tabla en el agua, sujetando a Ethel otra vez por el extremo donde estaban sus pies. No pudo evitar escuchar en su mente aquella canción mientras ella moría. La que daría sentido al video.

Acomodó la tabla con el cadáver de Ethel junto al tronco que le sirvió de palanca y a varias malezas en la ribera del río. Era importante dejarla con la cabeza dentro del agua y el resto del cuerpo fuera de ella. Porque el agua, el primer elemento de la secuencia, debía inundar y venir desde abajo…, pensó en eso y sonrió. Había acabado con ella.

Ahora era una ninfa dormida y muda con los pies descalzos. Un ser puesto de cabeza que no volvería a mirar el mundo.

Se levantó, tomó la mochila, el trípode y el celular y volteó para mirar por última vez la tumba líquida de Ethel Jones.

De camino a casa recordó aquel día en que conoció al único ser que le importaba; con quien completaba el más perfecto *yin-yang*, por quien hacía todo esto. Siempre que se encontraba ante un hecho decisivo, volvía a revivir aquella primera conversación; la seguridad en sus movimientos; las manos ágiles sobre la cámara Kodak; y luego todo lo que se dijeron en las horas de conversación sin ninguna máscara. Había sido realmente feliz aquellos noventa días, y ahora, con estos asesinatos, podría volver a serlo.

3

El silencio en la sala de reuniones empeoraba la sensación que tenía de que estaba presenciando un asesinato, sin poder hacer nada. Veíamos el video de la muerte de Ethel Jones. Hasta ese momento pensé que la imagen de la cabeza de Elvin Bau metida en una caja de regalo frente a la puerta de mi habitación en aquel hotel iba a ser de las cosas más perturbadoras que podría ver en mi vida, sobre todo porque la investigación de su asesinato no condujo a nada y no se había encontrado aún su cuerpo, pero este video era aún peor. El asesino era un hombre vestido de negro, con capucha, lentes y un impermeable. Ni siquiera estaba segura de que fuera un hombre. Tenía las manos cubiertas de guantes negros, pero podían adivinarse extraordinariamente finas. Aquel monstruo estaba ahogando a la muchacha. Mientras lo veía hacerlo, las lágrimas aparecieron en mis ojos, pero las sequé con rabia. Entonces recordé que la clave para avanzar en mi trabajo era centrarme en el homicida y no en la víctima. Este era mi primer caso una vez graduada en Quantico, y ahora debía contar con herramientas de análisis criminológico que no poseía en Green Bank. Había tenido diez meses de dura formación que para algo me servirían en este momento.

Hans, Rob Stonor y yo éramos los únicos espectadores en la sala. Allí estaba este último con el pelo bien recortado, al estilo militar. Esta vez no mostraba la cara de despreocupación de siempre. Él, que parece contar con un escudo protector para que nada del trabajo le afecte, estaba preocupado. Lo noté porque sus ojos grises estaban muy abiertos y era la primera vez que lo veía tronarse los dedos. Ellos se quedaron sentados, pero yo tuve que levantarme. Caminé y me apoyé con la espalda a la pared de frente y más lejana a la pantalla. Los tres, de manera estoica, vimos los seis minutos exactos de duración del video sin decir una palabra.

Hans golpeó la mesa del salón, rompiendo ese silencio que nos asfixiaba, cuando terminó.

—Ethel Mary Jones. A punto de cumplir dieciocho años —dijo.

Lo noté más flaco, también más descuidado.

Luego le hizo una seña a Rob y este, desde su computadora, puso a correr el otro video. Se veía a una chica inconsciente, de baja estatura y delgada, con el pelo castaño de puntas verdes, cayendo de un lado. Estaba clavada a una pared donde había un mural que mostraba unos pájaros.

Pero entonces Hans, como pensándolo mejor, le ordenó a Rob que lo detuviera, levantando la mano derecha.

—Julia, mejor lo ves tú sola. Es la grabación de la muerte de Viola Mayer, que, como sabes, tuvo lugar hace dos noches —me dijo. Supuse que por alguna razón había preferido que me enfrentara a aquello en soledad.

El video se trataba del segundo asesinato cometido apenas

una semana después del de Ethel Jones, muy lejos del parque Auburndale, en Wynwood, Miami.

Hans continuó hablando despacio, arrastrando las palabras y aflojándose el nudo de la corbata.

—Dos chicas que hasta hace quince días vivían tranquilas en este país, a centenas de kilómetros de distancia sin conocerse entre ellas. He hablado con los detectives que llevaron el caso de Ethel Jones en Cambridge. En la escena no hay pistas. Ya tienen en sus correos los informes que han levantado y las entrevistas. Nadie vio ni sabe nada. Precisamente, ese jueves Linda Smith, la compañera de vivienda de Ethel, daba un paseo largo que hacía una vez por semana. Eso no fue casualidad —dijo con convicción.

Yo me fijaba sin quererlo en unas gruesas gotas de sudor que había en su frente. Él continuó hablando.

—El asesino debió estar vigilando la casa y atacó en el momento oportuno. El informe de actualización de la muerte de Viola Mayer está por llegar. De la Dark Web, donde ha colgado los videos, no tenemos nada aún. —Volteó a mirar a Rob.

—Nada. Imposible de rastrear hasta ahora. El primer video ya no está disponible. El autor lo ha sacado de circulación. El segundo todavía está activo en la Red y los muchachos de Ciberdelitos están intentando dar con algo, pero hasta ahora no lo logran —respondió Rob.

Hans resopló y su cara mostraba una especie de frustración infantil.

—¿Por qué pone esa música de la que me hablaste por teléfono? —pregunté mientras me acercaba con lentitud a la mesa y me sentaba junto a ellos.

—*Every Breath You Take* fue la más famosa de The Police. Su letra describe un acoso perfecto… —dijo Stonor, removiéndose en la silla.

—Debe tener que ver con algo que todavía no captamos —lo interrumpió Hans.

Ahora no quedaba nada de aquel gesto infantil que había visto en su cara. Me fijé que su nariz estaba enrojecida y lucía ojeras oscuras, azuladas. Estuve a punto de preguntarle si tenía fiebre, pero me contuve.

—Lo que sabemos es que un hombre, o mujer, ha atacado a dos chicas con una pistola eléctrica Taser, las ha drogado con Immobilón, las ha llevado a lugares que debe haber estudiado previamente, en los cuales sabía que no encontraría a nadie, y les ha dado muerte de dos formas diferentes. Luego cuelga sus videos en la Dark Web.

—Te refieres a que para el asesino es importante dar un mensaje. No a nosotros, supongo que al mundo, al colgarlo en la Red —completé.

—Eso parece. La selección de las chicas obedece a un patrón desconocido hasta ahora que no tiene que ver con la oportunidad. No es que ande rondando por las calles y se las encuentre y las seleccione como un cazador furtivo. Creo que es más bien un depredador inteligente. Aunque entre ellas se vean tan diferentes, deben tener algo en común, y eso es lo que le debe atraer. Hasta ahora lo único que he encontrado es que ambas comenzaban una nueva etapa: dejaban la casa de sus padres.

Lo miré esperando más información, pero estoy segura de que ni siquiera lo notó. Estaba tan absorto como suele ponerse siempre en el momento inicial de los casos, cuando todo es caótico y uno se siente perdido.

—Tal vez sea más de un asesino. Como sea, a mediodía de hoy mismo partimos —concluyó con una mueca de preocupación.

Después se levantó, caminó hacia la ventana y miró al exterior. Continuó hablando.

—Rob se quedará aquí a cargo de la investigación en la Red sobre los videos, y de la comunicación con el equipo de los agentes que nos ayudarán en el caso. Ahora mismo lo están esperando en la otra sala para que les informe los detalles. Yo acompañaré al jefe a la rueda de prensa y luego iré a Cambridge, a la casa de Ethel. Tú, Julia, irás a Miami, a la escena del crimen de Viola, a su casa. No podemos quedarnos aquí pensando. Necesitamos un punto del cual partir nuestra línea de investigación.

—De acuerdo —le respondí.

En ese momento miré a Rob.

Supe que debía pedirle de inmediato el video de Viola Mayer. Por muy espeluznante que fuera, mi trabajo era encontrar alguna clave en él.

4

Tim Richmond ya había metido la llave en la cerradura. Todavía estaba pensando en Julia Stein, a pesar de que ahora solo eran amigos y compañeros de promoción del FBI. Sin embargo, aún creía que podían volver, sobre todo después de tomarse unos cuantos tragos. Acababa de verla y no podía dejar de pensarla con ese vestido de malla de lunares negros y blancos; aquel escote en forma de ve que tanto le favorecía; el pelo recogido en una cola y los labios rojos. Aquella noche Julia estaba radiante y lo que él debía hacer era permanecer cerca, disponible. Estaba contento porque al despedirse Julia le había dicho que trabajarían en oficinas vecinas, que ella lo haría junto a Hans Freeman y que podrían verse con frecuencia. Tim venía cantando desde que salió de la avenida Massachusetts y había tomado la calle Highland. Se habían ofrecido a llevarlo en auto, pero él prefirió hacer el camino a casa a pie porque le encantaba la ciudad. Tarareaba la última canción que entonó en el karaoke antes de que Julia se fuese; la melodía se le había quedado metida en la cabeza, la de Capaldi, *Someone You Loved*.

No se dio cuenta de que alguien lo había seguido y se encontraba en ese momento dentro de un auto estacionado a escasos metros de la puerta de su casa. Ese alguien bajó del vehículo y caminó con determinación hasta que lo tuvo a pocos pasos.

Él ni siquiera volteó, pero escuchó un sonido fuerte y sintió un impacto en la espalda. Luego calor y humedad, pero ningún dolor. Entonces comenzó a sentir que el aire no le alcanzaba. Cayó de rodillas y escuchó detrás una voz. Unas palabras cortas que sonaron a sentencia, seguidas de una risa frenética, de unos pasos apresurados y del ruido de la puerta del auto al cerrarse.

Tim cayó y lo último que vio fueron los pliegues de las figuras de las venus de yeso rozando el césped artificial, las que adornaban el patio delantero del hotel junto a su casa, el que habían clausurado hacía un mes.

Después la mirada de Tim se puso en blanco. Ya no podía ver nada, solo oler la fragancia de los cerezos, y otra vez la imagen de Julia vino en su rescate, con el mismo vestido de lunares y su maravilloso cuello desnudo. La sangre inundó sus pulmones y Tim murió.

Quien disparó volvió al Hard Rock en la avenida Pensilvania, donde Tim Richmond había celebrado su graduación como agente del FBI y cantado su última canción.

Se sentó en la barra casi desierta y pidió, con una renovada amabilidad y picardía, un *gin-tonic* con London N.º 1. Tenía ganas de celebrar y no le importaba el dolor de cabeza que sentiría en la mañana. Había que festejar, así que se tomaría al menos cuatro tragos.

Desde allí podía ver la fachada del edificio del FBI, en Washington D. C., repleto de ventanas.

—Aquí es donde ahora Julia Stein se cree a salvo… —se dijo en voz baja.

Un hombre que estaba sentado a su lado se quedó mirándolo, extrañado, cuando ella levantó el vaso corto de base adornada como brindando, como si lo chocara con otro vaso invisible de un compañero imaginario.

5

ME QUEDÉ sola en la sala de reuniones. Vi el video de la muerte de Viola tres veces y lloré. La primera vez que lo hice las lágrimas calientes me corrieron por la cara sin parar. Sabía que ese sentimiento inicial, esa explosión, daría paso a la calma que me permitiría centrarme en los detalles. Me convencí de que Hans había sabido prever mi reacción y por ello prefirió que estuviese sola para ver el asesinato de Viola. ¿Sería posible que imaginara mi ataque de llanto? Claro que lo era, y no solo posible, sino probable. La extraordinaria y acertada imaginación de Hans Freeman era lo que le había llevado a ganarse el respeto en el FBI. También el mío.

El asesino vestía de impermeable verde esta vez, y todo el tiempo se presentaba de espaldas. Era alto y delgado. No me atrevía a asegurar que fuese un hombre. Podía verle las manos cubiertas con esos horribles guantes negros, que me parecieron enormes como garras, o como una versión actual de Freddy Krueger. Las tijeras eran unas cortasetos, marca Gardena, modelo de alta precisión según habían identificado los chicos y descrito en el informe.

Se le veía manejarlas con destreza. Primero el corte al lado izquierdo del cuello, luego otro al mismo nivel del otro lado. Un piquetazo en el medio y después uno más. Luego cuatro más hasta que el cuello de la chica quedó completamente destrozado; su blusa se convirtió en un mar rojo que goteaba hacia la falda corta y hacia la piel de sus piernas bronceadas. Detrás los pájaros azules y verdes del mural.

Viola estaba inconsciente al morir y eso me consolaba. Antes de atacarla con las tijeras la había clavado al mural con un martillo percutor, aunque eso no lo grabó. Tampoco estaba consciente en ese momento según el informe preliminar del forense que leí en la madrugada. Me preguntaba por qué a Ethel no la había drogado con la misma dosis que a Viola. A las dos las atacó con la pistola Taser, pero la cantidad de droga fue diferente. ¿Qué significaba haberla dejado clavada en ese mural? Me desquiciaba la diferencia entre los asesinatos. Era lógico que uno se preguntara, con la información que hasta ese momento teníamos, si en verdad los homicidios habían sido cometidos por la misma persona. Parecía ser la misma, pero era muy poco lo que se veía de él o de ella en los videos.

Me quedé un rato sentada, no sabría decir cuánto tiempo. Las imágenes de los dos videos, los doce minutos exactos de terror, se me mezclaban en la cabeza. Ethel y Viola… Viola y Ethel… Una de aspecto clásico, pelo largo, natural; la otra moderna y urbana, de piel bronceada… ¿Por qué ellas?

Me levanté y me dirigí a la mesa donde había agua y café. Estuve a punto de servirme un café, pero preferí de momento el agua porque sentía los labios resecos. Tomé dos vasos llenos y después miré por la ventana. Allí estaba la ciudad de Washington D. C. como si nada, la gente caminando y los autos pasando. En la esquina, el alegre Hard Rock Café donde apenas hacía unas horas había celebrado mi graduación. Ese local para mí significaba mucho. Desde antes, desde que estaba con Jimmy Randall, me encantaba ir allí no solo por la música, aunque esa era mi excusa. En el fondo me gustaba mirar el edificio donde ahora me encontraba porque siempre quise trabajar en el FBI. Nunca fue más cierto eso que mucha gente repite: cuidado con lo que sueñas porque puede hacerse realidad. Tan realidad se había hecho, en mi caso, que ahora desde dentro de ese edificio me enfrentaba a un asesino complejo, uno que mostraba una versatilidad increíble para asesinar, para ocultar su rastro en las redes, que desde ese momento ya podía adivinar difícil de atrapar. Para matar y luego colgar sus asesinatos era audaz. También para usar una pistola Taser, el Immobilón; varias formas de producir la muerte y usar escenarios tan distantes. Era como si nos estuviese diciendo que todo el país era su patio de juegos. Sin embargo, y por muchos horrores que me faltaran por ver, no cambiaría mi presente por mi pasado. Ya no podía volver a ser como esa gente que caminaba en la calle, tan despreocupada, mientras un homicida peligroso apenas comenzaba a jugar sus cartas.

El ruido de la puerta a mis espaldas me sacó de esas reflexiones sobre el asesino. Era Hans con la cara aún más descompuesta.

—Han disparado al agente Tim Richmond anoche cuando llegaba a casa. Está muerto.

Los recuerdos de Tim como fragmentos de metal se agruparon en mi mente tal como si adentro llevase un imán: un beso, el roce de su mano, la canción de anoche. Una punzada de dolor atravesó mi frente de lado a lado. Tim era mi más querido compañero en Quantico, con quien había tenido una breve relación. Lo quería, aunque no como él hubiese deseado. Era un chico dulce y carismático, una persona a quien uno no dudaría en recurrir en cualquier momento. De esas a las que puedes contarle lo que sea y nunca van a juzgarte. Era capaz de mirar las cosas en perspectiva.

Una ola de calor me pegó en la espalda y terminó en mis tobillos, al tiempo que sentí ganas de vomitar el agua que acababa de tomar. Hans continuaba hablando, pero yo lo veía y escuchaba como si estuviese más lejos, como si fuera parte de una película y yo fuese una espectadora.

—¿No fue a celebrar contigo justo anoche?

Lo miré y supe que lo había comprendido. Es difícil ocultarle las cosas a Hans Freeman; supo que Tim y yo éramos muy cercanos. Aunque tal vez lo hizo sin querer, noté en su mirada una especie de acusación, como si pensara que yo fuera una fatídica influencia para quienes están a mi alrededor.

O quizá era yo quien pensaba eso de mí misma.

6

¿Quién querría asesinar a Tim? Esa era la pregunta que me hacía a cada momento desde que Hans me dio la noticia hasta que estuve esperando para abordar el avión a Miami. Me encontraba en el aeropuerto de Washington D. C. tomando un brebaje amargo, sentada en la cafetería frente a la puerta de embarque. Pensaba en los padres de Tim, a quienes conocí en su casa. Los vi tan felices aquella vez que no quería ni siquiera imaginarlos ahora. Pero, aunque no lo deseaba, venía a mi mente la imagen de ambos cambiados para siempre, rotos. Como nos pasa cuando miramos las ruinas de un edificio que conocimos antes en todo su esplendor.

Tuve que obligarme a pasar de la muerte de Tim para poder avanzar en el caso del asesino de la web. Hans me había asegurado de que conocía a los agentes encargados de investigar su asesinato, y que estaría pendiente de los avances para comunicármelos de inmediato.

Miré a mi alrededor y me sentí muy sola en un aeropuerto

más silencioso que de costumbre, o tal vez era mi tristeza la que me hacía verlo así y sentirme extraña a todo lo que me rodeaba. Pero había que continuar. Tenía que concentrarme porque visitaría la escena del crimen de Viola Mayer, también su casa, y toda mi atención debía estar puesta allí.

Recuerdo que al pensar eso fue cuando terminé de tomar el café y puse el vaso en medio de la mesa.

Sentía dolor de cabeza y una molestia bajo la costilla izquierda porque no había comido nada en todo el día. Solo me tomé un vaso de jugo de naranja antes de salir de casa a la reunión. Era cierto lo que decía el doctor Ben Lipman: yo tenía rutinas autodestructivas. No desayunar era la menos peligrosa de ellas. Decidí llamarlo, a Ben, y, como siempre, logró calmarme. Ya me había dado cuenta de que sería una verdadera desgracia que el doctor también me faltara. La verdad era que se había convertido en parte cardinal en mi vida.

Con mejor disposición después de hablar con él, allí mismo en la cafetería frente a la puerta de embarque, saqué de mi cartera el dosier con la información del caso de Ethel Jones.

A mi lado había una mujer de unos sesenta años, muy arreglada, que leía un libro. Su título estaba en francés, pero me pareció que era una novela negra. Miré sus manos extendidas y vi un anillo enorme en su dedo índice. Tenía los dedos largos y finos, y la piel muy blanca cubierta de pecas. Me parecieron bonitas, no como las mías.

Agradecí que la mujer estuviese sola y no acompañada de algún niño molesto o curioso. Era la compañera perfecta, pues yo no quería esperar a estar en un lugar más privado para repasar el informe; quería meterme de lleno en el caso antes de llegar a Miami. Sabía que, además, tendría dos horas y veinte minutos durante el vuelo para repasar lo poco que conocíamos hasta ahora de la muerte de Viola Mayer. En la portátil tenía los videos y podría volver a verlos. Tal vez lo hiciese de una vez, si el ensimismamiento de la vecina lectora era lo bastante intenso.

Decidí releer primero el dosier de Ethel. En la fotografía se veía a una chica con una estampa sublime. Tal vez el homicida quisiera robarle toda esa belleza. La chica tenía una hermosa cabellera negra y recordé que el asesino se había vestido de negro… ¿Sería eso? ¿El color tenía algo que ver en ese tejido de símbolos que el homicida expresaba a través de los videos? Podía ser importante lo que se me estaba ocurriendo, pero también podría estar exagerando y lo del color negro no tuviera nada que ver con los asesinatos. Entonces me sentí todavía más perdida.

Suspiré y la mujer del anillo me miró con unos suaves y grandes ojos celestes. Era la primera vez que dejaba de leer. Supe que su concentración en el libro no era la que yo esperaba, así que era mejor que no viera los videos en ese momento. Mejor seguía confiando en mi memoria, y eso podría no ser mala idea, porque la primera impresión es más importante de lo que uno cree. Me refiero a mi primera impresión sobre los videos, que podía revelarme cosas que podía perder si los veía repetidamente.

Pedí al chico que servía una botellita de agua para aliviar la molestia que iba creciendo debajo de mis costillas, y comencé a repasar en mi memoria lo que había visto en los videos mirando a un punto muerto. Entonces volví a darle vueltas a lo que nos había dicho Valery Levintong, mi tutora en Quantico. Apenas iniciando la formación en la Academia, Valery me hizo saber que confiaba en mí como nadie para este trabajo. Durante los meses de la formación me orientó, también me acompañó en el acto de grado como una madre orgullosa. Lo único que no le gustaba era que trabajara con Hans. Me lo dijo claramente una vez en su casa.

El hecho es que Valery nos recordaba con insistencia que las primeras impresiones al visitar las escenas o analizar las pistas eran fundamentales. Hans no está de acuerdo con sus teorías porque él tiene un método distinto: se obsesiona y da vueltas sin parar a los detalles. Pero a mí cada vez me parecen más válidas las teorías de Valery porque yo también creo que a veces distanciarse para ver las cosas en perspectiva, y no en detalle, puede dar respiro a una investigación criminal cuando está atascada. ¿Qué era lo esencial del video de Ethel Jones? ¿Qué cosa me pareció llamativa y mi memoria registró?

La mujer del anillo cerró el libro y lo dejó sobre sus piernas. Tiró la cabeza hacia atrás y cerró los ojos. El libro se abrió en la primera página. Apareció una dedicatoria escrita en una letra grande y redonda. Mi costumbre de mirar a los lados y averiguar lo que las personas traen consigo permanecía intacta, entonces leí:

«Para el monstruo que todos llevamos dentro que debe disfrazarse con ropas muy ajustadas».

—Han hecho una película de este libro hace veinte años. Plantea que todos tenemos tres monstruos dentro: el humano superficial, el de sangre caliente en medio y el de sangre fría, que es la última naturaleza —dijo la anciana sin abrir los ojos.

No supe qué responderle. De alguna manera, supo que me había llamado la atención su libro, hasta debió haber adivinado que leí la dedicatoria.

—Es una buena teoría. ¿El autor es francés? —le pregunté, pensando para mí que era una manera bastante poética de describir los tres estados de la personalidad de Freud.

Ella abrió los ojos y sonrió.

—No. Soy inglesa. Es mi primera novela. Casi siempre

tengo algo que decirme. Por eso me escribo dedicatorias y a los años las releo —dijo y volvió a cerrar los ojos.

Dejé de observarla y volteé a mirar la puerta de embarque. Seguí dándole vueltas a lo que recordaba del video de Ethel y el comportamiento del asesino. Sobre todo aquella cariñosa caricia en la cara de la pálida Ethel y luego la forma como pintó sus labios con sangre. ¿Qué significaba? ¿Una representación teatral de las emociones que no podía sentir? ¿Nos quería decir que se burlaba de los afectos y que no los necesitaba? Lo cierto es que, fuera representación o no, el asesino quería que viésemos la parodia del cariño en el caso de Ethel y no en el caso de Viola. Eso dotaba al primer asesinato de una tensión emocional más retorcida, pero a la vez... más íntima.

¡Era esa la esencia del video! No tanto la caricia del asesino, sino la mirada de Ethel. Allí estaba la clave. ¡Ella lo conocía!

Me convencí de que Ethel se sorprendía al ver lo que el asesino estaba haciendo, pero que al mismo tiempo, de alguna manera, lo comprendía. Y eso era lo fundamental, era la primera impresión la que debía atender, como decía Valery: esa forma de mirarlo, aquel breve instante que estuvo fuera del agua luego de toser, mientras movía el brazo izquierdo intentando soltarse.

Me levanté y llamé a Hans. Tenía que decirle lo que había pensado. Que la chica conocía a su asesino.

7

Viola caminaba hacia el auto. Cruzó la avenida Collins, que conducía al paseo de la playa, en Miami. Tenía muchas ganas de encontrarse con la persona que lo ocupaba. Lo saludó levantando la mano y con una sonrisa medida, intentaba disimular. Dio la vuelta y abrió la puerta del copiloto.

—¡Hola! —dijo y luego dio un beso al asesino.

Llevaba en la cabeza unos ganchos que mostraban unas pequeñas mariposas que hacían juego con el tono verde de las puntas de su pelo. Se había maquillado los ojos dibujando una delgada línea azul en la parte de abajo y otra negra más gruesa en el párpado superior. Llevaba una blusa sin mangas color salmón y una minifalda de *jeans*. Muchas veces miró su imagen frente al espejo para estar satisfecha con su apariencia porque no iba a reunirse con una persona común. Al contrario, era tan inteligente y especial que todavía no podía creer la suerte que había tenido de que se fijara en ella. Porque esa persona representaba todo lo que ella deseaba; la creatividad, la pasión, la sensibilidad con los demás…

El asesino también la besó en la mejilla. Pensó que con esa apariencia, que pretendía ser natural y poco cuidada, pero que sabía que le había tomado varias horas de decisiones frente al espejo para no verse extremadamente sexi ni tampoco sin gracia, Viola Mayer debía oler a algo dulce — casi a caramelo—, pero la chica no desprendió ninguna fragancia al acercarse. Eso le causó gracia porque lo hizo ver que las chicas de ahora no eran iguales a las de antes, cuando él tenía quince años. Estas se apegaban a las modas como sanguijuelas y se incluían en pequeñas tribus de modas y estilos la mayoría de las veces virtuales, y si en ese grupo, en este caso de amantes de la naturaleza, opinaban que desprender fragancias artificiales estaba mal visto, entonces ninguna lo hacía, porque eran incapaces de salirse de los estilos que las «encasillaban». A pesar de que tanto esta como Ethel se pretendían chicas libres y empoderadas, eran solo unas pobres niñitas hambrientas de emociones y de que alguien les resaltara que eran «muy especiales».

Le pareció que Viola lucía, a pesar de todos sus esfuerzos, como una niña. Le hizo más gracia aún el recuento fugaz de su memoria, sobre la manera como la sedujo. Para Viola había desarrollado con maestría una de las reglas de oro: transmitirle seguridad, decirle que sus ideas eran valiosísimas, que sus padres nunca supieron valorarla en su justa dimensión y que nunca lo harían… Una mirada de admiración, un roce pequeño sobre su mano, hacerla reír y decirle que amaba el mar bastó…

—¿Qué tal lo llevas? —preguntó el homicida.

—Bien. Ya en casa se han tranquilizado y he comenzado a arreglar el cuarto.

—¡Fenomenal! Voy a llevarte a un lugar que te encantará, al colorido y creativo barrio de Wynwood. Es un lugar que me hace pensar en ti…

—Pero si ya lo conozco —replicó ella, intentando parecer defraudada, al tiempo que se sentaba y cerraba la puerta.

Nada de lo que el ocupante del auto le dijera iba a defraudarla, solo esperaba que no se le notara tanto la emoción de verlo otra vez y a solas.

—No lo conoces conmigo. Verás que será una experiencia radical que te cambiará para siempre.

Ella asintió. Le pidió a Viola que cerrara los ojos para entregarle un obsequio. Confiada, obedeció.

Le disparó con la pistola Taser y disfrutó al ver sus estertores. Solo unos segundos duró la lucha de sus músculos con la descarga eléctrica. Una sed abrasiva fue la última sensación que tuvo Viola.

El asesino guardó la pistola, sacó una jeringuilla y le administró la droga en la vena del brazo. Condujo durante unos siete minutos y llegó a una casa que había rentado frente al canal y muy cerca del piso de Viola. Abrió la puerta del garaje con el control sin bajar del auto. Una vez dentro, cerró la puerta y salió. Era un lugar silencioso y oscuro, donde se presentía la cercanía del mar por el olor a sal que quedaba guardado entre las paredes. Pensó que era una buena cuna para Viola, o era más adecuado definirlo como una tumba.

Volvió a sentir esa emoción que le recorría el estómago, la misma que sintió cuando era un adolescente y la había conocido, a su «media mitad». Era idéntica, picante y abrasiva a la vez. Antes solo imaginaban las muertes, muchas horas pasaron hablando de las diferentes clases de chicas que existían y de cómo gracias a esa diferencia podía pensarse en acabar con sus vidas de múltiples maneras. Desde Ethel, aquellos deseos de juventud se estaban cumpliendo y la satisfacción era de tal magnitud que había valido la pena la espera. Porque no estuvo en inactividad todos estos años, al contrario, fue afinando la estrategia para conquistar los pensamientos de chicas jóvenes, bellas, de las que se pensaban con carácter indomable, que iniciaban una nueva etapa de libertad en sus vidas, que, creían serían largas. Sonrió al pensar en eso, en lo corta que les terminaba resultando la vida.

Dio unos pasos hacia la puerta interna que conducía a la casa. Dejó a Viola dentro del auto porque sabía que la chica no despertaría nunca más.

Cuando entró en la sala, la claridad le hizo daño en los ojos. Se puso los lentes de sol. Ahora la estancia le resultaba más agradable que cuando la visitó por primera vez. Solo la había rentado para tener un lugar donde pasar el tiempo hasta que pudiese matar a Viola. Era una residencia de alquiler de lujo y, siendo así, nadie en la vecindad se fijaba en quién la ocupaba. Todos intentaban mantener esa actitud de «discreción» que les era tan conveniente.

Se sirvió una taza de café y se sentó en el sofá del salón a mirar el canal y los edificios que se levantaban más allá, junto a los grandes complejos turísticos. Reconoció que la luz de Miami era especial, muy distinta a la de Kissimmee, más brillante. O tal vez lo veía así porque ahora su estado anímico era distinto, mejor. Sonrió porque todo era diferente a aquellos días grises de su infancia.

Era una mañana clara. La gente iría a la playa porque siempre era una buena idea aprovechar el sol. Entonces subió a la terraza y se echó en una tumbona. Se quitó la camisa y el pantalón. Cuando lo puso a un lado, notó unos pequeños pelos grises adheridos a la tela. Cerró los ojos y volvió a pensar en su complemento. Ya solo tendría que esperar unas horas y colgar el video en la Internet. Sabía cómo hacerlo para que ese ser complementario lo viera, y lo disfrutara. Conocía su uso de la Internet, sus gustos, lo que le llamaba la atención.

Sin quererlo se durmió y despertó sintiendo sed. Bajó a la cocina y se sirvió una copa de vino dulce, blanco. Tomó sin parar hasta dejar media botella vacía.

Entonces optó por salir a dar un paseo a la playa. Tenía que pensar y aclarar las ideas para la reunión que sostendría al día siguiente. Se puso el impermeable verde, los lentes de sol, y salió a correr en la caminería junto a la orilla. Fantaseaba con que a alguien le llamara la atención su apariencia y que, al correr la noticia del video de Viola, ese alguien pudiese hacer la conexión y pensar, espantado, algo como «pero si yo lo vi, corriendo en el paseo de la playa, bajando a Miami Beach…».

Cuando se hizo de noche volvió a la casa.

Confirmó que en el maletero del auto estuviese el martillo percutor (el más ligero y potente que había conseguido en el mercado), la bolsita con los clavos y las tijeras. Todo lo había guardado en un pequeño maletín de herramientas que compró solo para esa ocasión.

Abrió la puerta del garaje, sacó el auto, cerró y condujo hasta la calle 26 con la avenida 5, en Wynwood. Allí estaba el mural que había elegido, porque además del color del plumaje de las aves y del dibujo del gran árbol sobre el cual la fijaría, comprobó que ninguna de las cámaras de seguridad de la calle apuntaba hacia allí.

Estacionó el auto lo más cerca que pudo del mural, a escasos tres metros. Bajó, buscó el maletín y lo colgó en el hombro. Se puso los guantes y sacó a Viola inconsciente y la acostó cerca de la pared. Sacó el martillo y los clavos. Activó el percutor y comprobó que funcionara. Después levantó a Viola y la llevó justo frente al mural, apoyando la espalda de la chica contra el dibujo. Levantó uno de sus brazos, preparó el percutor y clavó la muñeca. Luego la otra. Después los dos pies. Había tomado la previsión de dejar antes, en la escena, una caja de madera de la altura justa para emplearla como un soporte bajo los pies de la chica. La arrimó para que cumpliera ese cometido. Buscó en el auto el celular y un pequeño trípode, que puso sobre la carrocería. Probó que enfocara donde estaba Viola y puso a grabar la escena. Sentía la adrenalina a mil.

Se acercó con las tijeras en la mano y comenzó a herirla en el cuello, primero de un lado y luego del otro. Por último, en el centro.

En ese momento el asesino comprobó que una sensación ligera lo embargaba, como si estuviese en medio de un torrente rápido de agua helada sin sentir nada. Era solo un asesinato para enviar el mensaje correcto por medio de la chica de la madera fina. De buena gana había recibido su recomendación sobre el dibujo en el cuarto de Viola y también se pintó las puntas del pelo de color verde, como le sugirió en una de sus conversaciones por Internet.

—Hacía lo que le pedía, tal como tú querías y lo sugeriste hace años…

Eso dijo en voz baja el asesino, imaginando que hablaba con alguien especial mientras conducía de vuelta a la casa que había rentado frente a la vibrante bahía de Biscayne.

Se trataba de alguien que conoció en su adolescencia. Una persona con una viva imaginación que no aparentaba ser portador de esos deseos criminales y oscuros, pero que era un artista del asesinato, como lo mostraba el cuaderno y los escritos que entre ambos ideaban. Era su otra parte…

—Ha muerto la chica de la madera; la muchacha de verde, guiada por Júpiter, tal como tú y yo la imaginamos aquel día en tu casa…

Repetía en voz alta el asesino en la noche, recostado en el

sofá y tocando el cojín bajo su mano con insistencia, con excitación.

Acababa de terminarse la botella del helado moscatel que había iniciado en la tarde.

8

HANS CRUZABA el río Charles por el puente de Harvard. Caía una feroz nevada en Cambridge y las calles estaban desiertas. Se preguntó cuántas veces habría visto la joven Ethel Jones desde pequeña ese río, porque su familia había vivido en Boston desde siempre.

—Tenía que haber una razón para escogerla a ella como la primera víctima —se repetía a sí mismo desde que salió de Washington.

Si había una oportunidad de descubrir al asesino era por medio del estudio del caso Ethel Jones, porque para Hans las primeras víctimas eran las que mejor revelaban los aspectos psicológicos del asesino. Con esa convicción a cuestas, se preparaba para visitar el número ochenta y dos de la calle Ellery, donde Ethel vivía con su amiga Linda Smith. No encontraría a nadie allí, pero quería mirar la casa, imaginar la vida de Ethel para encontrar algo que le hiciera comprender la selección del homicida.

Dedicó los minutos que le faltaban para llegar en llamar a Rob Stonor. Le había pedido que hiciese una lista de los usuarios más activos de la Dark Web. Que coordinara la entrega de esa información con las otras dependencias de investigación. También que priorizara aquellos cuyas direcciones IP fueran de Massachusetts y de Florida. Hans había tenido la idea fugaz de que no se tratara de un solo asesino, sino al menos de dos que integraran una relación sádica, y por ello los lugares de los homicidios habían sido dos ciudades distantes.

Cuando terminó de hablar con Rob se dio cuenta de que estaban parados en el mismo punto muerto en la investigación. Notaba sus respuestas erráticas y rápidas, y Rob no era así. Más bien era un analista calmado, a los que pocas cosas le sobresaltaban. Además, su voz sonaba más aguda que de costumbre y eso significaba que estaba tenso y que se sentía impotente ante la destreza demostrada por el asesino.

En pocos minutos llegó a su destino. Bajó del auto frente a una casa grande de paredes claras y de techo color plomo. Se ajustó el abrigo y la bufanda, cruzó la verja y disminuyó el paso. Quería observar sin apuro, a pesar de la tormenta de nieve, el que había sido el escenario de los últimos meses de vida de Ethel Jones. Todo apuntaba a que el asesino se la había llevado de allí. Linda Smith declaró que la chica se encontraba en casa y que no pensaba salir.

Avanzaba mientras la nieve continuaba cayendo sobre él y miraba a ambos lados. Notó que las casas habían sido construidas bastante cercanas unas de otras, adosadas, con apenas unos metros de alargados y angostos patios laterales y unas pequeñas verjas de madera. Desde la casa del lado izquierdo podía verse el patio frontal de la vivienda de Ethel y con poco esfuerzo podría entrarse a la propiedad saltando la verja. Pensó que los habitantes de ese barrio debían de considerar aquello una zona segura, pero de ahora en adelante no lo harían.

Pasó junto a un camino de arbustos, subió la pequeña escalinata y llegó al pórtico. Vio a su lado derecho dos sillas negras junto a una pequeña mesa cuadrada que contenía un macetero en forma de rana. Sobre el suelo de aquel pequeño corredor danzaban unas hojas naranjas que habían quedado allí represadas desde hacía tiempo. El viento se encargaba de hacer sonidos largos al chocar contra los cristales de la casa. El macetero que estaba sobre la mesa se cayó y se hizo añicos.

Hans miró los estragos del viento y marcó el código de seguridad para abrir la puerta. Había tenido cuidado en aprenderlo. Abrió, pasó al interior y cerró. Al cruzar el umbral sintió un escalofrío, la piel de las manos y el rostro estaban helados. Pero Hans, obsesionado, cada vez sentía menos lo que padecía su cuerpo. Ni siquiera se quitó el abrigo.

Caminó primero al salón y luego a la cocina. Miró la puerta de servicio por donde el asesino había sacado a Ethel. Linda Smith encontró esa puerta abierta al volver.

Se imaginó a Ethel sentada en la mesa, desayunando. Luego la vio —en su mente— levantarse y lavar los trastos. Después despedirse de Linda. Imaginó a Linda marcharse por el camino de los arbustos helados y a Ethel sola en medio de la cocina. No había manera de que alguien ingresara a la casa sin que ella lo escuchara, ya que era una calle sumamente silenciosa. Por lo tanto —continuando esa línea de pensamiento—, sospechó que el sujeto había tocado el timbre.

Imaginó la escena: la chica caminando, cruzando el comedor y la sala y preguntando junto a la puerta quién era. Por extraño que pareciera, la puerta no contaba con ojo mágico ni tenían cámara.

—Aunque Ethel también pudo haberse asomado por la ventana —dijo Hans en voz alta.

Caminó hasta la ventanita delgada que había junto a la

puerta de la entrada y miró a través de ella. Para hacerlo, tropezó con una talla de madera de un mesonero que portaba una bandeja vacía, y casi la tumba.

—No era práctica de quienes vivían en esta casa asomarse por esa ventana —concluyó Hans.

Volvió a detenerse justo detrás de la puerta, donde suponía que lo había hecho Ethel. La imaginó abriéndola. Se fijó en la cadenilla de protección, la misma que Linda Smith dijo que estaba asegurada cuando volvió a casa.

Supuso que Ethel abrió la puerta, pero que pudo haber tenido la precaución de dejar la cadenilla puesta.

—¿Por qué abriste? —preguntó Hans en un tono de voz más fuerte.

Entonces escuchó que su propia voz interior le respondía.

—Porque lo conocía.

9

El sonido del celular lo hizo saltar. Lo tomó con rapidez y respondió la llamada de Julia con un apurado «dime».

—Creo que Ethel Jones conocía al asesino.

—¿Por qué…?

—Lo miró como si lo conociera.

—Tienes razón. Yo también he analizado una y otra vez la cara de Ethel cuando la sacó del agua —afirmó Hans.

—Si Ethel lo reconoció, creo que lo más probable es que Viola Mayer también lo hubiese visto antes. Creo que las escoge por medio de un *modus operandi* que implica una interacción previa. Sé que por ahora no tengo bases sólidas para afirmar eso.

—Olvídate de las bases sólidas. Gracias por llamarme —dijo Hans y cortó la comunicación, pensando que habían llegado a la misma conclusión por caminos diferentes.

—Lo conocía… ¿Dónde lo viste antes? —preguntaba Hans al aire.

Caminó hasta el sofá que había en el salón, frente a una pantalla led de setenta y cinco pulgadas.

—Ambas, tanto tú como Linda son chicas de familias acomodadas. También Viola Mayer. ¿Será resentimiento? ¿Venganza? —dijo, hablándole a Ethel.

Buscó infructuosamente una cajetilla de cigarros en el bolsillo. Luego pasó sus manos por la cabeza y fue cuando tomó consciencia de que no se había peinado aquella mañana. No quería preocuparse por su estado de deterioro personal, así que retomó el hilo de sus observaciones. Se levantó, caminó y se detuvo frente a una pequeña estantería roja que había en el salón. En ella descansaba un tocadiscos *vintage*, varios vinilos a un lado y algunos folletos de una sala de teatro, donde se promocionaba una presentación de *El cascanueces*.

Hans los ojeó y luego los devolvió a su lugar. No parecían haber sido manipulados. Pensó que el teatro no era la pasión de la chica.

—Estudiarías Literatura. Eso querías… y te gustaba la música y el estilo clásico —dijo Hans al notar que las carátulas de algunos discos mostraban desgaste.

Sobre todo te gustaba este —continuó diciendo Hans, tomando una carátula— y este otro, pero no veo ninguno de The Police que me indique que tus gustos musicales tengan relación con la canción que aparece en los videos.

Volvió a la cocina y abrió la refrigeradora. Comprendió que en ese lugar vivían dos personas muy distintas. De un lado había frutas, yogur, granola; y del otro, jamón, pavo, lonchas de queso, pan… Recordó eso de que los polos opuestos logran un equilibrio estable. Cerró la refrigeradora y miró la alfombrilla junto al lavaplatos. Una taza blanca con manchas de dálmata y un vaso largo de vidrio grueso. También se fijó en las gotas que caían en el fregadero. Algo hizo disonancia en su cerebro, pero, lo que fuera, pronto se extinguió.

Salió de la cocina y entró en una amplia habitación, un

estudio. Miró los libros que se encontraban en la estantería. Leyó varios títulos en los lomos, de pasada. No había nada que llamara su atención. Sin saber por qué recordó que la computadora de la chica estaba siendo analizada y que esperaba el informe. Si era cierto que Ethel conoció al asesino, la computadora podía conducirles a algo, pero él no lo creía. Si tuviese información comprometedora para el asesino, este se la hubiese llevado con él.

Salió del estudio y pensó en entrar en el depósito, donde los forenses habían encontrado el rollo de cinta y el cordel que usó para maniatar a Ethel, pero luego desistió: la idea era encontrar cosas nuevas y útiles para la investigación, y no lo obvio ni lo que ya el equipo local había registrado.

Subió a la segunda planta. Abrió la puerta de la habitación a su derecha y supo de inmediato que esa no era la de Ethel. Entró en el otro cuarto más sobrio, y, claro que era el que buscaba.

Hans iba reafirmando el perfil que había hecho de la víctima de acuerdo con las declaraciones de sus conocidos. Era una chica extrovertida, divertida, muy llamativa y también estaba interesada en ser diferente. Era capaz de entablar conversación con desconocidos de una manera muy natural. Se sabía atractiva e inteligente y usaba esa seguridad para relacionarse. También le gustaba rodearse de chicas que no le hicieran sombra. Tenía liderazgo, pero no le gustaba competir por la atención de los demás, porque no sabía hacerlo…

—¿A quién molesta una chica así a tal punto de querer asesinarla? —se preguntaba Hans mientras miraba al espejo de pie que Ethel tenía en la habitación.

Se sentó frente a la cómoda y tocó las cosas que estaban sobre ella. Maquillaje costoso, cremas, perfumes.

—Light Blue de Dolce&Gabbana —dijo en un tono de

voz apenas audible mientras tocaba la botella cuadrada de tapa azul.

Luego miró otras botellas de perfumes que estaban detrás, un poco más separadas de esta, que parecía ser la favorita de la chica.

Hans abrió la botella y accionó el mecanismo atomizador en el aire. Luego inspiró. Comprobó que era el mismo olor que sentía impregnado en el ambiente.

—Era tu preferido y eso debería decirme algo sobre ti —afirmó impulsado por un leve optimismo.

Volvió a tapar el frasco y a ponerlo en su lugar. Hurgó en el bolsillo de su chaqueta de cuadros y tomó el móvil. Buscó un contacto y llamó.

—Josefine, soy Hans Freeman. Necesito preguntarte algo. Es para un caso, es sobre el Dolce&Gabbana Light Blue. Háblame de él, por favor.

—Tiene notas de salida cítricas, sobre todo limón siciliano. Las notas medias son de jazmín, aunque también de rosas blancas, las últimas y más duraderas son discretamente dulces: de ámbar y cedro —dijo una voz delicada al otro lado del teléfono.

—¿Qué más?

—Es consistente con el uso de otra fragancia de té verde de Bulgari, una de Calvin Klein que tiene toques de melón, con el eterno Happy de Clinique y el Gucci Envy.

—Dos de esos están aquí; tú siempre aciertas… ¿Qué más?

—Pues sobre todo lo usan chicas jóvenes que pueden darse lujos, ya que son fragancias veraniegas y ligeras. Yo diría que discretas y clásicas. Solo el Gucci es más fuerte y prefieren aplicarlo de noche. Puedo enviarte el perfil de las compradoras de esas fragancias. ¿Al mismo correo?

—Sí, Josefine, al mismo —respondió Hans y cortó.

Se quedó pensando en el perfume que le traía una idea sobre Ethel. La misma que debió haber percibido el asesino. Así debía oler su pelo, su cuello: a limón, jazmín y cedro, tal como le había descrito su amiga.

—Ethel era una chica fresca, natural, liviana y determinada como una rosa blanca —se dijo Hans. Como la habitación impoluta donde él se encontraba mirando su propio reflejo en el espejo, sentado en la silla donde todos los días debió de sentarse Ethel Jones.

Se levantó y se fijó en la mesa que había junto a la ventana. Llegó hasta ella y ocupó la silla del cojín verde. Se imaginó que allí se acomodaba Ethel para escribir.

—Si quería estudiar Literatura, debía escribir. ¿Dónde están sus escritos? ¿En la computadora? No necesariamente —se respondió.

Debajo del florero que mostraba unas flores marchitas, que debieron ser blancas o rosas, vio un pliego de papel arrugado y doblado en seis partes. Lo tomó y lo abrió. Estaba la palabra «Aro» escrita a mano, con letras grandes. Este pliego contaba con cincuenta centímetros más o menos, como los de las hojas finas de un bloc de dibujo.

Hans dobló el pliego y se lo guardó en el bolsillo de su chaqueta.

—Entonces prefieres escribir algunas cosas a mano…

Movió la cabeza y vio desde allí los dos cuadros que colgaban de la pared justo enfrente: Judy Garland, sonriente, acompañada de los personajes de Oz, y la chica de labios carnosos con la cabeza llena de tazas de café.

Se levantó y se alejó un poco de la mesa y la silla. Notó que las cortinas estaban descorridas. Supuso que así le gustaba a Ethel, que la claridad entrara por allí y que posiblemente pasara horas escribiendo en ese rincón.

Caminó hasta la cama y se acostó en ella del lado donde el colchón lucía una breve hendidura. Tal como lo haría Ethel.

Recordó que en las fotos del informe había un libro sobre la cama. ¿Dónde estaba? Se sentó y buscó en la gaveta de la mesita de noche. Allí lo encontró y confirmó lo que había percibido en la foto. Las primeras páginas se notaban con mayor uso y con más separación entre ellas que el resto. Hojeó el libro y encontró un marcapáginas con la cara de Frida Kahlo, a la mitad.

—El timbre pudo interrumpir su lectura…

Volvió a hurgar en la gaveta de la mesita. Buscaba un cuaderno, pero no lo encontró. Recordó las fotos de la habitación de Ethel: el libro en la cama puesto a un lado, el cubrecama hundido justo donde él estaba, la mesita de noche y, sobre ella, el celular, pero ningún cuaderno. Se convenció de que debía haber alguno y se preguntó si el asesino se lo habría llevado.

Volvió a mirar la portada del libro *Las relaciones peligrosas*. Lo conocía. Le parecía una buena descripción de la psicología de la destrucción entre la marquesa de Merteuil y el vizconde de Valmont; sabía que nadie podría imaginar a Valmont sin la marquesa, que ambos eran seres malignos y destructores, pero que uno estaba cargado de un veneno seductor, y el otro, de uno más delicado pero igual de letal. Entonces comenzó a formarse una vaga idea sobre Ethel que no había prefigurado antes. Recordó, como *flashes*, los lomos de los otros libros que acababa de ver en el estudio y llegó a algo.

—Todos son libros que en su momento significaron un escándalo y fueron prohibidos durante años. *Cándido* de Voltaire, *Ciento veinte días en Sodoma*, *La metamorfosis*.

Estaba convencido de que si volvía abajo podría confirmar que la mayoría de los libros que Ethel tenía habían sido polémicos.

—Tal vez la búsqueda de lo escondido, de lo secreto, la hizo caer en una red peligrosa en donde el asesino la encontró —dijo en un tono de voz apenas audible.

Estaba pensando que Ethel pudo haberse sentido atraída por alguien encantador y peligroso, que le hablara de cosas prohibidas, que supiera colonizar sus ideas, atraerla. Un conquistador o conquistadora de sus pensamientos. Aunque pensaba que el asesino era un hombre, no descartaba que pudiese ser una mujer. Algunas chicas podrían sentirse a salvo con una mujer a la cual admirar, que se hiciese cercana, que comprendiera sus ideas. Quien aparecía en el video podría ser una mujer alta, fuerte…

Dejó el ejemplar de la novela de Pierre Choderlos en la gaveta y se levantó de la cama. Volvió a mirar la mesita junto a la ventana. Se acercó a ella y esperó en silencio. Se asomó y miró hacia la calle.

La nieve continuaba cayendo, violenta.

Observó la casa vecina y en una ventana de la segunda planta vio un rostro detrás del cristal.

Alguien lo estaba observando.

10

Corrió escaleras abajo y salió. Atravesó el pórtico deprisa, llegó a la casa, tocó el timbre. Una mujer delgada y de baja estatura le abrió.

—Dígame —dijo fijándose en los copos de nieve que Hans había atrapado en la tela del abrigo, sobre los hombros, y también en el pelo, que lucía húmedo y alborotado.

—Soy Hans Freeman del FBI. Necesito hablar con la persona que está en este momento en la habitación superior, la que tiene vista al lado izquierdo de la casa vecina —dijo.

—No creo que sea posible si se refiere al señor William.

—Es importante que hable con él.

—Es que el señor William no habla desde hace tiempo.

—¿Puedo pasar? —preguntó Hans con firmeza.

Ya había concluido que se trataba de la encargada de los cuidados médicos del hombre que lo estuvo observando.

—Claro. Si insiste. Pero le aseguro que él no podrá comunicarse con usted. Ya lo intentaron los otros policías cuando pasó lo de la chica.

La mujer se apartó para que Hans entrara, luego cerró la

puerta y le indicó con la mano extendida el camino que debían seguir para llegar a la escalera.

Hans miró rápidamente la estancia para hacerse una idea. Concluyó que el paciente no solía bajar a esa área porque todo estaba demasiado ordenado. También adivinó que allí no vivía nadie más.

—Su nombre…

—Se llama William Logan. Yo soy su enfermera desde hace un año. Me contrató su hija cuando se dio cuenta de que ya no podía vivir solo. Es un hombre muy bueno, pero el pobre ya casi no reconoce a nadie, ni siquiera a sus nietos.

—¿Usted está todo el día brindándole cuidados?

—No. En la noche cambio la guardia.

Hans le hizo otra pregunta al tiempo que llegaban a la segunda planta.

—¿La mañana del jueves 28 de enero, hace nueve días, usted estaba aquí?

La voz de Hans retumbó en aquel lugar de la casa y pareció perderse hacia abajo, en la escalera.

—Sí, señor. Todos los días estoy aquí desde las siete y media de la mañana. Pero ya le dije a los otros policías que no vi nada raro en la casa de las chicas. Es que no me asomé ni salí en todo el día.

Hans asintió y se fijó en una estatuilla de un león blanco que descansaba en una mesa junto a un sillón, en la salita al lado de la escalera. Dedujo que cuando el hombre salía de la habitación pasaba tiempo sentado allí y que tal vez le gustaba mirar esa figura.

—¿De qué padece exactamente?

—Alzhéimer. Todavía dibuja. Se la pasa con un cuaderno de hojas en blanco y un lápiz. Pero debo vigilarlo porque la otra vez pensó que el lápiz era comestible. Aunque a veces manifiesta una lucidez impresionante que no logro explicarme, como si no tuviera nada. Como en todo, hay días buenos y días malos.

La enfermera abrió la puerta de la habitación. Hans vio a un hombre de pelo blanco y muy corto, sentado en una silla de ruedas. Él no volteó a mirarlos. Parecía estar abstraído, observando el exterior.

—Pasa horas allí sentado, entre despierto y dormido, hasta las doce del mediodía —explicó la enfermera.

Hans se acercó al hombre. Este miró hacia arriba y lo vio. Entreabrió la boca como si quisiera decirle algo, pero luego volvió a cerrarla. La mano derecha, arrugada y delgada, le temblaba. Hans se fijó que sobre la manta celeste que tenía en las piernas había un bloc de dibujo de tapa corrugada.

—Necesito mirar eso —le dijo a la enfermera.

—Nuestro amigo quiere ver sus dibujos. Voy a tomar el cuaderno solo un momento —le dijo la enfermera a William, y le puso con cariño la mano sobre el hombro.

Luego agarró el bloc y se lo entregó a Hans.

—Gracias. No le he preguntado su nombre.

—¿El mío? Marianne Wells.

Hans la miró y luego continuó centrado en las hojas del bloc. El hombre continuaba callado, sin mirarlos. Solo observaba el cristal de la ventana como si fuese lo único que existiera.

En secreto, Hans tenía pavor de pensar que su madre pudiese perder la cabeza y la memoria de una forma parecida, y le costaba interactuar con personas enfermas como Logan, así que intentaba no fijarse mucho en él.

Siguió pasando las páginas. Eran dibujos simples: un árbol, una pelota, una niña, un morral, un aro. Todo era logrado con pocos trazos. Las figuras eran reconocibles, a excepción de una compuesta por tres círculos negros; uno en medio más grande y dos pequeños dibujados arriba y superpuestos parcialmente al primero.

—¿Sabe cuándo dibujó esto?

—No tengo idea, creo que no hay forma de saberlo.

Hans devolvió el cuaderno a la enfermera y miró alrededor.

Vio la cama vestida a la perfección, cubierta con un cubrecama color mostaza, y paseó la mirada hasta la mesa de noche, que estaba desnuda. Luego la paseó sobre un escritorio, que tampoco mostraba nada en la superficie. No encontraba lo que buscaba.

—¿Habrá otro cuaderno como ese en alguna parte?

—No lo sé. Creo que su hija se los lleva. Ella no vive en Massachusetts, sino en…

—Me refiero a otro sin uso —interrumpió Hans.

—Ya. Pues creo que sí. Voy a mirar en la gaveta —respondió Marianne, sumisa.

William tuvo un repentino acceso de tos seca. Marianne detuvo su paso y lo miró, transformada y alerta, como un lobo. El hombre seguía observando hacia afuera. Dejó de toser y ella continuó el camino al escritorio.

Hans se puso tras la silla de ruedas, se inclinó por detrás de forma tal que lograra comprender el campo visual que el anciano tenía. Miró la ventana de Ethel, los árboles, la salida a la calle. En ese momento William Logan dibujó con tres trazos el árbol nevado y los puntos de nieve en un lienzo imaginario.

—Él capta lo simple —se dijo Hans a sí mismo.

—Aquí tiene. Un cuaderno de dibujo vacío idéntico al que está utilizando en este momento —dijo Marianne triunfante.

—¿Cree que será algún problema para él que usted cambie el que está en uso por este nuevo?

—¡Qué va! Sabe adelantar las hojas, pero no devolverlas. No puede mirar atrás lo que ha dibujado, así que no notará la diferencia. ¿Quiere llevarse este cuaderno? —preguntó Marianne algo sorprendida.

—Necesito hacerlo. Dígale a su hija que he estado aquí. Muéstrele esto —dijo Hans al tiempo que sacaba una tarjeta del bolsillo de la chaqueta— y también infórmele que en cuanto deje de utilizar el cuaderno de dibujo de su padre lo devolveré. Ahora necesito que haga el cambio, pero no quisiera alterarlo.

La enfermera se hizo cargo.

—William, me voy a quedar con el cuaderno que ya está lleno y te daré uno nuevo para que dibujes mejor —le dijo en un tono complaciente.

Marianne le entregó a Hans el cuaderno. Él lo quería porque había descubierto que la diversión de William era mirar por la ventana la casa de Ethel. Tal vez a la misma Ethel y a su amiga. Aunque fuera en una versión sintética y elemental, podía en ese cuaderno haber dibujado algo importante.

—¿Qué significarán estos tres círculos negros entrelazados? —se preguntaba Hans de vuelta al auto.

De pronto, decidió no subirse, sino ir andando al Harvard College. Se dijo que eso era lo que hubiese hecho Ethel y por ello había buscado una casa tan cercana a la institución. Además, si llevaba consigo ese espíritu contemplativo y acucioso de los escritores, le gustaría caminar para inspirarse. Hasta podía haber conocido a su asesino de camino a Harvard; quizá él estaba más cerca de ella de lo que podían pensar, tal vez oculto o con un buen disfraz de persona inofensiva. A la chica le pudo parecer interesante entablar conversación con alguien diferente, del tipo a quien las jóvenes de su edad no atienden ni frecuentan.

Creía que Ethel era de las que se sentían bien marcando las pautas, comportándose de manera inusual, haciendo la diferencia, y que a ese tipo de personalidad le atraía descubrir los secretos de las personas. Esa pudo ser su sentencia.

—Puede ser que el asesino viva en Cambridge y lo de Viola en Miami fuera solo para despistar. O tiene un cómplice en Florida… —se dijo a sí mismo.

En el fondo no estaba satisfecho con las conclusiones a las cuales había llegado. Algo de lo que vio aquella tarde tenía una importancia central, pero no lograba comprender qué, por mucho que lo intentara. Lo único que sabía era que cuanto más descifrara a Ethel Jones más probabilidades tenía de dar con la identidad del asesino.

Volvió a mirar el cuaderno de Logan, preguntándose qué podrían significar esos círculos, pues presentía que eran importantes; se salían del patrón que mantenían el resto de los dibujos.

11

Quería volver a ver el video de Ethel Jones, pero no pude hacerlo en el avión porque justo a mi lado se sentó una niña que llevaba una muñeca de Minnie abrazada, y que no dejaba de mirarme. Apenas aterrizamos, me desvié al servicio, me encerré en uno de los baños y lo vi en la computadora portátil. Lo detuve justo cuando Ethel muestra que reconoce al asesino al mismo tiempo que mueve el brazo intentando soltarse. Me convencí de que era como si dijera: «Te conozco y sabía que eras capaz de hacer esto».

Guardé la portátil, salí del baño y llamé a Hans con el objeto de decirle que pensaba que Ethel Jones conocía al asesino, y me pareció que él acababa de llegar a la misma conclusión. Continué mi camino, admirando —sin quererlo— los vitrales y los rombos de colores que adornaban el pasillo por donde los viajeros iban apurados, siguiendo a niños que corrían como hormigas locas buscando un terrón de azúcar. Era inevitable pensar que de allí los subirían a un auto con destino a Orlando y serían todo lo felices que se podía ser a esas edades.

Un hombre vestido con un traje negro y una corbata verde, que tenía un lunar rojizo cerca del ojo derecho, me esperaba frente a la puerta de los arribos. Solo pronunció mi nombre y una artificial «bienvenida», echando de inmediato a andar. Era la parquedad personificada, pero lo prefería así porque tenía que pensar y no quería distraerme con conversaciones.

Subimos a su auto y tomamos la autopista. Primero iríamos al 26 de Wynwood, donde fue asesinada Viola, y luego me llevaría a la casa de la chica, donde me esperarían sus padres. En el camino, la claridad del cielo y el brillo sobre el asfalto me produjeron un inesperado ardor en los ojos, por lo que busqué en mi cartera los lentes de sol. O tal vez era que el hombre silente recién había fumado dentro del vehículo, porque algo hacía que la nariz me picara y los ojos se me humedecieran. Aparté las lágrimas, abrí la ventanilla y aspiré profundo el templado aire de Miami, entonces las ideas comenzaron a aparecer en mi cabeza. Más que ideas, eran interrogantes. En el vuelo ya había pensado que debíamos asesorarnos con un especialista para comprender los símbolos que contenían los videos: las distintas formas de asesinar, el significado de los lugares de los crímenes y las características personales de las chicas. También pensé que no sería mala idea consultar con Valery Levintong aunque a Hans no le agradara. Me molestaba, sobre todo, las dos formas tan diferentes que exhibía el asesino de dar muerte: ahogando a Ethel e infligiendo múltiples heridas punzantes con la tijera cortasetos a Viola; ambas drogadas y primero atacadas con una pistola de descarga eléctrica, de las que usan los policías en España. Eso nos había informado Rob, que la pistola Taser era de la Policía española y que debió haber llegado a él por medio de un costoso mercado negro.

Mientras continuaba respirando el aire de Miami, también

pensaba en Wynwood, en lo que significaba haber asesinado a Viola Mayer en ese lugar. Aunque no había estado antes allí, sabía que era un barrio para artistas y galeristas, un lugar en plena efervescencia que daba a Miami una nueva oportunidad para sacarlo de sus «tradicionales casillas de playa y fiesta nocturna». Podría ser eso lo que el asesino quería decirnos al matar a Viola allí; hacer hincapié en la «transformación». Quizá nos estaba hablando de los cambios que podían ser posibles en las ciudades.

Pasados quince minutos, llegamos al barrio de Wynwood. Noté que detrás de las cintas de contención del paso aguardaban y vociferaban decenas de periodistas con sus cámaras y micrófonos. Era lógico porque era el caso del momento y, además, ya se había colado que esta nueva muerte tenía relación con el asesinato de Ethel Jones en Cambridge.

Luego de bajarme del auto tuve que abrirme paso entre los periodistas, mostré la identificación a un policía que impedía el paso y entré, agachándome, y pasando por debajo de la cinta. Llegué a donde estaban los técnicos forenses y vi a varios hombres de trajes blancos que analizaban con detenimiento el área. Me fui acercando lentamente al lugar exacto que se mostraba en el video. El pájaro del mural con plumaje azul y verde estaba manchado con la sangre de Viola Mayer, que, además, estaba regada en diferentes áreas del asfalto, también al pie del árbol dibujado.

¿Por qué Viola Mayer? ¿Qué hizo la chica para ser escogida?

Sentí mucha pena por ella. Quizá nos enfrentábamos a un asesino que no soportaba que otros tuviesen lo que él no tenía. Sabía que Hans sospechaba que el homicida era un hombre maduro, de entre treinta y cincuenta años, pero yo no descartaba que pudiera ser una mujer porque en los videos no se podía determinar si era un hombre o una mujer. Podría ser una adulta que odiara a las chicas jóvenes, tal vez a algunas en particular que le recordaran o le hiciesen revivir sus deficiencias.

—Soy la teniente Carol Sim, encargada del caso —dijo una mujer de estatura mediana y tez bronceada que me abordó, envuelta en una amable voz ronca.

—Hola. Soy la agente Julia Stein —le respondí subiendo mis lentes y sujetándomelos en la cabeza.

—Pues aquí estamos, mirando cómo este sujeto acabó con la vida de la chica, clavándola allí y despedazándole el cuello.

Miraba al árbol del mural y me pareció que lo estaba haciendo llena de rabia y, a la vez, de melancolía. Luego miró la pantalla de su iPad y leyó.

—La chica estaba sola en casa. Hacía poco tiempo se había mudado. Hemos revisado su apartamento y no hemos detectado señales de lucha. Además, el conserje asegura que no vio entrar a nadie y también dijo que ella había salido desde la mañana. No tenía novio y era de pocos amigos. Ya hemos contactado a los más cercanos.

—¿Qué han dicho? —pregunté.

—Poco. Están impactados y desconcertados. La describen como una muchacha muy intensa que no le hacía daño a nadie.

—¿Muy intensa? —interrumpí.

—Sí. Con una clara inclinación a ideas ecologistas, aunque no militante de ningún movimiento. Iba a comenzar a estudiar Diseño Gráfico en la Universidad Internacional, aquí en Miami.

Estuve segura de que la teniente Sim era madre. Además, debía de serlo de una joven de la edad de Viola. Estaba haciendo de la caza del asesino algo personal, y eso me gustaba.

—¿La escena ha arrojado algo más de lo que nos han informado hasta ahora? —pregunté.

—Ni una huella —me respondió, sincera.

Volvió a mirar hacia el mural y a la sangre salpicada en él. Parecía que no podía dejar de hacerlo.

—¿Usted llegó cuando todavía estaba el cuerpo aquí? —le pregunté.

—Sí. Un brazo estaba en ese lugar del mural marcado con el número dos. Los pies clavados, en los tobillos, abajo. —Señaló hacia dónde—. Pero ya ha visto el video y sabe cómo la dejó ese monstruo.

Asentí. Le dije que quería acercarme más y ella, de inmediato, me ofreció los protectores para los zapatos y los guantes, que sacó de uno de los bolsillos de sus pantalones. Me los puse con rapidez y llegué junto al charco de sangre en el pavimento, que ya se había tornado marrón oscuro, y desde allí miré los pájaros y el árbol del dibujo. Me quedé un rato observando. Sentía que la teniente estaba detrás de mí, muy cerca.

—Hemos tenido que alejar a unos chicos que querían poner flores justo aquí. No sé en qué están pensando quienes se empeñan en llevar rosas al lugar donde han asesinado a alguien —censuró.

—Al menos Viola Mayer no estaba consciente —le respondí mientras miraba las flores manchadas de sangre del árbol pintado.

—Lo sé. Lo sé —repitió intentando consolarse—. Este es un dibujo de un árbol flamboyán. Este jamás pierde sus hojas y florece en junio con unas hermosas flores naranjas. Dicen que el artista logró copiar el color exacto, pero no me lo parece.

—¿Por qué sabe tanto sobre ellos? —le pregunté. Me extrañaba que hablara del árbol en ese momento.

—Mi hijo estudiaba Botánica y los identificaba a todos

desde pequeñito. En lugar de leerle cuentos, en las noches mirábamos el *Atlas de botánica oculta* que me hizo comprarle un día.

Le sonreí. Ella inspiró profundo, me miró a los ojos y yo también me fijé en los suyos. Eran marrones, francos, y noté que había llorado. Tenía la nariz enrojecida y el delineador removido. Entonces vi que el bonito labial morado que se había puesto estaba corrido de un lado. Supuse que al llorar, al ver el cadáver de Viola, pretendiendo apartar las lágrimas en el rostro, se lo había quitado.

—No sé si lo han descrito en el informe, pero quiero saber los datos del creador de este mural y que alguien se entreviste con él. Hay que actuar en varias direcciones. Habría que averiguar si ha tenido problemas con alguien —le pedí.

—Está bien —me respondió, moviendo la cabeza hacia abajo.

Llevaba una medalla pequeña con la imagen de una Virgen que en ese momento se balanceó en su cuello. Pensé que era una persona confiable, como también lo era Tim, el pobre Tim…

El ardor bajo mi costilla volvía a morder. Podría ser la forma en que mi cuerpo somatizaba las impresiones que me habían producido los videos y la muerte de Tim, pero no estaba dispuesta a prestarle el más mínimo caso al dolor.

—Caminaré un poco por aquí —le dije a la teniente.

Tomé algunas fotos del lugar con mi teléfono sin muchas esperanzas, me quité los protectores de los zapatos y anduve en círculos por las dos calles vecinas. Quería mirar las cosas desde una perspectiva diferente a la de los forenses. Al cabo de unos minutos, volví al área precintada y conté al menos ocho técnicos haciendo su trabajo, pero yo sabía que no iban a encontrar nada. Teníamos que apurarnos en concebir un plan para adelantarnos porque el criminal era prepotente, audaz y quería exhibir su obra: la colgaba en la Dark Web; y asesinaba en lugares públicos, así que no sería tan torpe como para dejar algo en la escena. Por eso había que comprender «el hilo conductor de los asesinatos en su cabeza». Era preciso saber por qué una chica como Ethel y otra tan distinta como Viola poseían algo que las hizo asesinarlas de maneras tan diferentes. Volví a pensar que Ethel Jones pudo parecerle más angelical y por eso aquel paraje a orillas del río Charles, que evocaba cierto romanticismo bucólico. En cambio, esto tan vibrante y urbano donde había asesinado a Viola Mayer podría corresponderse con la forma como concebía a la chica. ¿Escogería las escenas de acuerdo con la personalidad de las víctimas? ¿A su apariencia física? Esa idea se me había metido en la cabeza porque las dos eran tan diferentes, al igual que los escenarios, así que tal divergencia no podría ser al azar. En la mente del criminal debía haber un orden, algo que lo guiase a escoger a estas chicas y no a otras. Me temía que era algo complejo que debíamos descifrar.

Estuve unos minutos más rondando por las calles de Wynwood, consumida en esas reflexiones, luego me despedí de la teniente y le pedí que en cuanto tuviese el informe forense listo me lo hiciera llegar.

Cuando volví al auto el sol se apagaba y la claridad que me había acompañado en el barrio de las galerías comenzaba a perderse. Al cruzar la esquina miré por la ventanilla y volví a reafirmarme en que no era común que un asesino en serie mostrara dos *modus operandi* tan disímiles, ni tanta versatilidad en el ataque y en el manejo de los recursos. Ese rasgo polifacético no me gustaba porque me hacía presentir que volvería a asesinar muy pronto, y nosotros todavía no sabíamos nada sobre él, o sobre ella.

Fue cuando una idea atravesó mi cabeza. Él podría estar allí, mirando. Entre la multitud de curiosos, o portando una cámara, haciéndose pasar por periodista. Damos como cierta la identidad de las personas con facilidad, solo por como visten. Podría haberme visto llegar, tal vez pasé a su lado. No sería la primera vez que los asesinos vuelven al lugar del crimen para recrearse. Hasta podría ser el hombre que conducía el auto en el que me encontraba, porque en ningún momento le había pedido que me mostrara su credencial.

12

Me dije que debía dejar la paranoia, porque no era yo el objeto de acoso por parte del asesino. Ya debía tener otra víctima entre sus planes. En ese momento, otra vez The Police inundó mi mente.

«*Every breath you take, and every move you make… I'll be watching you*».

¿Pero por qué el asesino puso esa canción como fondo en los videos? Una canción que en su estribillo repite que estará observando a una mujer cada vez que respire o en cada cosa que haga ¿Qué nos quería decir? Que las acechó y luego las asesinó. Era como si nos dijera que las conocía, que las observaba —al menos por algún tiempo— y que sabía cosas íntimas sobre ellas. Pensé que así como Ethel pudo haberlo conocido, Viola también.

Comenzó a llover a cántaros. Ya eran las cuatro de la tarde y nos encontrábamos en un atasco en la vía justo antes de llegar a la bahía. El tráfico de Miami era insufrible y yo sentía una creciente ansiedad por llegar a la casa de Viola Mayer. El auto no avanzaba y comencé a desesperarme, pero me di cuenta de que ya cruzábamos las Islas Venecianas y entonces supe que estábamos cerca. Miré por la ventanilla y vi a un rabino caminando en la acera. Luego otro a unas cuadras de distancia. Supuse que había algún centro de estudios judíos por allí. Varios Mustang descapotables pasaron a nuestro lado, con chicos que sin duda iban a la playa sin importarles la lluvia y que escuchaban reguetón a todo volumen. Me pareció que todos escuchaban la misma canción.

Unos minutos después llegamos al complejo residencial donde vivía Viola Mayer. Estaba compuesto por unos pequeños edificios de arquitectura moderna, de color arena y de dos plantas, situados frente al mar y solo separados por la vía. Mostraban ventanales que reflejaban en ese momento el cielo gris y la fina cresta blanca de las olas. Entonces llovía todavía más fuerte.

El chofer me ofreció un paraguas sin pronunciar ni una palabra, mostrándomelo. Lo rechacé y le di las gracias, porque me molesta maniobrarlos, además de que la entrada estaba cerca y tampoco me importaba mojarme un poco. Bajé del auto y me dirigí al número veintiséis, que resultó ser un apartamento en la planta baja de la torre más próxima a la playa.

Toqué y aparté un poco unos mechones de pelo mojado que caían sobre mi frente. Noté que la puerta estaba abierta y la empujé al mismo tiempo que me anunciaba. No obtuve respuesta, así que insistí diciendo «hola, soy la agente Stein del FBI». Nada. Aquello no me pareció normal. Caminé por un corredor de tres metros a lo sumo, y luego llegué a una antesala que olía a canela y que estaba iluminada por vitrales de varios colores. Di un paso y luego otro. De pronto, la voz de una mujer aumentó mi estado de alerta.

—¡Mira la mantarraya bajo el puente! Nunca había visto

una tan grande en mi vida. ¿Me estás prestando atención? ¿Ernest?
Pensé por un segundo que me había equivocado de piso.
—Hola, soy Julia Stein del FBI. La puerta estaba abierta, me he anunciado, pero no me escucharon —dije aproximándome a ellos.
Se encontraban en una sala de piso negro y paredes repletas de grandes cuadros coloridos, donde casi todos los objetos eran de color rosa y añil, a excepción de una gran alfombra verde manzana bajo sus pies. Las paredes frontales eran de vidrio y podía verse el canal donde de seguro la mujer había visto al animal.
—Soy Ernest Mayer —dijo él, caminando hacia mí.
Era un hombre de unos cuarenta y cinco años, de piel bronceada, de ojos color miel y pelo negro con algunas canas en las sienes. Parecía ser del tipo detallista, concentrado y algo frío. Sabía que era arquitecto y de los más conocidos en el estado. Pero sus ropas no lucían bien: la camisa blanca de puntos azules estaba mal abotonada y los pantalones estaban manchados a la altura de la cadera.
Por un instante tuve la sensación de que me odiaba, de que odiaba todo lo que le estaba pasando, y yo era parte de ello. No me hubiese conocido jamás si no hubiesen asesinado a su hija. Sin embargo, disimuló eso que me pareció ver en su rostro —ese odio— y dibujó algo parecido a una sonrisa, pero el resultado final fue muy falso.
—Lamento su pérdida. Si no fuera importante, no estaría aquí.
—De acuerdo —me respondió como si se tratara de cualquier cosa. Supuse que esa era su frase favorita en el trabajo y que la decía de manera mecánica.
La mujer, que permanecía sentada, tosió y volteé a mirarla. Llevaba un peinado impecable, las cejas perfectas,

mostraba unas largas pestañas que enmarcaban unos ojos grises y tenía la boca pintada de rojo bermellón.

—Ernest, bríndale algo a nuestra amiga. Para que pueda disfrutar mejor lo maravilloso que es sentarse en esta sala, donde se está tan tranquilo después de venir de la playa. Como dicen las chicas, Viola y Eimy. Más que todo Viola…

El hombre me invitó a sentarme con un gesto, resignado.

—Cariño, no olvides que ahora Viola es un ángel. Un ángel inesperado, pero un ángel al fin —dijo él.

Pensé que estaban en *shock*, y desatando un delirio sobre otro.

—Soy Valentine, la madre de Viola —dijo ella, sonriéndome—. ¿De dónde la conoce usted? Se ve mayor que ella, así que no puede ser compañera de estudios… —completó.

—Lo que pasa es que mi esposa todavía no puede aceptar lo sucedido —dijo el padre con la voz quebrada—, se aferra a un imposible y se niega a creer que ahora Viola es un cuerpo luminoso que ha logrado escapar.

Era trágico. No solo la forma como el asesino había acabado con Viola, sino lo que pasaba en las cabezas de sus padres, que ahora habían perdido la cordura, cada uno a su manera. Le pedí a Ernest Mayer que me condujera a la habitación de su hija y le dije que luego me iría. Él aceptó y comenzó a caminar. Me levanté y lo seguí. Escuché la animada voz de Valentine, que se iba perdiendo mientras nosotros caminábamos por el corredor.

—Hoy cenaremos con las chicas porque creo que Eimy viajará para vernos. Me provoca comer en el Mandarín. ¿A ti no, Ernest? Quiero que después hablemos de las joyas funerarias que se hacen con las cenizas…

Cuando estuvimos dentro del cuarto de Viola, Ernest Mayer no pudo contener un ataque de llanto. Fue abrupto, como una explosión volcánica, pero de inmediato pasó y con rabia apartó sus lágrimas.

La habitación mostraba una pared con unas figuras inconclusas. Parecía que habían estado dibujando un planeta con bandas oscuras, separadas por zonas más claras y hojas de palmeras. Del lado izquierdo de este salían animales que quedaban flotando en un fondo gris claro lleno de bocetos de nubes, jirafas y cebras. Lo que más me llamó la atención fue una jaula vacía que también parecía salir desprendida de esa área del planeta nebuloso. Las figuras no estaban aún bien definidas, pero la jaula contaba con trazos más precisos.

—Se supone que es Júpiter. Era su nuevo proyecto. Comenzó a dibujarlo hace unos días, y la verdad es que no entiendo por qué.

—¿Cómo era su hija? ¿En qué creía? —le pregunté mientras observaba el boceto en la pared.

Me miró y respondió con rapidez, sin pensarlo.

—En la armonía. Quería que todos estuviéramos bien y detestaba cuando alguien callaba alguna molestia.

—¿Ella no callaba? ¿No tenía secretos?

—¡Claro que no! Era una chica transparente.

Cuando dijo eso, salió de la habitación.

Tal vez fui muy dura, pero me costaba mucho pensar que una muchacha de diecisiete años no escondiera secretos a sus padres, sobre todo a unos como estos.

Paseé la mirada por el cuarto: la cama hecha, la mesita de noche con una lámpara pequeña que debía de ofrecer una luz muy tenue, un vaso de agua a medio camino, ningún libro ni, iPad, ni Kindle. Sabía por el informe preliminar que el equipo forense se había llevado de casa de Viola la Mac para analizar su contenido: su uso de las redes y sus correos electrónicos. También que todo apuntaba a que el asesino se había quedado con su celular.

En un rincón, junto a una tabla de surf, había un cesto negro con rayas color rosa y trazos dorados. Me acerqué a él y noté que estaba vacío. Caminé y me detuve en medio del cuarto. Miré hacia el frente y lo primero que vi en el borde del espejo de la cómoda fue una fotografía de «El árbol de la vida», el ícono del parque temático Animal Kingdom, el que Walt Disney World dedicó a la naturaleza y al reino de los animales, que es el que menos gusta a la gente, pero que debía ser el preferido de Viola desde pequeña.

—Otra vez un árbol… —me dije.

Sobre la cómoda había pocos objetos. Una botellita de crema humectante, una barra para los labios, un bloqueador solar, unas pulseras de cuero, un libro de mandalas y unos marcadores.

Abrí el clóset y vi varias faldas de *jeans* y camisetas de tonos claros, ropa de playa sencilla, tres pares de zapatos deportivos y unas sandalias. También había varias cajas cerradas. Supuse que Viola aún no había terminado de desempacar.

Salí del cuarto y en el umbral volví a mirarlo desde afuera. Júpiter era importante. Lo había querido dibujar de súbito. Las palabras de su padre fueron «Era su nuevo proyecto. Comenzó a dibujarlo hace unos días apenas y la verdad es que no entiendo por qué». Si él no entendía esa pintura inconclusa era por algo, porque Viola guardaba secretos, y uno de ellos —reciente— le había impulsado a dibujar aquello: el planeta, los animales, la jaula negra sin ninguna criatura cautiva dentro. Podía ser que aquella composición fuese producto de un nuevo intercambio de ideas con algún amigo o amiga. Un intercambio que produjera en ella una energía desbordante que la subyugara. Fue cuando pensé que esa persona influyente podría ser el asesino y la idea me inquietó, porque significaba que debíamos atrapar a alguien con una capacidad de atracción avasallante, al menos para las chicas jóvenes. ¿Qué animó a Viola a dibujar ese mural? La respuesta podía ser importante, me dije.

Caminé de vuelta por el corredor que daba a la sala y me acerqué a los padres de Viola, que ahora estaban callados y sentados en el sofá.

—Ese mural en el cuarto… ¿saben algo sobre él?

—Viola me dijo que le había provocado «sacar» al exterior lo que pensaba y que su nueva habitación era el mejor lugar para hacerlo. Comenzó a dibujarlo el mismo día que se hizo esas mechas verdes en el pelo. Creo que pasaba por un momento de rebeldía —respondió Valentine, quien ahora parecía más lúcida.

—¿Hace cuánto tiempo? —pregunté.

—Hará cinco días —me respondió ella.

—¿Antes, en casa con ustedes, había dibujado en algún espacio, en su habitación o en un estudio? —indagué.

—No desde aquella vez de la silla…

—¡Basta! —gritó Ernest, salpicando un chorro de saliva y separándose de Valentine—. ¿Por qué tienes que traer eso a colación ahora?

—Ella nos está preguntando, además, yo no te estoy culpando de nada. Eso sucedió hace mucho tiempo —dijo Valentine con voz de cristal, pero yo notaba violencia pasiva en la expresión de su cara.

—Cuando Viola tenía tres años pintó una silla del comedor con un marcador rojo. Ernest se puso furioso. No sé por qué lo tomó tan a pecho. Seguro le había ido mal ese día. Nunca te había visto así —dijo volteándose hacia él, aspirando el aire y elevando los hombros.

—Fue tanto lo que gritó y la aterró —continuó Valentine— que Viola jamás volvió a pintar nada en ninguna parte de la casa.

Después de eso cayó un silencio pesado en la sala, como

una enorme daga. Estaba claro que con ese comentario Valentine buscaba herir a Ernest. En lugar de consolarse el uno al otro, parecía que la muerte de Viola había desatado todos los demonios entre ellos.

—Quiero que hagan una lista con los nombres de las mejores amigas o amigos de Viola en este momento. Si recuerdan alguna otra cosa sobre el mural o sobre cualquier detalle que signifique que Viola hizo algo inesperado o diferente a lo que solía hacer, por favor llámenme —dije, entregándoles mi tarjeta—. Y a ese correo háganme llegar la lista lo más rápido posible —finalicé.

Valentine alargó la mano para recibir la tarjeta y luego yo me dirigí al pasillo que conducía a la puerta. Ernest Mayer, desde el punzante recuerdo que su esposa había levantado, quedó congelado con la mirada puesta sobre unas ramas de eucalipto que pendían de un florero que estaba en el medio del salón.

Pensé que Viola había vivido una mentira si creía que en casa existía armonía. Tal vez era lo que más deseaba porque era lo que nunca había poseído. Sin duda la chica podría haber sido feliz en ese apartamento, frente al mar y lejos de ellos, si el asesino no la hubiese seleccionado.

¿Por qué había elevado la dosis de Immobilón para que no despertara? Eso para mí era una muestra de clemencia. Una que no había tenido con Ethel Jones. Tal vez no odiaba tanto a Viola Mayer por alguna razón.

Escuché unos pasos apurados detrás de mí. Apenas me dio tiempo a voltearme, cuando lo vi muy cerca de mí. El padre de Viola me dijo algo que me resultó perturbador.

13

—Sé que Viola nos está observando. Siento que todavía está aquí adentro y también en el mar. No es su final, no de esa forma…

No supe qué decirle. Solo logré despedirme de él y salir. Cuando lo hice, tropecé y casi me caigo debido a un escalón mojado que no recordaba haber pisado antes.

Había dejado de llover y sentí el olor del mar apenas llegué a la calle.

La chica estaba a gusto en ese barrio, como había dicho Mayer, por la cercanía de la playa, que avivaba sus ánimos. Debía ser una muchacha que amaba la vida y el movimiento. La lámpara de luz tenue de su mesita de noche era la prueba de que no solía leer en la cama. Tampoco había libros en su cuarto, ni pantallas de televisión ni consolas de videojuegos. Pensé que era de las personas que preferían las actividades al aire libre, el viento, el mar. Suponía que sus padres habían comprado y decorado el piso a su gusto y que para ella lo relativo a ese apartamento era indiferente. Recordé la imagen en su habitación, el boceto de Júpiter lleno de palmeras y de animales suspendidos, y la jaula vacía… entonces me pareció una chica movida por la idea de la libertad y no tanto por la armonía, como había dicho Ernest Mayer. Los jóvenes con anhelo de emancipación pueden ser presas fáciles para personas peligrosas. El homicida pudo haberla conocido a profundidad, no porque formara parte de sus amistades fuera de la Red, sino por pertenecer a la dimensión virtual. A través de ella pudo haber avivado esa etapa de rebeldía en Viola que mencionó Valentine.

Tomé mi móvil y escribí un mensaje a la teniente Sim:

«Creo que es clave analizar en forma exhaustiva la computadora de Viola Mayer con los mejores técnicos. Buscamos algo que nos conduzca a alguna amistad reciente a través de su correo electrónico, en Facebook o Instagram. ¿Cuando los forenses fueron a su casa no hallaron nada en el cesto de papeles de su habitación?».

Cada vez me convencía más de que la relación fatal con el asesino había sido a través de la Internet. Eso explicaría que las víctimas vivieran a miles de kilómetros de distancia. Podría ser un hombre maduro, veinte o treinta años mayor que ellas —tal como había perfilado Hans—, que se pusiera en contacto con sus víctimas por medio de redes virtuales y que se ganara ahí su confianza. Que tuviese acceso a sus ideas más secretas y que luego planteara conocerlas en persona. Entonces viajaba, quedaban en un lugar determinado, él asistía y las atacaba. Podrían quedar primero en un sitio público para apagar cualquier duda de las chicas y no ser sino hasta un segundo encuentro cuando las atrapara. Podría ser que a Ethel la buscara en casa, pero a Viola no. Las calles de Cambridge eran muy tranquilas, en cambio esto, Miami y el barrio de South Beach, era un hervidero. El asesino pudo haber sacado a Ethel de casa sin que nadie lo viera, pero no a Viola.

Llegué al auto con esos pensamientos en la cabeza y cuando toqué la manija me detuve porque pensé, de repente, en ir a ver el mar. Eso podría ser lo que Viola hacía con frecuencia. Le hice una seña al conductor para que esperara y crucé la calle hacia la playa. En ese momento sentí la vibración de mi celular, al que había dejado en ese modo para que el sonido no interrumpiera la conversación con los Mayer. Era un mensaje de Carol Sim:

«Entendido lo de la amistad reciente *online*. Ya había pensado en eso, pero hasta ahora no hay nada sospechoso. No encontraron papeles en el cesto. Le enviaré la actualización del informe del registro de la casa. El artista del mural se llama Oliver Ross y vive en Canadá desde hace años».

Había preguntado lo del cesto porque pensaba que tal vez la chica había completado en una hoja el dibujo que dejó inconcluso en la pared, la había tirado al cesto y todavía estuviese allí cuando los policías fueron a su apartamento, pero no parecía ser el caso. Me interesaba saber si esa composición tenía algo más, alguna frase u otra cosa. La verdad era que no sabía por dónde continuar…

Ya veía las crestas de las olas. La brisa pegó en mi cara y abatió la tela de mi blusa y de la chaqueta. Anduve por los caminitos llenos de letreros de advertencia hasta llegar a la verja que abría paso a la playa. Cuando estuve sobre la arena, me descalcé y seguí andando. Sentía el manto frío moverse bajo mis pies y escuchaba el sonido del mar y del viento, que arropaba cualquier otro ruido de la ciudad. Dos chicos pasaron caminando por la orilla, hablando en voz muy alta. Uno de ellos era robusto y rubio, el otro, bajo y muy delgado. «Esa es la mejor…», «imposible…», «la novia de Albert…» fueron algunas de las palabras sueltas que pude escucharlos en medio de la ráfaga de viento. Luego una bandada de gaviotas cruzó el cielo y me distrajo. De nuevo me fijé en ellos y me quedé mirándolos mientras se alejaban.

Caminé más adentro, hasta la orilla, y sentí el agua fría y algunas piedritas entre los dedos de mis pies. Miré hacia abajo cuando el mar se replegó y allí estaban millones de restos, conchas, piedras diminutas de muchos colores pálidos. No sé por qué recordé de inmediato la imagen de Viola con la cabeza hacia abajo, con las manos y los pies clavados sobre el muro y, más que todo, aquellos pájaros azules dibujados a su alrededor, como si ella fuese la continuación del flamboyán que el artista había dibujado. Puede que haya sido el color verde de las piedras lo que me recordó las puntas del pelo de Viola. También recordé la figura del asesino acercándose, vestido de verde oscuro y portando la poderosa tijera.

—¿Por qué de verde? Cuando asesinó a Ethel Jones vestía de negro… —volvió a preguntarse una voz dentro de mí.

El agua mojó mis pantalones, así que caminé un poco más lejos de la orilla y volví a ver a los muchachos. Entonces me dije que aquel podría haber sido un lugar en el que Viola se encontró con alguien; estaba cerca de su casa, era hermoso y sobre todo permitía intimidad. A esa hora no había visto a nadie más allá de los dos chicos, y eso era una lástima porque tal vez un empleado de mantenimiento o de seguridad podría haber visto a Viola acompañada.

Emprendí el regreso al sendero en donde dejé mis zapatos. Mientras me calzaba, volví a pensar que lo que estaba haciendo el homicida era, por sobre todas las cosas, mostrarse. Al colgar los crímenes en la Dark Web abría la puerta a una gran sala llena de espectadores, a cientos de personas, entre las cuales podría encontrar aliados y seguidores. Su motivación no era solo cometer los asesinatos, sino —y tal vez más importante— exhibirlos. Podría ser que ni siquiera lo moviera el odio hacia las chicas.

Cuando pensaba en eso, volví a sentir otra vibración en la pierna. Esta vez era una llamada de Hans.

—Cuando termines, dirígete al aeropuerto Opa-locka Executive porque allí te espera un avión. No queda lejos de donde estás. Quiero que vuelvas lo más pronto posible, que descanses unas horas y estés presente en la reunión con el doctor Paul Kudary, que será apenas amanezca mañana domingo, aquí en la oficina. Algunas veces consultamos a Kudary porque es un semiólogo extraordinario.

—Iba a proponerte algo así. Los videos tienen una carga de... —le dije, pero no me dejó terminar.

—Lo sé. Es desquiciante reconocer que portan un mensaje que no podemos descifrar.

Ya imaginaba a Hans sentado en la oficina mirando a un punto muerto y loco de ganas de fumar. De seguro había subido al menos cuatro veces a la azotea o bajado al pequeño jardín de los furibundos fumadores del edificio. Realmente me preocupaba. Desde que comencé el curso en la Academia, una vez resuelto el caso de Green Bank, lo había visto deteriorarse. Estaba mucho más abstraído que antes y menos conectado con cualquier ser humano. No quería que el FBI hiciera eso conmigo. Quería ser tan buena como él —hasta mejor— para evitar que los criminales hicieran daño a personas inocentes, pero no volverme una obsesa de las acciones de los homicidas.

—Ya he terminado aquí. He pensado que el asesino quiere decir algo con relación a los árboles porque en las dos escenas hay árboles; en la primera, reales, y en la segunda, dibujados —le respondí.

Él hizo silencio y pude escuchar su respiración un par de veces. Sabía que lo estaba meditando.

—Es posible. Puede ser y puede que no. Para eso he pautado la reunión con Paul Kudary, para que nos ayude a descifrar mejor los símbolos de los videos. Así como la canción de fondo y lo de los colores del impermeable.

Me di cuenta de que Hans también había pensado en lo de los colores. En ese momento llegué al auto, me subí y le dije al conductor que me llevase al aeropuerto Opa-locka.

—¿Qué dices del asesino? —pregunté a Hans mientras me acomodaba en el asiento trasero.

—La ropa de él, el impermeable… ¿No ves que cambia de color? Si bien ambos son oscuros, en el video de Viola es verde.

—Me fijé en eso. Entonces para Ethel elige el negro y para Viola el verde. ¿Por qué? El pelo de Ethel era color azabache…

—Creo que también es por el color de sus ojos. Ethel tenía los ojos negros y los de Viola eran de un verde claro, muy hermoso.

—Puede ser, Hans. Espero que el semiólogo nos dé un poco de luz con eso y con todo lo demás. Te veo en poco tiempo —le dije y corté la llamada.

Me recosté hacia atrás en el asiento del auto y cerré los ojos. Sin saber por qué, me seguía preguntando si el homicida no podría ser una mujer. Debió ser porque percibí algo femenino en el primer video, aunque no en el segundo. Estaría influenciada por la forma de acariciar la cara de Ethel, con esas manos tan finas que podían adivinarse bajo los guantes. Abrí los ojos, pero continuaba recostada, miré por la ventanilla y entonces me di cuenta de que estaba cansada. Veía el cielo casi blanco y algunas crestas oscuras de las palmeras doblarse. Miami estaba triste, descolorida. No la recordaba así la última vez que estuve aquí, en una escapada de fin de semana con Jimmy. En ese entonces no podía ni sospechar que mi vida daría un vuelco, un cambio tan radical, ni tampoco imaginar que la próxima vez que volvería sería para investigar la muerte de una chica tan joven como Viola. ¿Qué le habría metido en la cabeza ese hombre, o esa mujer? ¿Por qué no me había llegado la lista de los nombres de sus amigos? De seguro Valentine estaba otra vez en el episodio de negación de la muerte de su hija, o estaba ocupada en intentar destruir a Ernest Mayer ahora que no tenían que disimular frente a su hija una armonía perfecta. O simplemente era verdad lo que yo había pensado: no tenían ni idea de quiénes eran sus amigos.

Recordé que había otra hermana, una mayor. De hecho, Valentine había hablado de ella, dijo su nombre: Eimy. ¿Por qué no la había visto? ¿Dónde estaba? Busqué en el móvil el informe de Carol Sim, en el que figuraba una hermana llamada Eimy que vivía en Londres. Llamé a la teniente para saber sobre ella.

—Está hospitalizada en el Hospital Wellington, en Londres. Se sometió a una intervención y el crimen de su hermana la tomó en plena recuperación —me respondió ella.

—¿Era cercana a Viola? —le pregunté.

—Se comunicaban diariamente por Skype. Creo que tenían una relación estrecha. Pero ella tampoco sabe nada que nos pueda orientar sobre la identidad de la persona que mató a su hermana.

Le di las gracias a Sim y me despedí. Concluí que Viola era capaz de cultivar y mantener una relación a distancia. Claro que su hermana era diferente a alguien que conociera en la Red, pero era posible, y cada vez me lo parecía más, que el asesino fuese un depredador sentado detrás de una computadora. Eso era consistente con el hecho de que colgaba los videos en la Dark Web. Podría tener un trabajo relacionado con la informática.

Llegué al aeropuerto.

Me pareció pequeño y estaba casi vacío. Al poco tiempo

me encontraba dentro del avión, en una cabina espaciosa, atendida por un chico que me ofrecía agua y café con frecuencia. En pocos minutos despegamos; me recosté en la cómoda butaca y estiré las piernas. Creo que dormí unos minutos. Luego me quedé mirando las nubes, como siempre lo hago cuando tomo un vuelo, pero esa vez me recordaron el mural de Viola. Aquellos animales saliendo del planeta difuso junto a las nubes sin terminar. Comencé a entender cómo funcionaba la obsesiva mente de Hans Freeman: no dejar de pensar en las víctimas ni un momento, cargarlas a cuestas siempre hasta que esa obsesión te muestra por dónde puedes continuar avanzando. A mí en ese momento me dio por buscar en mi iPod canciones de los años ochenta. Aún faltaba una hora para aterrizar en Washington, así que aprovecharía el tiempo escuchando la música de The Police, Foreigner, Journey, U2, Yes. Se me ocurrió, oyendo algunas canciones de esos años que ya conocía, que tal vez había una persona especial en la vida del asesino en el momento en que *Every Breath You Take* acaparó la atención. ¿Y si en la época en que este sujeto se enamoró esa era la canción que inundaba el mundo? Podría ser el símbolo de su primer amor, tal vez el único.

Así estuve la última hora del vuelo. Escuchando música y mirando por la ventanilla. Intentaba de alguna manera meterme en el pasado del asesino.

14

Mientras Julia está volando camino a Washington, el asesino miraba a una chica desvistiéndose frente a una cámara.

Se encontraba solo en una habitación, sentado ante la computadora y escuchando la canción de The Police.

Había conocido a Loredana Lange en el parque donde solía ir a correr. Le había llamado la atención su cabellera roja, tan vibrante, y enseguida recordó la tipología del cuaderno, el que había creado su *yin*, su complemento. Entonces la abordó, deteniéndose junto a ella. La chica levantó la mirada y de inmediato comprendió que le gustaba lo que veía.

—¿Por qué te detienes junto a mí? —preguntó ella con cara pícara.

—Porque creo que no todos los días encontramos lo que buscamos.

—Ya. ¿Y qué buscabas exactamente?

—Alguien orgullosa de su belleza. Puedo ofrecerte un trabajo seguro y muy rentable.

—Creo que te has equivocado de chica...
—¡No! ¡Por favor! No lo arruines. Ibas muy bien. Yo te hago una oferta, así que escúchala y luego, si no te convence, te vas y te olvidas de mí.
—Entonces haz tu oferta, en un minuto, porque quiero seguir con mi ejercicio.
—Hagamos algo mejor. Dame tu correo electrónico y te escribiré. Luego, si te interesa, quedamos a chatear. Así no te quito más tiempo y puedes seguir con tu carrera.

El asesino recordó que la chica le dijo su correo y su nombre, complacida. Y entonces estuvo seguro en ese momento de que sería una presa fácil. Era genial la tipología del cuaderno; recordaba que decía que las chicas fuego eran las más vanidosas y que era esa vanidad la que firmaba su sentencia de muerte.

La vio irse corriendo, y pensó que Loredana Lange, tal como le había dicho que se llamaba, era «la perfecta chica fuego» por su forma de moverse y por su maravillosa melena rojiza.

Ese encuentro había sucedido unos días atrás.

Ahora, frente a donde estaba sentado, colgando de un pequeño marco negro en la pared, veía la imagen que representaba al *yin-yang* junto a una fecha, 1988, y con la firma de su autor en una letra muy pequeña.

Se dio cuenta de que estaba torcida y la enderezó con molestia. Fue dibujada hacía tiempo por la única persona que había logrado hacerle sentir completo y vivo. Una persona que conoció en el patio de su casa hacía varios años. Desde que la vio la trató como si la conociera de siempre y se hicieron amigos. A los pocos días esa persona se había ganado toda su confianza, tanto que le hizo una sentida confesión: «Odio ese maldito parque de atracciones, a toda esta ciudad y a este país que da vueltas en torno a él».

Recordaba la primera vez que la vio, cuando bajó la cámara Kodak que sostenía en las manos, y la saludó, riendo. Se encontraba detrás de la cerca, entre los arbustos y el viejo tronco del árbol. ¿Qué estaría fotografiando? Se había preguntado y se acercó sin pensar: se fijó que llevaba puestos unos auriculares que terminaban en un *walkman* Sony celeste que llevaba en uno de los bolsillos del overol. La saludó y le preguntó qué escuchaba. Así comenzaron a hablar. Resultó ser The Police.

Todas las tardes se juntaba al llegar de la escuela con «Sony». Ese era el apodo que le había puesto a su nueva amistad en recuerdo de la imagen de ese primer encuentro. Al principio se veían en el patio, y después en cualquier parte, en la calle, en terrenos baldíos, en el parque. Esa etapa fue la mejor de su vida. Nunca se había comunicado con tanta sinceridad con alguien.

Luego descubrió lo mejor: las fantasías mortales de «Sony» plasmadas en aquel cuaderno que le mostró, y se maravilló por lo que podía conseguirse a través de la imaginación. Después, fueron al parque varias veces y continuaron figurándose los crímenes más divertidos y perfectos. Allí estaban todas esas niñas felices, pero en sus cabezas no eran más que las próximas víctimas. El odio, que sentía en aquel entonces, tenía que ver con la hipocresía que decía encontrar en la gente. Desde que tenía uso de razón había tenido unas ganas enormes de develar los secretos que todos tenían y destruir la aparente armonía que simulaban.

Ahora volvía a mirar a la chica en la pantalla de la computadora, y se moría de las ganas por borrarle la sonrisa y por cerrar esos labios entreabiertos que fingían excitación. Ni siquiera puede hacerlo de una manera creíble, se decía. Comenzó a odiarla con mucha fuerza mientras ella le preguntaba a través de un mensaje si todo estaba bien. Volvió a sentirse un adolescente, igual de subyugado por la necesidad de compartir sus repugnancias con alguien más inteligente, que podía darle cauce y significado a la rabia que normalmente lo embargaba.

Ahora la chica, la *camgirl* que había continuado desvistiéndose, solo llevaba puesta la ropa interior, bastante común a su juicio. Tendría que mirar mejor eso porque la oferta no podría ser tan ordinaria, pensaba.

Entonces, mientras miraba a la chica bailar y desvestirse poco a poco en la pantalla de su computadora, tuvo un recuerdo terrible de su relación con «Sony». Recordó cuando le propuso ir a aquel lugar abandonado para darle una sorpresa. Sony le había dicho que le gustaría ver a dos personas hiriéndose, como en un *show*, y que también le gustaría que la gente dejara de ser tan hipócrita, porque si les gustaban las peleas callejeras, el boxeo, la violencia, debían legalizar las peleas a cuchillos en las que uno de los dos contrincantes muriera. Pero todo había salido mal con aquella sorpresa que planeó. Lo había hecho porque sentía que la relación estaba deteriorándose, que no era igual que al principio, y quería agradarle. Ahora reconocía que aquella idea fue de pésimo gusto, pero en el presente había madurado, se había cultivado. Así que mataría a esa *camgirl* que estaba mirando, a Loredana Lange, con un estilo aún mayor que el mostrado con la intuitiva Ethel, y también grabaría su muerte para lanzarla como una botella en el agitado mar de la Internet exclusiva, a la que no todos tienen acceso, solo los que pagan por ella.

Cuando pensó en Ethel Jones sintió una ligera punzada. Fue solo un hormigueo en el vientre que se apaciguó temprano. La chica había logrado descubrir algo que nadie sabía sobre su personalidad. Algo que tenía que ver con esa intensa relación de su pasado que no quería aceptar.

15

Era domingo en la mañana y Hans esperaba a Julia en la oficina, en Washington. Mientras tanto miraba el cuaderno de dibujos del vecino de Ethel y los reproducía en la pizarra. Eran trazos temblorosos pero capaces de formar la imagen de los objetos. Dibujó un aro y un árbol imitando el estilo de Logan. Se separó un poco de la pizarra y los miró unos segundos. Luego volvió a acercarse y dibujó una botella, junto a una bicicleta. Se alejó otra vez y se puso la mano izquierda sobre la barbilla. Se decía que tenía que pensar. En ese momento se dio cuenta de que no llegaría a nada dibujando todos los objetos que Logan había plasmado en el cuaderno. No parecían conducir a ningún lado. Reconocía todas las figuras menos la última. La de los círculos negros, entonces se acercó a la pizarra y los dibujó.

Sentía que su visita a Cambridge había sido infructuosa porque no sacó de ella nada en claro. Solo el cuaderno de un vigía confuso que fisgoneaba desde la ventana. Pero al menos tenía el Light Blue, el perfume de Ethel, y la estela de la personalidad que su uso dejaba detrás, según su amiga Josefine.

También aquel pliego arrugado que había sacado de debajo del jarrón del cuarto y la convicción de que le gustaban los temas prohibidos.

Cada vez le costaba más mirar el video de la muerte de Ethel y, cuando lo hacía, un cansancio fulminante lo invadía y la cabeza le pesaba. Entonces salía a fumar y volvía sintiéndose peor.

—¿Los árboles? —se dijo en voz alta—. Julia dice que los asesinatos tienen que ver con árboles. En el cuaderno de William Logan también hay árboles, pero eso es porque dibuja lo que ve desde la ventana.

Hans volvió a mirar la primera página del cuaderno, que contenía un aro y un árbol. Abajo, a la izquierda de la hoja, observó el dibujo de una botella, de una bicicleta y una cascada. Había visto las páginas muchas veces y no encontraba nada que le sirviera. La única figura que se mostraba solo una vez era la de los tres círculos y esa era la que más le interesaba.

—Tal vez si supiese las fechas en las cuales William Logan ha dibujado cada cosa. ¿Por qué no le hice la pregunta adecuada a la enfermera? —se quejó en un grito tan alto que uno de los agentes que pasaba por el pasillo lo escuchó.

Pensaba que si alguien conocía al detalle las rutinas eran las enfermeras, y él no le preguntó a la de Logan cada cuánto había que darle un nuevo cuaderno. Eso fue un error porque ese dato podía arrojarle un aproximado de las fechas de los dibujos.

Se levantó de manera brusca, haciendo que la silla quedara girando, salió de su oficina y se dirigió al Departamento de Información en la misma planta. Pidió a uno de los chicos de guardia que averiguara el número de teléfono de Marianne Wells, quien era enfermera residenciada en Cambridge. Al poco tiempo contaba con el dato.

Olvidó dar las gracias al chico, quien se le quedó mirando asombrado, volvió a su oficina y llamó a la enfermera Wells.

—¿Cada cuánto tiempo tiene que darle a Logan un nuevo cuaderno de dibujo? —le preguntó.

—Déjeme pensar… cada tres semanas más o menos.

—Gracias —respondió y cortó.

Sacó la cuenta del número de páginas y de la fecha del asesinato de Ethel Jones, el día 28 de febrero. Entonces ubicó la página de la figura de los círculos: según sus cálculos, debían haber sido dibujados el 25 o el 26 de febrero.

Cuando iba a salir a fumarse el octavo cigarrillo de la mañana le anunciaron que el profesor Paul Kudary había llegado.

16

Un hombre mayor, de tez morena, pelo gris oscuro y encrespado, y la mitad inferior de la barba blanca como algodón, se aproximaba. Hans lo vio a través del cristal y se levantó para recibirlo. Caminó al encuentro del profesor mientras se preguntaba dónde diablos estaba Julia.

—Gracias por estar aquí.

—A usted por llamarme, porque últimamente no tengo mucho que hacer —respondió Kudary con el tono de lamento común de los jubilados.

—Pase, por favor —pidió Hans indicándole el camino a seguir.

—Bien, a la misma sala de la otra vez —afirmó Kudary con extraña animosidad.

«Estaba disfrutando», se dijo Hans para sus adentros. No es que creyera que el profesor le restara gravedad a los asesinatos, pero se veía que estaba feliz de estar allí. Hans no solo lo respetaba, sino que además le caía simpático. Por sobre todas las cosas, lo sabía confiable. Era de los pocos profesores universitarios que él conocía que sabía guardar discreción.

Había hecho una consulta una vez a un antropólogo que salió a gritar a todos los vientos que el **FBI** le había pedido ayuda, y hasta apareció en un noticiero nocturno de dudosa seriedad hablando del caso.

—Tenemos un caso complejo… —dijo Hans dejando la frase inconclusa.

—Imagino que se refiere al Asesino de la Red, como le han bautizado los medios —respondió.

—Así es —confirmó Hans, dibujando una mueca de resignación con los labios.

—Sí. ¡Vaya nombre que se buscaron! Pues de creatividad van bastante justos… —dijo Kudary, sonriendo al mismo tiempo que Hans abría la puerta de la sala de reuniones.

Invitó a pasar al profesor y cerró. Abrió las persianas que cubrían el panel de vidrio y caminó hasta la mesa. Señaló a Kudary una de las sillas y él se sentó a la cabecera. Desde allí podría ver la entrada al Departamento. Esperaba que de un momento a otro Julia apareciera.

—¿Qué impresión le causa este asesino? Solo con lo que sabe hasta ahora por la prensa, tanto la «buena» como la «mala».

—Que no va a parar —respondió Kudary mientras sacaba unas gafas del bolsillo de su chaqueta marrón y las depositaba en la mesa junto a unas hojas en blanco.

Hans inspiró profundo y reclinó la espalda en la silla. El profesor había llegado a la misma conclusión que él con apenas saber casi nada del caso. Volvió a enderezarse en la silla y tocó con el puño cerrado la madera caoba de la mesa: una, dos y tres veces. Se levantó y buscó unas carpetas que había dejado en el mueble justo detrás de la silla que ocupaba. Las tomó y se las entregó al profesor. Este las recibió, se puso las gafas y comenzó a hojear el contenido.

Hans volvió a su puesto, pero en ese momento vio venir a

Julia. Como un *flashback* recordó la primera vez que la vio en Wichita. Más bien como un *dejà vu,* y sintió algo que casi nunca sentía: miedo. Él presentía que lo de Tim Richmond olía mal. Su asesinato sucedió hacía apenas dos días, la noche del viernes, y hasta ahora no se había adelantado nada, pero el temor que sentía inflamado dentro tenía que ver con la seguridad de la propia Julia. Temía que algo le pasara, y ya había pensado en ponerle vigilancia para protegerla sin decírselo.

Se levantó. La recibió en la puerta de la sala mientras Kudary devoraba los informes de la muerte de Ethel Jones y de Viola Mayer, y ni siquiera notó que él se había ausentado un momento.

—¿Cómo estás? —le preguntó a Julia, pero no esperó su respuesta—. Es Paul Kudary, el semiólogo de la Universidad de Washington. Ahora está retirado, pero su cabeza funciona puede que mejor que antes.

—Esperemos que nos diga algo que nos oriente. Es que me temo que no entendemos ni el diez por ciento de lo que hay en esos videos, y yo no he sacado mucho de mi visita a Miami —respondió.

Hans miró su cara y se dio cuenta de la sombra bronceada de tono rojizo que se había dibujado en su nariz y debajo de sus ojos, y comprendió que era producto del sol de Florida.

Abrió la puerta para que ella pasara. Ambos se sentaron en torno a la mesa. Hans lo hizo junto a Julia y frente a Kudary, dejando la silla de la cabecera vacía. El profesor aún continuaba leyendo. Luego de varios minutos terminó, acomodó las hojas, cerró la carpeta y la puso sobre la mesa. Se quitó las gafas nuevamente y volvió a situarlas junto a las hojas blancas en el mismo lugar de antes. Hans y Julia notaron su evidente obsesión por el orden.

—Le presento a la agente Julia Stein.

—Mucho gusto —dijo Kudary y la miró dos segundos. Luego volvió a centrarse en Hans.

—Ahora voy a mostrarle los videos de los cuales se habla en esos informes que le he preparado. Le aviso de que no son agradables.

Kudary levantó la mano izquierda y abrió la palma en señal de admisión.

—Está bien. Estoy seguro de eso, pero estoy acostumbrado a hacer cosas que no me agradan. Soy de la vieja escuela y sé que el trabajo normalmente incluye aspectos insatisfactorios, así que adelante.

Hans activó la presentación en la pantalla que estaba soportada en la pared central de la sala y transcurrieron los doce minutos de grabación.

—¿Y bien, profesor? ¿Qué opina?

—Que el asesino ha construido una unidad perfecta entre la chica y la forma de asesinarla. Que ha trabajado tanto en esa unidad que parece ser, en esencia, un mensaje importante y complejo que necesita transmitir. Es como si ese mensaje le diera sentido a su propia vida. Creo que ha cuidado detalles que nosotros ahora no entendemos. Quiero decir que para él todo debe tener un significado, una continuidad. Lo de la canción no lo entiendo, no tiene que ver con la lógica que comprendo entre cada chica y la manera en que las asesina.

Julia tomó la palabra.

—He pensado, de vuelta a Washington, que el homicida ha querido decirnos que ella, Viola Mayer, es un árbol. Ahora lo he visto más claro. Está superpuesta sobre el dibujo del árbol del mural de Oliver Ross. Y hay pájaros. Es como cuando por asociación de ideas uno no puede pensar en una cosa si no piensa en la otra. Y nadie se imagina pájaros sin árboles. Sé que ese es su campo, profesor, y no sé si me estoy explicando bien, pero todo lo de Viola mi cabeza lo asocia con árboles. Tenía unas mechas verdes en las puntas del pelo, como si fueran brotes, y se las hizo hace pocos días. Como si estuviera bajo la influencia del asesino desde antes, y de alguna manera él la hubiese animado a hacérselas. Además, la chica había comenzado a dibujar un mural en la pared de su cuarto…

—¿Qué había en él? —interrumpió Hans.

—El planeta Júpiter, unas palmeras, unos animales; cebras y jirafas, y una jaula abierta. Una jaula de pájaro —completó Julia.

—Pero allí no había árboles —apuntó Hans.

—En el mural solo las palmeras, pero en la cómoda tenía «El árbol de la vida», el ícono de uno de los parques temáticos en Orlando. Y les digo que su pelo castaño y verde, como se ve allí en el video, puesto a un lado mientras él le corta el cuello, la hacía parecer de madera…

—¡Eso es! —interrumpió Kudary moviendo ambas manos más arriba de su cabeza—. Su perspectiva, agente Stein, es exacta y errada a la vez. Esto no es occidental, sino oriental. No nos quiere decir que la chica es un árbol, sino una parte de él. Lo de la superposición del cuerpo es vital, pero noten que la ha clavado precisamente sobre el tronco del árbol. ¡Es astrología china! ¡Este asesino ha desarrollado una versión libre de los elementos que componen la cosmovisión china, como en el *fengshui* o el horóscopo! Una propia que nada o poco tiene que ver con la rigurosidad de la filosofía taoísta. Es como su lectura individual de los elementos en los que se basa la astrología china. Los antecedentes, el origen de todo para ellos son los cinco elementos (agua, madera, fuego, tierra y metal), que a su vez reflejan los cinco principales planetas; Venus, Júpiter, Mercurio, Marte y Saturno. La forma como se alinean, en la fecha de nacimiento de cada uno, define la vida que se disfrutará. De esta manera son contados elementos los que dan lugar al todo; las partes son más importantes que el todo y no al contrario, como suele ser la cosmovisión occidental. Tardaría un tiempo en hacerles comprender esta gran diferencia entre la modernidad occidental…

—¿Puede explicarse mejor? —preguntó Hans con una entonación que Julia supo descifrar rebosante de impaciencia.

—La primera chica asesinada en el río Charles representa el primer elemento, el agua; y la segunda, como bien dijo la agente Stein casi sin quererlo, representa no los árboles, sino la madera, que es el segundo elemento del mismo zodíaco.

—Ese zodíaco contiene cinco elementos, además de los animales que la componen —interrumpió Hans y continuó nombrándolos, moviendo los dedos de la mano izquierda uno a uno—: agua, madera, fuego, tierra y metal.

—¡Eso quiere decir que podríamos tener al menos tres asesinatos más! Tres chicas en cualquier parte del país podrían morir en manos de este sujeto si lo que pensamos es cierto y no lo descubrimos antes. La próxima podría morir con algo relativo al fuego, es decir, quemada, otra enterrada y la última de una manera que nos recuerde el metal, que ahora mismo no se me puede ocurrir. Todas tendrían muertes horribles y nosotros veríamos sus videos. ¿Es así? —preguntó Julia, alarmada.

—Efectivamente, creo que es muy posible que estemos en lo cierto —respondió Paul Kudary con un brillo de satisfacción en los ojos.

PARTE II

1

Cuando Paul Kudary se fue, me quedé sentada pensando en lo de los elementos del zodíaco. Parecía que empezábamos a desentrañar los videos, aunque en cuanto a su origen todavía no habíamos hecho avances. Era aterrador pensar que podíamos estar en lo cierto y que faltaban al menos tres asesinatos.

Me levanté y salí de la sala para buscar café. Frente a la máquina encontré a uno de los chicos del Departamento de Información, quien parecía muy nervioso.

—Agente Stein, ¿sabe dónde está el agente Freeman? He ido a buscarlo a su oficina, estaba la puerta abierta y miré hacia adentro, pero no lo encontré. Había en la pizarra una serie de elementos dibujados y, quiero decir…, no es nada, solo que tengo que darle esto —dijo y me entregó una carpeta con una hoja adentro.

—¿Qué es?

—El reporte de una llamada. Allí están los datos del operador de Nueva York que la recibió. También se ha enviado al correo electrónico del agente Freeman y al suyo.

—Está bien, Brigard —le dije porque alcancé a leer su nombre en la identificación, después de mirar el contenido de la hoja con el reporte—. Me ha parecido que te llamó la atención algo de la pizarra de Hans.

—No es nada. Solo que de todas las figuras dibujadas hay una que rompe la secuencia alfabética, y me pareció raro. Es todo.

—Bien, gracias —le dije.

Agarré el vaso de café, crucé el pasillo y me fui a la sala de reuniones de nuevo. No había casi nadie en el Departamento porque era domingo, así que aproveché de mirar con mayor detalle el área común, donde algunos agentes trabajan entre módulos sin paneles. La verdad es que aquella área era más grande de lo que recordaba. Me detuve en medio del corredor para decirme a mí misma que era real, que yo formaba parte de aquello y que debía apurarme en conseguir algo útil para detener a este asesino. Debió haber sido esa pequeña distracción la que me hizo olvidarme de lo que el tímido Brigard me dijo.

Cuando volví al salón, ya Hans se encontraba allí sentado. Se frotaba los ojos con fuerza y luego me miró.

—Es terrible pensar que la próxima víctima será quemada y que veremos un video…

—Lo sé —le interrumpí y continué hablando mientras me acercaba a la mesa —. Nos han enviado esto, es una llamada a emergencias —le dije al mismo tiempo que abría la carpeta y comenzaba a leer en voz alta.

«Sé quién asesinó a esas chicas de la web. Han sido ellos, los de Lizard. Jeff Trevor, aunque puede que él solo sea un peón, y mi esposa Elsa ha sido cómplice. También son culpables de la muerte de Donna porque desde que Elsa entró a trabajar allí es otra, una mala persona. Ellos juegan con la gente, se meten en la cabeza y lo destruyen todo».

—Déjame ver eso —pidió Hans arrugando la frente.

Me detuve junto a él y le extendí el papel.

—Fue una llamada de emergencia de un número desconocido realizada por Reginald Miles, o al menos así dijo llamarse. La comunicación fue interrumpida, se supone que por el mismo denunciante. Me la ha entregado un chico del Departamento de Información que estaba buscándote, y me ha dicho que le llama la atención que una de las figuras rompe la lógica…

Hans me interrumpió.

—¡Ya sé de dónde me sonaba ese nombre! El 21 de febrero hubo un accidente en el Fantasy Sun Hotel de South Beach, en Miami, Florida. La niña Donna Miles, de seis años, desapareció en la playa y al día siguiente fue encontrado su cadáver en la orilla. Y el padre se llamaba Reginald —dijo Hans con un brillo en los ojos.

Me quedé atónita, sin saber qué decirle. Moví la silla que estaba más cerca de mí y recuerdo que la punta de mi zapato tropezó con la rueda. Hans miró hacia abajo, pero estaba en ese estado de trance en el cual no le importaba que un tsunami acabara con Washington. Moví la silla un poco más y me senté para hablarle.

—¿Por qué una persona que atraviesa una crisis semejante hace esta denuncia? ¿Qué es eso de Lizard? —le pregunté.

Hans extendió la mano y tomó su celular, que estaba junto a las hojas, y tecleó en silencio. A los pocos segundos me dijo que Lizard (Lagarto) era una empresa consultora de *marketing* con bastante fama, por lo que estaba leyendo. Que era propiedad de Lawrence Roth y que Jeff Trevor también figuraba entre las personas de poder de la empresa. Que Elsa Wade era la jefa creativa y también la madre de la niña que murió ahogada.

—¿Por qué Miles los culparía a ellos? —insistí.

—Por lo que veo en Internet, el día de la muerte de Donna se estaba llevando a cabo la conferencia Triggers en ese mismo hotel, Fantasy Sun, y era organizada por Lizard.
—Esto es raro. Podría ser solo un padre enloquecido por la muerte de su hija —aclaré, intentando convencerme a mí misma.
—Podría —me respondió Hans y luego tocó la mesa con las puntas de los dedos de la mano izquierda.

Entonces se levantó, me pidió un momento y salió de la sala dando pasos largos. Yo lo observaba porque las persianas del salón de reuniones estaban arriba. Lo vi detenerse frente al área común y lo escuché preguntar por Stonor a una agente que se encontraba sentada en uno de los cubículos abiertos. Era una chica que tenía el pelo rubio, recogido en una cola, y una gorra azul. En ese momento vi a Rob caminando lentamente hacia Hans, como siempre lo hacía. Parecía estar de nuevo en esa dimensión diferente a la nuestra, donde los cuerpos se hacen más lentos y pesados. Había recuperado esa particular forma de ser, tan tranquila. Era la primera vez que lo veía vistiendo unos *jeans* desteñidos y una camisa azul oscuro. Se veía más flaco y parecía más joven, luciendo esa ropa tan informal. Supuse que lo hacía porque era domingo y el Departamento estaba prácticamente vacío.

—Ven a mi oficina, Rob. Julia, tú también —gritó Hans mirándome desde donde estaba.

Salí de la sala de reuniones, apagué la luz, caminé por el pasillo y miré a la agente de la gorra. Le sonreí y ella también lo hizo. Noté que estaba estudiando en la computadora unos mapas. Supuse que era otra de las obsesionadas con el trabajo.

Como fui la última en llegar a la oficina de Hans, cerré la puerta al entrar. Permanecían en silencio, esperándome. Rob ya estaba sentado en una de las sillas frente al escritorio de Hans, y este último se encontraba de pie, mirando la pizarra.

Luego volteó y me señaló la silla vacía junto a Rob. Tenía cara de desesperado.

—¿Qué pasa? —preguntó Rob.

—¿Qué sabes de Lizard y su fundador? —interrogó Hans.

—Que es Lawrence Roth, un maldito genio, y que su consultora ha escalado de manera insólita. Lo han descrito como el hombre de la publicidad milagrosa.

—¿Por qué? —preguntamos Hans y yo al unísono.

—Por su capacidad de generar contenidos publicitarios acertados, tanto que ha logrado meter en el mercado productos por los cuales, en principio, nadie apostaba nada. Se sabe que Lawrence Roth cuenta con una base de datos de consumo enorme y no necesariamente legal, y que algunos clientes extraños, incluso políticos, le han pedido desarrollar contenidos. Ha logrado aumentar las ventas en casi cualquier cosa. Por eso dicen que es un genio; el mago de las marcas emergentes en el mercado.

—Entonces es un hombre inteligente, orientado al poder, inescrupuloso —concluyó Hans, quien todavía se mantenía de pie.

Rob se levantó y tomó la portátil, que estaba cerrada sobre el desordenado escritorio. La abrió y tecleó con rapidez. Dijo que buscaba una propaganda premiada detrás de la cual estaba la agencia de Lawrence Roth.

—Se trata de perfumes personalizados de baja intensidad aromática llamados Blood Moon. ¡Vamos, malos de verdad! Pero han arrasado en ventas el año pasado. ¿Por qué? Porque la imagen conecta a la perfección con la cabeza de los consumidores más jóvenes, quienes todavía no pueden comprar perfumes costosos, pero que no quieren renunciar al uso de las fragancias «glamorosas». Lawrence Roth revolucionó la imagen de la marca. Hasta los dependientes de las tiendas

Blood Moon son un conjunto de adonis y venus, y mucha gente entra y compra solo para verlos.

Hans y yo nos acercamos para mirar la pantalla. En la propaganda se veía una mujer vestida con un chal de colores vibrantes en escenarios a blanco y negro, en cinco ambientes diferentes: un bosque, una ciudad, un desierto, una jungla y una playa. Cuando cambiaba el escenario, sus rasgos y su vestimenta también se transformaban, pero los ojos se mantenían iguales, de un color casi blanco. No pude dejar de notar los elementos del zodíaco chino, y se los hice ver a ambos. Rob no entendía a qué me refería, por lo que Hans lo puso en conocimiento de la conversación con Paul Kudary. Pero Hans no veía tan claro como yo lo de los elementos del zodíaco. Creo que estaba pensando en otra cosa, en lo de las imágenes de la pizarra, porque cada tanto levantaba la vista hacia ellas. Entonces tuve que preguntarle a qué se referían esos dibujos.

—Provienen de un cuaderno del vecino de Ethel Jones. Este hombre observa por la ventana y dibuja, pero no habla.

—¿Por qué te interesa? —pregunté.

—Porque desde su ventana se ve la entrada de la casa de Ethel y el patio por el cual debían pasar ella y Linda para salir y entrar, y también se ve la ventana del cuarto de la chica. Estoy casi seguro de que Ethel le mostraba papeles con palabras escritas desde su habitación al viejo Logan, y él las dibujaba. Encontré bajo el florero de la mesa de su cuarto un pliego de papel de seda de unos cincuenta centímetros de largo, doblado en seis partes, cerca de la ventana, con la palabra «aro» escrita en letras grandes, y en el cuaderno de Logan hay un aro dibujado. También varias palabras que comienzan por la letra «a», luego dibujos de objetos o animales cuyos nombres comienzan por la letra «b», luego la «c». Creo que Ethel lo hacía para conectar con el viejo enfermo. Le gustaba comunicarse con la gente y podría verlo como un juego a distancia entre las ventanas. Por eso las letras eran grandes. ¿Para qué alguien escribiría una palabra con letras tan grandes en un pliego de papel que, extendido, alcanza los cincuenta centímetros? Para que alguien a varios metros de distancia pudiera leerlas.

Mientras Hans hablaba, yo imaginaba a la chica que había visto morir ahogada en el video, a la joven y bella Ethel escribiendo palabras en hojas de papel de seda y mostrándolas a través del cristal de su ventana. La imaginaba riendo.

—Pero lo importante —continuó diciendo Hans, acercándose poco a poco a la pizarra— es que Logan también podía ver la entrada de la casa y si alguien pasaba. Si como hemos pensado Ethel conocía al homicida, quizá encuentre algo revelador en estos dibujos. Ese de los círculos… no lo comprendo. Puede que no sea así, que todo esto sea una cadena de suposiciones mías sin sentido…

Me sentí mal por Hans, porque realmente pensaba que era muy probable que nada de eso tuviera significado. Tuve miedo de que Hans estuviese perdiendo un poco la cabeza, porque lo veía muy deteriorado. Lo de algún hallazgo en medio de esos dibujos me parecía muy tirado por los pelos. Pero entonces recordé al chico, a Brigard.

—A eso se refería Brigard cuando dijo que había una imagen que rompía la secuencia alfabética —le dije.

—¿Quién es ese? —preguntó Hans y movió la cabeza como un pájaro, de forma violenta y rápida.

—Es el chico que me ha dado la carpeta.

—Es de los nuevos en Información y para mí es brillante. Es hijo del agente veterano Alex Brigard —dijo Rob.

—Pues parece que sí lo es, si se dio cuenta tan rápido de que los dibujos muestran elementos guiados por el alfabeto y que solo una figura es diferente —dijo Hans mientras llegaba a la pizarra, tomaba un marcador y encerraba la imagen compuesta por tres círculos—. Rob, cruza los IP que has podido rastrear de la Internet con contenidos relativos a la astrología china. Averigua todo lo que puedas de Lizard y de ese Jeff Trevor que directamente Reginald Miles señala, y nos envías esa información. Pide apoyo de dos agentes o más, porque quiero que revisen si algún delito de violencia reciente ha estado acompañado de algo que apunte a estas creencias orientales. También quiero que busquen en los hospitales psiquiátricos si algún paciente mostraba obsesión por esas creencias, uno de entre treinta y cincuenta años, o alguno mayor con un familiar cercano entre esas edades. Quiero algo rápido —enfatizó Hans—. Ah…, y también deseo conocer a ese tal Brigard.

—Está bien —respondió Rob, acostumbrado a las urgencias y demandas de Hans.

—Julia, si crees que la agencia Lizard es sospechosa, si has visto algo en esa publicidad que te parece significativo para el caso, ve a Nueva York hoy mismo. Habla con Elsa Wade, pero que no sienta presión. Es interesante lo que dice Miles porque implica a su propia esposa en esa especie de culpabilidad conjunta de Lizard. No sabemos si sus acusaciones tienen asidero o no, pero creo, como tú, que vale la pena probar. Yo voy a explicar al jefe Gordon en lo que andamos y a acordar qué decir a la prensa —dijo Hans, tocándose la barba y luego tapándose la boca con los dedos.

—¿Y Miles? —pregunté.

—Dice este informe que no han podido localizarlo. Tengo que pensar qué hacer para contactarlo. No creo que sea buena idea buscarlo con la policía, para no asustarlo. Tengo que pensar… —respondió Hans dejando inconclusa la frase y caminando hacia la ventana.

Sabía que estaba decidiendo qué hacer.

—Voy mañana al hotel Fantasy Sun en Miami y luego me reúno contigo en Nueva York —dijo unos segundos después, manteniéndose de espaldas a nosotros.

Yo en ese momento pensaba en las últimas palabras de la llamada de emergencia:

«Ellos juegan con la gente, se meten en la cabeza y lo destruyen todo».

Era como si la chica de la propaganda de Lizard me pareciera no solo extraña, sino peligrosa, y como si Miles se estuviera refiriendo a ella. En ese momento Hans, como si estuviese conectado con mis pensamientos, repitió en voz alta las mismas palabras.

—Se meten en la cabeza y lo destruyen todo... —dijo mirando a la calle.

Me di cuenta de que a Hans también le había llamado la atención esa frase. ¿Sería que el asesino se había metido en la cabeza de las víctimas y que supo conquistar sus pensamientos antes de asesinarlas? ¿Cómo se metería alguien en la cabeza de Ethel Jones y cómo en la cabeza de Viola?, ¿qué técnica de seducción utilizaría ante chicas tan diferentes? La única respuesta que podía darme en ese momento era que había estudiado con detenimiento a las jóvenes, sus gustos, sus ideas. Tenía que ser una persona inteligente y seductora, tal vez dedicada a eso, con un trabajo asociado a los jóvenes; podría ser.

2

Me decía a mí misma que un hombre que ha pasado por una experiencia tan traumática como la muerte de un hijo no tiene la capacidad de inventar una cosa tan extraordinaria, y que debía de haber algo cierto en su acusación. Y, pensando en eso, hice una pequeña y alocada maleta en casa, me comí una ensalada de atún, me tomé una Coca-Cola Light y en menos de dos horas me encontraba camino al aeropuerto, de nuevo, a las tres de la tarde de ese domingo. Hacía veinticuatro horas que estuve en Miami y hacía menos de cuarenta y ocho que comenzamos con el caso, pero me parecía que había pasado un siglo desde que vi los videos por primera vez.

Llegué a Nueva York a las diez de la noche debido a un retraso en el despegue. Treinta minutos más tarde me encontraba cruzando el puente de Brooklyn y al cabo de unos minutos más estaba frente al edificio donde vivía Elsa Wade, en Brooklyn Heights, en el número sesenta de la calle Furman. Adivinaba la vista de esos apartamentos: el parque, el Río Este y las extraordinarias luces de los rascacielos. Elsa debía ser la perfecta representante de la clase creativa en ascenso que deseaba mudarse a Manhattan, y que cada vez veía la realización de su sueño más cerca. El tipo de persona que podría hacer cualquier cosa para cumplir sus objetivos.

Pedí al taxista que me esperara, me bajé del auto y caminé hasta la entrada. Salía un hombre del edificio, que de golpe se detuvo como si se hubiese dejado algo olvidado y estuviese a punto de dar media vuelta. Sin embargo, no lo hizo, se quedó congelado unos segundos. Sacó un cigarrillo y lo encendió. Dio dos bocanadas seguidas y luego emprendió de nuevo la marcha a un paso lento. Esos segundos en los cuales estuvo inmóvil fue como si le hubiesen devuelto orden a su cabeza, como si hubiese necesitado quedarse solo con el contacto del cigarrillo entre los dedos para recomponerse. No sé si fue por efecto de mirarlo, pero yo también me detuve y pensé en lo que estaba a punto de hacer: no podía tocar a la puerta de Elsa Wade tan tarde y con tan poco; apenas una llamada de su esposo, o de quien se presentó como tal, acusándole sin más.

Me volteé y vi al mismo hombre que fumaba detenerse junto al parquímetro. Se apoyó sobre él, y sacó algo del bolsillo de la chaqueta mientras miraba el edificio que había enfrente. Entonces yo también miré en esa dirección. Era un hotel llamado East. Una alta torre de colores que en la cima mostraba una escandalosa corona de luces azules y rojas. Decidí hospedarme en ese lugar porque así estaría cerca de Elsa Wade y en cuanto amaneciera la visitaría. Así que pagué al taxista, bajé mi equipaje y entré en el hotel. El lugar lucía tranquilo en ese momento, pero luego una oleada de gente cruzó desde una terraza interna hasta la puerta de entrada. Era domingo en la noche y estábamos en Nueva York, en la insomne ciudad que todavía tendría mucho que ofrecer.

En poco tiempo estuve dentro de una bonita habitación de paredes decoradas con líneas verticales de color vino y *beige*. Tenía vistas a la calle, tal como había pedido. Me sentía como una cazadora con el arma preparada y la vista agudizada. Corrí la cortina y miré. El edificio donde vivía Elsa Wade, desde allí, lucía más pequeño y menos pretencioso.

Me senté en la cama, arrojé los voluminosos cojines sobre el sofá que había al pie de ella y luego me lancé de espaldas sobre el plumón. Estaba cansada, pero tanto que no podría dormir. Volví a sentarme y busqué en el teléfono la oferta cultural neoyorquina. Quería algo que tuviese que ver con la década de los ochenta. Ya me pensaba como Hans; no podía dejar de trabajar en el caso ni siquiera un minuto. Se me ocurrió que si viajaba en el tiempo a esos años, a su música y sus modas, mi imaginación podría avivarse y lograría comprender mejor el asunto del significado de la canción de The Police para el asesino.

Tuve suerte: en el cine Dorian, cercano a Broadway, daban clásicos y justo esa noche ofrecían la proyección de *Staying Alive, la fiebre continúa,* como parte de un ciclo de análisis de la cultura adolescente de esos años. Esa película era una secuela de *Fiebre del sábado por la noche,* de la década anterior. Quizá allí escuchase o viese algo que me hiciera pensar en la fijación musical del asesino. Antes de quedarme en la habitación prefería irme al Dorian, hasta que me diera sueño. Así que me alisté, salí y tomé un taxi.

En poco tiempo estuve a las puertas del cine. Había una taquilla de las clásicas junto a una puerta celeste y dorada, y unas cinco personas haciendo cola frente a ella. En la antesala, justo a los pies de la escalera de caracol, había un café-bar con mobiliario de hierro.

Me dije a mí misma que aquello era como buscar una aguja en un pajar, pero continué adelante. Entré en la sala tres y noté que había menos de quince personas en ella. La película estaba a punto de terminar, pero luego vendría el análisis a cargo de un experto en cultura pop. Esperé y escuché. En medio de la explicación sobre la evolución de la imagen de John Travolta, desde la primera película hasta la última, hubo algo que me desconcentró. Delante de mí una pareja discutía. Eran un chico y una chica. Se parecían, así que supuse que eran hermanos. Ella se veía menor. Él la golpeó sin más. Le dio con fuerza un manotazo en la cabeza. Aquello removió mi pasado y, como una marea de lodo, me invadió desde el estómago hasta arriba, pero luego volvió al estómago. Sentí ardor y una rabia gigantesca por ese sujeto. Tanto que dejé de atender a lo que el hombre en el escenario decía.

El chico violento salió de la sala y sin pensarlo me fui tras él. Lo vi cruzar el pasillo de la alfombra roja, de las paredes repletas de pósteres, y luego meterse en el baño. Me detuve. Esperé sin saber lo que iba a hacer, pero dispuesta a todo cuando llegara el momento. Creo que solo pensaba hablarle, pero cuando salió del baño lo vi tan orgulloso, caminando, bamboleándose tan satisfecho que perdí la cabeza. Cuando lo tuve junto a mí lo empujé contra la pared. Le inmovilicé el cuello y el brazo derecho. Le dije que era del FBI y entonces sentí como disminuyó la resistencia dentro de él. Es parte de las cosas que aprendí en Quantico, a traducir lo que pasa dentro de los delincuentes cuando sienten que la autoridad por fin los ha alcanzado. Entonces lo vi aún más joven y aterrado.

—La golpeas porque sabes que es mejor que tú y eres un idiota acomplejado. Ándate con cuidado porque voy a estar vigilando, y en cuanto le hagas algo más, una sola cosa más, voy a destruir tu patética cara.

El chico se quedó muy quieto, escuchándome. Lo solté y dio dos pasos para alejarse de mí, pero continuaba mirándome. No pudo decir una palabra y luego salió corriendo hacia la sala.

Me quedé parada en medio del pasillo, rodeada de las

caras sonrientes de los pósteres, con esos colores tan de otra época y esa imagen idealizada del bien y del mal de antes. Me di cuenta de que el doctor tenía razón cuando me alertaba sobre mi nuevo trabajo. Mientras se tocaba la goma elástica que aprisionaba su bonito pelo oscuro, Ben Lipman me decía que debía ir con cuidado, que debía resolver cosas dentro de mí para poder seguir adelante y que no era profesional que continuara recreándome en el odio hacia Richard ahora que portaba un arma.

La verdad es que me asusté, porque no quería volver a convertirme en ese monstruo desconocido que —de súbito— acababa de aparecer dentro de mí. Uno con ajustadas vestiduras, como decía la dedicatoria que se había hecho a sí misma la escritora del aeropuerto.

3

Era lunes en la mañana. Después de tomarme una taza de café, me dirigí al apartamento de Elsa Wade. Crucé la calle, llegué a la puerta de cristal, entré y caminé por el presumido vestíbulo. Un conserje bastante joven que llevaba el peinado típico de los futbolistas levantó la cara al verme. Me fijé en el pendiente que colgaba de su oreja derecha, que era un pequeño círculo con arabescos parecido a los abalorios de Thomas Sabo.

—¿Puedo ayudarle en algo? —me preguntó con un tono en falsete.

—Busco a Elsa Wade —le respondí, mostrándole mi identificación. No pudo disimular el asombro que le causó ver que pertenecía al FBI, y creo que no sabía qué hacer.

Le pedí que no me anunciara con la propietaria y que me orientara para llegar a su apartamento, y el chico lo hizo sin chistar. Subí al ascensor y llegué al cuarto piso. Desde el hotel había imaginado que era ese, el que contaba con una gran terraza y con la vista sin obstáculos al río. Incluso, desde la habitación del hotel creí ver una pequeña bicicleta rosa que debió ser de Donna, su hija.

Toqué a la puerta. Me pareció que alguien estaba del otro lado y que no quería atender al llamado, como si esperara a que me fuera. Insistí. Entonces estuve segura, por el movimiento de la luz en la rendija, que había alguien detrás. Estaba convencida de que me estaban mirando a través de la cámara que me apuntaba desde arriba. Entonces mostré la identificación en esa dirección y de inmediato la puerta se abrió. Una mujer muy hermosa, estilizada, de pelo muy corto, vestida de negro desde el cuello hasta los pies apareció. Llevaba una blusa entallada de cuello alto sin mangas, muy ceñida a su cuerpo, y también un pantalón negro que mostraba un vientre totalmente plano. Tenía un flequillo color rojizo que ocultaba su frente y resaltaba unos grandes ojos azul oscuro. Parecía salida de un anuncio publicitario de la mujer moderna que conduce un estilo de vida saludable, de las llenas de energía vital.

—Hola —dijo mirándome, más aún, evaluándome.

—Soy la agente Julia Stein del FBI. ¿Es usted Elsa Wade?

—Sí.

—Hemos recibido una denuncia de parte de su esposo, Reginald Miles. Me gustaría hablar con usted unos minutos…

—Pase —respondió, cortante, sin más.

El apartamento era tal como lo esperaba; luminoso. Todos los objetos eran de color negro, y las sillas y muebles, de color crema.

Llegamos a la sala y nos sentamos en un cómodo sofá del tipo *chaise longue* que se acompañaba de un tresillo. Yo no paraba en mi análisis: era una mujer dominante, segura de sí misma que invertía horas diarias en la conservación de su cuerpo. Lamenté no haber escuchado el audio de la denuncia de Miles porque eso me hubiese ayudado a hacerme una idea de la personalidad de su esposo y del tipo de relación que mantenían.

—¿Qué fue lo que dijo Reggi? —preguntó, llevando la mano izquierda a su cabeza para aplanar la parte de atrás de su cortísimo cabello rojo. Me fijé en un reloj amarillo Suunto que llevaba en su muñeca, puede que demasiado ajustado.

—La acusó de tener que ver con los asesinatos de Ethel Jones y Viola Mayer.

—¿Las chicas de la web? Pobre Reginald, que no ha podido superar la muerte de Donna.

—También implicó a la agencia Lizard.

—¡Claro! Él acusa a Lizard y a Lawrence de cualquier cosa que le salga mal en la vida —dijo fingiendo indulgencia, pero con resentimiento.

—¿Tiene alguna idea de la razón por la cual su esposo diría que usted y la gente de la agencia donde trabaja tienen conexión con el asesino que buscamos? —le pregunté.

—Sí. La muerte de Donna se produjo el mismo día de la celebración de Lizard, del aniversario. Además, yo había pasado al menos cuatro semanas desbordada de trabajo y él estaba ofuscado. Para mejorar nuestra relación, le propuse que viniera conmigo a Miami y que también llevásemos a Donna, y desde entonces me culpa por su muerte. Estoy segura de que usted está enterada de lo que pasó con mi hija…

—Sí —le respondí, intentando escrutarla todavía más.

—El hecho es que me culpa a mí de todo, cuando la muerte de Donna no fue responsabilidad de nadie. Yo, por ejemplo, no lo he responsabilizado por estar bastante distraído aquel día. De hecho, lo estuve buscando para que cenáramos juntos y no dijese que lo único que hacía era trabajar, pero no lo encontré. —Hizo una pequeña pausa y continuó hablando con la misma soltura—. Es que Reginald estaba atravesando una crisis depresiva desde antes de la muerte de Donna, y en este momento ha terminado de enloquecer.

—Una cosa es que la acuse del accidente en el que su hija perdió la vida, y otra es que la implique en los asesinatos de Ethel Jones y de Viola Mayer. ¿Por qué establece una relación entre esos hechos?

—No tengo idea. Solo puedo suponer.

—¿Y qué supone? —indagué.

—¿Quiere un café o un té? —me preguntó con una entonación similar a la que debía utilizar en una reunión que estuviese a su mando y que pudiese interrumpir cuando quisiera.

—Un café solo —le respondí.

La vi levantarse y caminar con rapidez, pasar junto al borde del cristal de la mesa del comedor y dirigirse a un lugar detrás de otro panel de vidrio colorido que debía separar el comedor de la cocina.

Cuando la perdí de vista aproveché para pararme y mirar un poco. Hacia el lado izquierdo del salón había una sala de trabajo. Me asomé en ella. Observé bocetos y dibujos, montones de fotografías desordenadas unas sobre otras en una larga mesa. Era una habitación bastante clara que también contaba con vista al Río Este. Había un escritorio curvo y, sobre él, una iMac con una pantalla de al menos veintisiete pulgadas que estaba encendida, y mostraba la cara de una niñita rubia sonriendo. Vi un tocadiscos y varios vinilos en un estante cercano al escritorio. En ese momento escuché un tintineo y unos pasos, así que volví al salón y, a los pocos segundos, Elsa también lo hizo.

Llevaba una pequeña bandeja cuadrada y dos tazas humeantes separadas por una azucarera. La puso sobre la mesa rectangular de madera, metal y cristal que estaba en el medio de la sala.

—He estado pensando que tal vez Reginald nos acusa por

culpa de una de las campañas que creé —me dijo y en ese momento me pareció la reina del hielo.

Desde que la vi había pensado que su apariencia era demasiado perfecta y que era una persona desprovista de emociones. Había hablado de su esposo y de su hija, y en ningún momento demostró tristeza. Parecía que hablaba de personas distantes apenas conocidas.

—¿Cuál es esa campaña? —pregunté al mismo tiempo que tomaba la taza de café y me servía una cucharadita de azúcar.

—Una que se enmarca en el proyecto llamado Thanatos' Smile. Podría hablar de él, pero es mejor que lo vea. Mi trabajo es visual y soy muy mala con las palabras. Puede traer su taza a mi estudio —me dijo mientras ella tomaba la suya, que contenía té, y se levantaba.

La seguí y entramos en el lugar que yo había visto antes. Nos acercamos a su iMac, ella se sentó en la silla que había enfrente y me dijo que arrimara otra más pequeña que estaba cerca. Buscó en la pantalla e hizo clic en un ícono. No tuve tiempo de identificar ni siquiera los nombres de las carpetas porque actuó demasiado rápido. También noté que no se afectó al mirar la cara de su hija en la pantalla.

Me mostró unas imágenes. En todas podían verse muchachas jóvenes tomándose selfis en lugares icónicos de la geografía mundial, pero en todas había un elemento de fondo que irrumpía en la fotografía: una persona o un objeto que desentonaba. Me llamó la atención el vestuario de una de las chicas. Ella era afroamericana y vestía una falda larga que terminaba en un bordado muy fino y luego un listón de seda de muchos colores.

—Siempre hay algo que no cuadra… —concluí.

—Exacto. Cuando estamos en lugares públicos suele haber una variable que no controlamos, que se atraviesa en nuestros planes. Hemos abierto un canal en la página de la marca de ropa que nos ha contratado para que la gente envíe selfis que muestren experiencias parecidas. Es una forma de estudiar los gustos de las personas —dijo al mismo tiempo que cerraba el archivo y se recostaba en la silla—. Porque no sé si está al tanto: somos ante todo una empresa de estudio del comportamiento. Y eso es lo que nos garantiza la calidad de la publicidad que creamos. En este caso, además de ver lo que valoran las chicas a través de sus atuendos y poses al momento de tomarse una selfi, también nos hacemos una idea sobre cómo es lo que consideran molesto.

Creía entender el sentido de lo que decía. Yo misma había leído en mi Twitter a gente que pedía auxilio para saber cómo borrar de una foto algún objeto, o a alguien. ¿Y si alguien también había pedido ayuda para borrar de la faz de la Tierra a Ethel o a Viola? Me dije que estaba desvariando y que hasta que no tuviera cosas concretas no podía arrojarme a una teoría conspirativa sumergida en la Thanatos' Smile, apenas denunciada por las confusas palabras de Miles. Lo que sí creía cierto era que la relación entre Elsa Wade y este había quedado reducida a cenizas con la muerte de su hija. Tal vez desde antes, y pasaba lo mismo que con los padres de Viola, que solo disimulaban armonía.

Debo reconocer que no encontré ningún símbolo en las imágenes que me recordara los elementos del zodíaco chino, pero supuse que muchos chicos mostrarían sus fotos y en estas abundarían mendigos o gente que consideraban molesta, y eso no me gustó. Era una gran tribuna de odio personal como alimento para la supuesta comprensión que Elsa Wade y que Lizard lograban del mundo. ¿Hasta qué punto esa campaña estaría orientada por las creencias de ese tal Lawrence Roth, o del tal Jeff Trevor que Miles había nombrado, o de la misma Elsa?

—¿Por qué esta campaña tendría que relacionarse con los asesinatos? —le pregunté sin cortapisas mientras continuábamos sentadas, acompañadas de la cara de su hija en la enorme pantalla.

—Sé que es un disparate, pero en algunas oportunidades algunos usuarios de la web nos han enviado selfis mostrando gente sangrando o golpeada al fondo. O animales muriendo tras la persona que posa. Reginald me vio mirando eso aquí mismo y se indignó. Cuestionó incluso el nombre de la campaña y me increpó a explicar qué significaría que Tánatos, el dios de la muerte, sonriera. Él se toma las cosas muy a pecho y tiene esa frustrante manía de querer encontrar en todo un principio moral. Me acusó de que estábamos promoviendo la exhibición de la maldad a través de la Red. Y entonces, si como dicen los medios este asesino cuelga los asesinatos en la Internet, pienso que la mente desequilibrada de Reginald ha imaginado una relación que evidentemente no existe entre Lizard y esos homicidios.

—Ese nombre de Thanatos' Smile, ¿de quién fue idea?

—De Lawrence, naturalmente, el creador de Lizard. Él es un genio de la comunicación contemporánea.

—¿Tiene algún material digital que pueda llevarme conmigo sobre Lizard?

—Debe visitar la página oficial, que está bastante bien. Puedo entregarle un *pen* con lo mejor y más revelador de nuestra filosofía. Allí tendrá las claves para acceder a la plataforma y mirar los productos todo lo que quiera. Además, incluye las conferencias Triggers que siempre organizamos en Miami, pues a Lawrence le gusta así, y son maravillosas y revolucionarias. No debería, porque son costosas y usted las verá gratis, pero supongo que debo entregárselas para que se dé cuenta de que no tenemos nada que ver con actos violentos como los que acusa Reginald.

Solo somos algo subversivos en la forma de mostrar la verdad.

No sabía muy bien a qué se refería Elsa Wade, pero sí me interesaba profundizar en la filosofía Lizard.

—Le agradecería que me lo entregara. ¿Usted tiene alguna creencia religiosa? —le pregunté, intentando tomarla por sorpresa.

—¿Yo? Pues supongo que lo normal, soy protestante. ¿Por qué lo pregunta?

—¿Ha trabajado para algún cliente que haya manifestado interés por resaltar creencias taoístas?

—¿Qué le ha dicho Reginald? ¡Dios! Ya ha traspasado todos los límites. La orientación religiosa de Lawrence no tiene nada que ver. Eso fue por lo del bar aquella noche, pero él lo confunde todo.

—¿Podría explicarse? —le pedí.

Ella se acomodó en la silla y tomó té. Yo había olvidado mi taza de café y también tomé un sorbo.

—Las ideas de Lawrence suelen considerarse algo radicales. Cuando le parece que estamos desvinculados del pensamiento social, cree que la única salida es que hagamos una inmersión. Eso significa que vivamos en carne propia la experiencia del mercado. Llevaba algún tiempo diciéndonos que los chicos y chicas jóvenes eran supersticiosos. Como no nos convencía de ello, nos llevó a un bar en Broadway donde los jóvenes se entrevistaban con una estudiosa del destino. Esta se guiaba por la astrología china, leía el I Ching. También asistimos a charlas sobre la lectura de cartas de Marsella. Lawrence solo quería que comprendiéramos la versión mágica de la vida que tienen los jóvenes y que, de alguna manera, nosotros menospreciábamos. Reginald encontró mis búsquedas de Internet sobre esos temas y parece que también se afectó, porque supongo que por ello usted pregunta.

—¿Alguien de su grupo en particular propició específicamente la visita a ese bar con esa «estudiosa del destino»?

—Todo lo que hacemos es voluntad de Lawrence. Él tiene una personalidad dominante, aunque a veces creo que no lo es tanto. Creo que en el fondo es más dulce que lo que muestra. Ese día creo que fue Sharon quien nos dio el dato sobre el lugar en Broadway, pero no lo recuerdo bien. Es como cuando uno sabe que alguien propuso algo, pero no recuerda el momento preciso en el cual lo hizo. Pero ni siquiera estoy segura de que haya sido Lawrence. Incluso pudo haber sido la misma Sharon o Jeff. He notado que a veces Jeff hace que cumplamos su voluntad haciéndonos creer que las decisiones son de Lawrence. No sé si me entiende.

—La entiendo —respondí, y me preparé para atacar sin aviso—. Veo que le gusta la música —dije señalando el tocadiscos y me paré con rapidez para caminar hasta él.

Ella se quedó sentada como si nada pasara.

—Un poco, como a todos —respondió.

Ya yo había puesto mis manos sobre los vinilos. Ella no pudo hacer nada y continuó sentada, muy recta, creo que desconcertada con la taza de té en la mano. Busqué y lo encontré: *Synchronicity*, de The Police. Lo levanté y le mostré la portada.

—¿Usted lo compró? —le pregunté. La miré, pero no noté ninguna alarma en su rostro.

—Me lo regaló alguien hace poco tiempo y no recuerdo quién. Está aun sin abrir. No me gusta The Police —dijo poniendo la taza en el escritorio, junto a una figurita de un gato.

Si era una actuación, era buena. Incluso parecía sorprendida de que yo estuviera interesada en sus gustos musicales. Se levantó y yo dejé los vinilos en su lugar. Ya no me parecía tan disparatado pensar que alguien de Lizard fuera el asesino o tuviera que ver con los asesinatos. Además, creíamos que este homicida conocía a las chicas desde antes y era capaz de influir en ellas. No podía quitarme de la cabeza aquel planeta inconcluso de la habitación de Viola que de súbito quiso dibujar. Así que podía ser alguien cuyo trabajo fuera comprender el pensamiento de los más jóvenes, una persona influyente capaz de hacer que Viola quisiese dibujar aquello, y capaz de querer ser conocido por Ethel. Y, en parte, de eso se trataba el trabajo de Lizard que Elsa me estaba mostrando. Además, estaba lo del vinilo.

—Es una lástima que Reginald haya perdido la razón. Me alegraría que lo encontraran lo más pronto posible —me dijo una vez que se detuvo a mi lado, muy cerca.

—¿Por qué dice que no lo hemos encontrado? —pregunté, intentando que mi cuestionamiento no le sonara acusador.

—No lo sé. Lo supuse. Es muy de Reginald decir las cosas y después desvanecerse.

Fue la primera vez que pensé que ella tenía que ver con la desaparición de su exmarido y podría ser que incluso con el corte repentino de la llamada que él hizo a emergencias. Pude mirarla de cerca y mi sensación fue que Elsa tenía el corazón de metal, como un moderno molino de viento que solo giraba al son de las publicidades de su trabajo. ¿Qué sería en realidad Lizard? ¿Una agrupación de gente de cuidado bajo la dirección de un sujeto más peligroso aún?

Reginald Miles podría no estar tan equivocado.

4

Era lunes por la tarde. Hans estaba en el Fantasy Sun Hotel, en South Beach, recorriendo la playa. Acababa de cortar la comunicación con el agente encargado del asesinato de Tim Richmond. No había querido alarmar a Julia, pero estaba convencido de que esa muerte tenía algo que ver con ella y pretendía averiguarlo en cuanto pudiera.

Ahora aspiraba el aire impregnado de mar y miró las breves olas con nostalgia. Una vez estuvo en la playa de noche con Fátima y recordaba aquel momento como si fuera parte de la vida que ya no podría volver a recuperar; como si ahora fuera un ser sin sentimientos e incapaz de disfrutar de una compañía que lo salvara a ratos de los asesinatos que investigaba. Continuó caminando sobre la arena mojada y esa sensación de ligereza bajo sus pies lo calmaba un poco. Miraba a la gente, que ya se encontraba dispuesta a irse de la playa porque el sol había menguado y comenzaba a soplar una brisa fría. Observó el cielo y vio un helicóptero de la Policía que resguardaba la costa, en el mar una lancha pasaba a toda velocidad. Pensaba en la denuncia de Reginald Miles mientras avanzaba.

Si su idea era acertada, pronto lo vería por allí. Si él hubiese perdido a una hija de la manera como ese hombre lo había hecho, volvería al lugar una y otra vez, sobre todo si creía que alguien era el responsable de su muerte. Hans pensaba que había que atender la denuncia de Miles, porque era cierto que era absolutamente inusual, tan disparatada que apuntaba a que el hombre estaba convencido de que lo que decía era cierto.

Caminó de ida y venida a lo largo de la playa dos veces. Cerca del malecón vio a una pareja de jóvenes que discutía a gritos. Luego observó al hombre dejar a la chica sola y meterse en el mar. Ella decidió entrar a las instalaciones del hotel, y lo hizo a través de un camino de madera que terminaba en una pequeña cerca de tablas blancas y celestes. Abrió el mecanismo para entrar, que consistía en un aro de metal y un cordel que fijaba las tablas de la puertecilla a la reja. Imaginó a Donna abrir esa puerta y concluyó que era imposible. Que, o bien alguien se la había abierto para que tuviera acceso a la playa, o bien la había dejado abierta algún nadador descuidado a últimas horas de la tarde. Se dijo a sí mismo que debía dejar de pensar como policía para el caso de Donna Miles y concentrarse en los asesinatos de Ethel y Viola. Esperaba que Julia averiguara algo en Nueva York.

Entonces pensó en las chicas otra vez y en los horrendos videos de sus muertes. En las escenas no había pistas y los familiares de las víctimas tampoco podían ayudar, porque las chicas vivían o solas o con alguna amiga, como era el caso de Ethel. Esa era la condición que compartían, que ambas estaban en una especie de transición, en una etapa de reacomodo; Ethel empezando en la Universidad de Harvard y Viola buscándose la vida allí en Miami. Ambas habían levantado vuelo y abandonado el nido paterno. ¿Pero cómo el asesino sabía eso? Hasta ahora no habían encontrado nada en sus amistades *online* ni podido rastrear los videos pese a todos los esfuerzos del equipo al mando de Rob.

Antes de quedarse con los brazos cruzados, prefería continuar allí cerca de la playa y del lugar donde Donna Miles había muerto porque seguía apostando a que su padre iba a aparecer de un momento a otro. Al final su espera se vio recompensada. A las dos horas, cuando volvió al camino de la playa después de tomarse una cerveza y de fumarse un cigarrillo, vio a un hombre alto de cuerpo atlético caminando solo, junto a la orilla del mar. A ratos parecía que iba a meterse al agua, pero solo continuaba avanzando por la orilla sin rumbo definido. Hans se fue acercando a él como si no fuera a abordarlo, como si solo fueran a cruzarse en el camino a varios metros de distancia, pero cuando estuvo cerca se le aproximó rápido y le habló.

—¿Reginald Miles? Soy el agente Hans Freeman del FBI.

El hombre se detuvo y por un segundo pensó en echar a correr, pero de inmediato decidió no hacerlo. Hans se fijó que llevaba días sin afeitarse ni lavarse el pelo. Tenía puesta una vieja camiseta gris con el borde del cuello deshecho, que mostraba en la parte delantera la huella descolorida de la palma de una mano pequeña, y arriba de la imagen la palabra «papi».

—¿Cómo ha dado conmigo? —preguntó con rabia y desconcierto.

—Porque yo también hubiese vuelto aquí —respondió Hans.

Reginald lo miró, comprensivo, y luego volvió la cara hacia el mar con amargura.

—Soy un excelente nadador y de nada me sirvió… En este lugar murió mi Donna.

Hans pensó que sería difícil que ese hombre recobrara

algo de normalidad. Era la viva imagen de la tragedia y, aunque tuviese treinta años, parecía que era muy viejo.

—¿Usted ha visto la cerca? ¿Se ha dado cuenta de que una niña tan pequeña no pudo abrirla? Dicen que Donna salió en la madrugada de la habitación, tomó el ascensor, llegó a la piscina y caminó el sendero que trae a la playa, abrió la reja y se metió en el mar. Una niña de seis años hizo todo eso y nadie la vio… ¡Es imposible!

—Sí la he visto y he pensado lo mismo. Tal vez alguien la dejó abierta en un descuido.

—O fue ella, Elsa, porque Donna ya le pesaba. Donna y yo éramos parte del pasado y ahora solo quiere hacer lo que Lawrence Roth pida. La tienen hipnotizada.

—¿Por qué ha llamado a la línea de emergencia para decir que sabía quién era el asesino de la web?

—Eso fue solo para que me tomaran en cuenta. Y tanto que lo logré —dijo acompañando sus palabras de una extraña carcajada que se perdió en una ráfaga de viento que llegaba de pronto.

—¿Hizo una falsa acusación? —preguntó Hans con gravedad.

—Ha sido porque parece que la muerte de Donna no es suficiente para ustedes. Y como el hotel ha quedado exento de responsabilidad, y ya nadie investiga, he tenido que conectar con el caso que les trae de cabeza, a ustedes, a los del FBI. Y mire que tenía razón. Aquí está usted hablando conmigo.

—No le creo. Estoy seguro de que ahora está mintiendo —le dijo Hans, mirándolo con una dura expresión.

—Es su problema si no quiere creerme. Le digo que Elsa ha sido la responsable de que mi hija haya muerto. Fue su idea que la acompañáramos aquí en pleno aniversario de Lizard, con ese hombre revoloteando cada segundo y observándolo todo. Es a él a quien deben investigar.

—¿A quién se refiere? ¿A Lawrence Roth?

—¡Claro que no! A Jeff Trevor. Ese es el verdadero demonio taimado, malévolo, el que busca chicas… Lawrence es un idiota en el fondo y solo tiene buena pinta —dijo Miles.

Hans se sorprendió ante la respuesta. Se quedó perdido, en un punto muerto, intentando reordenar sus ideas mientras la chica que había sostenido más temprano la discusión con el muchacho le pasó por el lado hablando por teléfono.

—Clarice, ya no lo aguanto más, así que hoy mismo recojo todo. Me ha traído aquí solo para aparentar y para terminar conmigo…

Hans miró a la muchacha que acababa de decir esas palabras. Entonces lo comprendió. Supo qué significaban los tres círculos entrelazados del cuaderno de dibujos de William Logan.

¿Cómo había podido ser tan tonto?

5

ALGUIEN LLAMÓ a la puerta y Elsa dijo algo sorprendente.
—Deben ser ellos, Jeff, Sharon y Lawrence. Vienen a la celebración en honor de la vida de mi bella Donna.

Yo seguía sin comprender cómo hablaba con tanta impasibilidad sobre su hija muerta. ¿Y qué clase de celebración iba a llevarse a cabo? Cada vez estaba más convencida de que lo que había dicho Miles podía ser cierto.

Ella rebuscó apurada dentro de una caja de plástico que tenía junto a la iMac y me entregó un *pen drive*. Luego me pidió que la acompañara y salimos del estudio. Cerró la puerta y verificó dos veces que hubiese quedado bien cerrada. Era obsesiva y ordenada. Pensé que tal vez lo del vinilo no era importante; no sería tan tonta para dejarlo allí a la vista si este la comprometía. Además, estaba sin abrir. Me interesaba más saber quién se lo podría haber regalado. De todas formas, no era una pista sólida porque cualquiera podría tener ese álbum en casa. Es horrible pensarlo, pero desde que trascendió que el asesino de la Internet acompañaba los videos con esa canción de Sting las ventas de ese álbum se habían disparado.

Nos dirigimos al salón, me invitó a que me sentara y después se fue caminando hacia la entrada. Escuché voces.

—Lawrence no vendrá. Algo de última hora… —dijo una voz masculina.

—No hay problema. Habrá más comida para nosotros. He vigilado que no incluyeran maní en el *pad thai* para que pudieras comer.

Vi a un hombre muy blanco aproximarse a mí con una sonrisa. Era alto y anguloso. Se notaba que gastaba mucho dinero en su apariencia. La corbata Lacroix que llevaba, que mostraba estampadas unas alegres amebas azules en un fondo mostaza, parecía ser un órgano vital para él. También me fijé en sus ojos de gato, de un color entre amarillo y verde. La nariz y las orejas eran enormes y tenía el cuello corto.

—Hola. ¿Qué tal? Tú eres… —me dijo mirando mi blusa y desaprobando la chaqueta negra que llevaba. O tal vez viendo el borde sinuoso de mi brasier, que se asomaba.

Una voz chillona se coló en la habitación. Una mujer rubia que lucía un escote pronunciado y una falda de delgados plisados color bronce y marfil venía junto con Elsa. Esta última, al lado de la visitante, se veía todavía más estilizada, como una pantera negra.

Escuché parte de la conversación que habían sostenido.

—…tienes razón, tan cerca del Rockefeller Center es más fácil moverse sin auto.

La desconocida le dio un abrazo a Elsa Wade que me pareció forzado, y luego se detuvieron ambas, cuando ya se encontraban junto al panel vidriado.

—Perdonen los dos, ando loca y no les he aclarado que estaba hablando con la agente Julia Stein del FBI.

Cayeron unos segundos de silencio en la sala.

La mujer rubia se adelantó a los demás y me tendió la mano. Yo me levanté y le correspondí.

—Soy Sharon Vedder, la asistente de Lawrence Roth. Es un placer conocerla. Además, creo que es primera vez que hablo con alguien del FBI.

Llevaba un abrigo rojo quemado y unos zapatos puntiagudos Louboutin. Comencé a analizarla de inmediato y concluí que estaba entregada por completo a su apariencia y era calculadora, capaz de fingir afecto.

El hombre de la Lacroix terminó de acercarse y también se presentó.

—Soy Jeff Trevor. La verdad es que no puedo imaginar la razón de su presencia en esta casa y me encantaría despejar la incógnita.

—No es nada, es por culpa de Reginald —respondió Elsa quitando importancia a mi visita.

Sharon se quedó mirando unos segundos la bandeja sobre la mesa central de la sala. Parecía observar el azucarero, aunque su mente podría estar volando lejos de allí. Elsa notó lo mismo que yo, esa abstracción de Sharon, pero no hizo nada.

Nos encontrábamos los cuatro de pie, junto al sofá *chaise longue* y a la mesa de cristal, como esperando el cierre del telón.

—¿Reginald? —preguntó al fin Sharon Vedder, en tono alto.

—Es increíble que siga con las acusaciones, aunque supongo que debemos comprenderlo —dijo Jeff Trevor, mirándome. Luego paseó la vista hasta depositarla en una pequeña cajita de madera oscura, puesta en medio de una larga tabla suspendida que servía de estantería en la pared frente al ventanal. Además de la cajita, había varios objetos negros de diseño, de vidrio y metal.

—Reginald Miles ha denunciado una relación entre Lizard y los asesinatos de las jóvenes Ethel Jones y Viola

Mayer, conocidos en los medios como «Los asesinatos de la Red». Nos preguntamos la razón por la cual ha establecido esa relación —dije y quedé atenta a las reacciones de los tres.

—Porque está loco —contestó Jeff Trevor y luego sonrió de manera sarcástica, dejando relucir otra vez su perfecta dentadura. Miró el tresillo y pensé que tenía ganas de sentarse, pero por algún motivo no lo hizo.

—No lo digas así, Jeff. Fue muy serio lo que pasó. La muerte de Donna acabó con su cordura y bien hizo Elsa en dejarlo primero —dijo Sharon en un arrebato de sinceridad que me pareció infantil. Luego movió el pie derecho hacia adelante, chocando la punta del zapato con el borde de la mesa donde estaba la bandeja.

De pronto, sonó una alarma que provenía de la misma estantería donde estaba la cajita.

—Siri, apaga la alarma —ordenó Wade y continuó—. Ellos son mi verdadera familia: Sharon y Jeff. También Lawrence, pero no vendrá hoy. Están aquí porque tendremos una celebración íntima para festejar la vida de mi hija Donna —manifestó en una declaración que lucía forzada, extemporánea.

—Quiero decirte, Elsa, que te admiro de aquí al cielo. Muchas personas se hubiesen derrumbado, pero aquí estás tú, como eres siempre —respondió Sharon.

—Gracias, amiga —dijo Elsa, pero noté que le costó pronunciar esas dos palabras.

—¿Por qué Reginald Miles manifiesta que ustedes saben cómo destruir a las personas? —insistí, aunque seguía creyéndome en medio de una obra de teatro con un pésimo libreto.

Sharon iba a responder, abrió la boca, pero luego volvió a cerrarla y me miró. Entonces pude observarla mejor: tenía cara redonda de muñeca, con la boca pequeña y unas tupidas pestañas negras que resaltaban el azul de sus ojos. Era un rostro común pero agradable. Aunque ningún rasgo era memorable, el conjunto era bonito. Jeff, en cambio, resultaba molesto porque mostraba una extraña desproporción entre el cuerpo y la cabeza. Los brazos eran muy largos y también las manos. Creo que decidió no decir nada más porque mi presencia lo había descolocado y no estaba dispuesto a seguir disimulando. Y también creo que Elsa se dio cuenta de eso. Después de todo, la inteligencia emocional de la fría Elsa era un acertijo para mí.

—Mis hermanos de Lizard no deben tener idea de las locuras de mi esposo. Tengo que afrontar que él tiene problemas y debe ser tratado por un especialista; lo que pasa es que no sé dónde está —dijo Elsa, pero me pareció que estaba simulando aquel interés por Reginald y su estado. Además, volví a dudar de que no supiera dónde estaba.

—Ahora, si nos disculpa, vamos a iniciar la celebración con las cenizas de Donna y nos gustaría estar solos…

Acto seguido a esas palabras de Elsa, Sharon se sentó en el *chaise longue* y se lanzó hacia atrás como si estuviese muy cansada. Sus modales eran un tanto vulgares y no se correspondían con su divina apariencia. Volví a mirar la suela roja de sus zapatos y me di cuenta de que calzaba un número alto, tal vez cuarenta. Era una mujer bastante grande y fuerte.

Jeff también se sentó junto a ella en el sofá, abriendo el botón de su chaqueta, pero lo hizo con lentitud. Sus movimientos eran medidos, como si portara alguna faja que le dificultase doblar el dorso, o padeciera algún tipo de dolor. No pude evitar pensar por una fracción de segundo que el asesino pudo haber recibido algún golpe de parte de una de sus víctimas al momento de atacarlas, antes de que ellas estuviesen sometidas, tal como las mostraban los videos. Un golpe que podía hacer que alguien se moviera como lo hacía Trevor… ¿Y si por esa razón se movía de esa manera?

Despejé ese pensamiento de mi cabeza y volví a concentrarme en la situación. Parecía que los dos, tanto Jeff como Sharon, estaban esperando que Elsa se deshiciera de mí para ponerse cómodos y abandonar esa actitud acartonada que habían mantenido. Comprendí que debía irme porque, por el momento, no conseguiría más de ellos.

—Si alguno piensa en algo que pueda aclararnos la razón por la cual Reginald Miles ha hecho la denuncia, les pido que se comuniquen conmigo.

—Esa es precisamente la palabra clave, agente Stein. «La razón», que ya no está con el pobre Reginald —sentenció Jeff Trevor, alargando su grueso cuello para poder mirarme a la cara. Luego agarró un cojín rectangular que mostraba una secuencia de rombos color limón y lo puso a su lado, entre Sharon Vedder y él.

Dejé mi tarjeta sobre una mesita auxiliar que había junto a uno de los sillones del tresillo y caminé en dirección a la salida. Aunque Elsa me acompañaba, iba en silencio, y por eso pude escuchar lo que Jeff Trevor le decía a Sharon Vedder.

—Esa debe ser la cajita donde están las cenizas de Donna. Los orientales se solían ungir con perfumes en lugar de cenizas en los actos funerarios. Lo de las cenizas es señal de dolor y penitencia, un vestigio de esas cosas que no deberían existir ya en las religiones.

6

Salí del apartamento pensando que Elsa y sus «hermanos de Lizard» celebrarían una fiesta extraña para una niña muerta. Me sentía de otra especie, y de ninguna manera de la misma que de ella, de la pomposa Sharon y del taimado Jeff, que hablaba de cenizas y perfumes. Intuía cierto código compartido entre ellos, como una unidad invisible que podía tener que ver con que los tres estaban bajo el dominio y la influencia directa de Lawrence Roth. Y si este era tal como había dicho Rob (un genio), entonces debía tener un enorme poder sobre las personas cercanas a él. Creo que lo que más me impactaba y me molestaba era el aire superficial que había respirado en ese lugar. Pero no descartaba que los videos de Ethel y Viola estuvieran haciendo estragos en mi psiquis y que ese ambiente no fuera tan raro, ni lo de Lizard fuera tan importante.

Me di cuenta de que lo peor de este trabajo era la incertidumbre que crece dentro. Que uno cree que avanza a veces, pero otras se siente en la penumbra absoluta. Cuando estaba en el piso de Elsa, estuve bastante convencida de que uno de ellos escondía algo malo y grande. Pero ahora, apenas saliendo del ascensor y volviendo a encontrar al chico del pendiente de Sabo, no estaba tan segura. Como si allá arriba hubiese estado intoxicada de una especie de estupor o de una clase de hipnotismo: el de creer que me acercaba al asesino de la web y ahora pensara que eso no era más que un espejismo.

Crucé la calle y me dirigí al hotel un poco confusa. Quería encerrarme en la habitación y no salir hasta que pudiese escrutar el corazón de Lizard, aunque eso significara tener que desecharlo como un área de sospecha. Dentro del hotel, cuando tomé el ascensor, recibí una llamada del doctor Ben Lipman. Eso me animó, y me gustó ver mi propia imagen sonriendo reflejada en el espejo de la cabina mientras le respondía. Las llamadas del doctor siempre me hacen bien. Estuve a punto de contarle sobre el caso y lo perdida que me sentía. Me interesaba saber su punto de vista, pero, lógicamente, no podía decirle nada, así que me limité a responder a sus preguntas, que giraban en torno a mi ánimo y mi salud.

Ya en la habitación me cambié de ropa, me serví una gran taza de café sin azúcar, y me senté en el escritorio frente a la computadora. Abrí el *pen* que Elsa Wade me había entregado y comencé a trabajar. Por espacio de varias horas estuve estudiando el material y tomando notas. Tenía que reconocer que Lizard era una agencia interesante. Preferí leer las transcripciones de las conferencias de Lawrence Roth antes que verlas. Estaba segura de que parte de su éxito tenía relación con lo visual. No había que ser un genio para darse cuenta de que para trabajar en Lizard la imagen era fundamental. Entonces creía que lo mejor era llegar al contenido de las conferencias de Roth sin tragarme el anzuelo de las «seducciones visuales» que estaban acostumbrados a crear y centrarme en el mensaje que pretendían transmitir. Si tuviese que resumir la visión de Lizard, diría que hacer mercadeo para ellos es saber qué piensan las personas, para entonces desordenar ese pensamiento y volver a armarlo en una dirección favorable para el vendedor, para el cliente, o para el que busca un determinado tipo de comportamiento. De eso se trataba el asunto de los «desencadenantes» en las conferencias Triggers.

∼

Cayó la tarde de ese lunes y me sentí agotada, hambrienta. Decidí subir a la terraza del hotel, el de las luces azules y rojas. Me tomaría algo en la barra, luego me comería un gran plato de pasta y me daría un baño. Solo entonces llamaría a Hans, para hacerle saber mis impresiones de Elsa Wade y de Lizard. Me extrañaba que no me hubiese llamado él, y supuse que no había logrado todavía nada en Miami.

Cuando llegué a la terraza había poca gente. Cantaba Tracy Chapman aquella vieja pero bonita canción del video donde personifica a una artista callejera. Vi de pasada a una mujer sentada en una mesa circular junto a una pared que mostraba un jardín vertical, de donde también provenían la mayoría de las luces que se veían desde abajo. Había algunas parejas de chicos que paseaban de un lado a otro, con los celulares brillando entre sus manos. Dos muchachas atendían en la barra. Le pedí a la pequeña de rasgos latinos un martini. Ellas bromeaban y la pasaban bien en una evidente complicidad tras el mostrador. Me parecieron muy distintas entre sí, tal como Ethel y Viola. Pensé que ya no tenía remedio, era imposible sacar a las víctimas de este caso de mi cabeza. Esperaba que pudiera hacerlo en cuanto atrapáramos al asesino, y me espantaba pensar que la cacería durara años. Sabía que cuando los asesinos en serie son inteligentes se puede tardar mucho tiempo en atraparlos.

Tomé la mitad del martini helado, que me resultó reconfortante, y me quedé mirando el portavasos porque antes me dedicaba a coleccionarlos, y ahora ni siquiera pensaba en quedarme con él. De pronto, una voz masculina me sacó de mis cavilaciones.

—¿Está aquí por trabajo? —me preguntó un hombre de traje y corbata que estaba sentado a mi lado, a quien ni siquiera había visto.

Era el típico empleado del sector de las finanzas, de seguro, atormentado por alguno de sus jefes. En otras palabras, nada más lejos de mi interés. Pero lo que pasó luego sí me interesó. Fue una exclamación en voz apenas audible.

—Ella debe pensar que ese truco es muy viejo, querido amigo —dijo un hombre de unos cincuenta años o tal vez un poco menos, de pelo de corte militar muy rubio, casi blanco, y de piel bronceada.

Vestía de negro con una camisa ajustada. No pude dejar de notar la forma de sus brazos, que me recordaron a los de Jamie Dornan en aquella serie donde personificaba a un asesino serial. Vi que llevaba al menos tres pulseras de cuero negras y marrones en ambas muñecas, y en el cuello un colgante alargado que parecía de plata. También vi sus rodillas, enfundadas en un pantalón opaco, oscuro. No era el vestuario común para los hombres en ese hotel. Me interesó y olvidé por completo al otro sujeto, que vestía saco y corbata. Sin embargo, no le respondí y me hice la desentendida en medio de ese triángulo efímero de galanteo de barra.

El hombre de negro se levantó y salió de la terraza en dirección al pasillo de los ascensores. Atravesó por en medio de un voluminoso grupo que venía dispuesto a disfrutar de los tragos y la vista de las luces de Manhattan. Desapareció de mi vista y yo me quedé mirando como si pudiera ver la estela de su movimiento. Le dije a la muchacha de la barra que cargara el martini a mi habitación y salí corriendo en dirección a los ascensores. Mientras esperaba, pulsé el ícono de Google en mi teléfono y escribí el nombre: Lawrence Roth, y apareció su foto. Era él, el hombre de las pulseras que había dejado al otro sujeto de la barra como un idiota.

Cuando el ascensor abrió sus puertas estaba repleto de gente. Me aparté y esperé a que salieran, con turbación. Un chico alto que debía ser jugador de baloncesto se quedó dentro de la cabina. Estaba con una chica de pelo rojo que llevaba un tatuaje bajo el cuello, entre las clavículas: se trataba de una rosa roja y negra. No querían salir, porque él sostenía el botón de parada y ella no se movía. Yo necesitaba seguir a Lawrence Roth y allí estaban ellos, inmóviles y en silencio, en lo que parecía ser el clímax de una pelea callada, de las que suelen ser las peores. Toqué el plástico de mi identificación dentro del bolsillo, pero entonces la chica de la rosa se movió de pronto, salió del ascensor y dejó dentro a su acompañante. Entré y marqué el botón del vestíbulo. El aparato por fin comenzó a moverse, pero me dije a mí misma que era posible que Lawrence ya hubiese ido a otro lado, al estacionamiento o al entrepiso, donde había un bar exclusivo. Sin embargo, probaría buscarlo primero en el vestíbulo. El chico alto tenía la cabeza hacia abajo y continuaba sin moverse, mientras, el tiempo del descenso me parecía eterno. En cuanto las puertas se abrieron, salí. Me recibió un ruido monumental. El vestíbulo era un lugar lleno de gente, voces y risas. Tuve que hacerme espacio un par de veces entre varias personas, hasta que llegué al vitral que daba a la terraza junto al jardín. Las luces verdes que se veían junto a las plantas producían la ilusión de una locación de otro planeta. Eran demasiadas fluorescencias, tantas, que las personas sentadas y de pie en torno a las mesitas altas de la terraza del bar del jardín parecían ser solo sombras.

Crucé la puerta y miré a todos lados, pero no encontré a

Lawrence Roth. En ese momento, llegó un mensaje al celular de un número desconocido. Lo leí. No tenía sentido, por lo que pensé que el remitente se había equivocado de número.

«He lanzado una moneda y le tocó la mala fortuna al sujeto de la izquierda».

Tuve la fugaz impresión de que se refería al hombre que estaba sentado a mi izquierda en la barra, al de la corbata, pero la deseché de inmediato. ¿Quién podría estar interesado en hacerle daño a ese hombre? ¿Y para qué decírmelo a mí a través de un mensaje? Supuse que se trataba de un error y lo borré de mi celular. Tenía otras cosas en qué pensar.

7

Caminé por un sendero entre arbustos, y me detuve junto a una pequeña jardinera llena de flores. No sabía a dónde ir, porque ya Roth podría incluso estar en la calle. No tenía sentido recorrer el hotel como un pollo sin cabeza en su búsqueda. Miré al frente y entonces lo vi a unos ocho metros. Tenía la espalda apoyada en una escultura que se encontraba en medio de una pequeña área despejada, rodeada de grama. La misma parecía representar una cadena de ADN, o tal vez un xilófono dispuesto en vertical. Era una escultura coloreada como un arcoíris, y en medio de ella emergía la sombra negra de Roth. Pero el resplandor de las luces aterrizaba en su pelo y lo hacía brillar. Las telas oscuras que le cubrían el cuerpo parecían su segunda piel.

Lawrence me vio y levantó la mano para saludarme. Estaba fumando y el humo formaba una nube azul sobre él. Caminé y me detuve a su lado.

—¿Por qué no me dijo quién era? —le reclamé.

—Quería hacerme una idea de usted, de cómo era la persona que me investigaba —respondió con sencillez.

Tenía los ojos azules de un tono casi violeta, los labios muy gruesos y los pómulos marcados. Dio una última calada apasionada, luego lanzó el cigarrillo a la grama, movió la bota que calzaba y aplastó la colilla. Después se apartó de la escultura, enderezándose.

—¿Caminamos? —me pidió.

Comenzamos a andar el sendero que conectaba con la terraza donde estaban los otros.

—¿Y cuál es el veredicto? De Lizard.

—No lo sé aún —respondí.

—Busque lo que quiera, puede ser mi invitada estos días, ir a toda hora esta semana y escarbar en las oficinas. Elsa me lo ha contado, lo que ha dicho el pobre Reginald, y es una pena.

Parecía sincero y afectado.

—Yo estaba allí en ese hotel cuando pasó la tragedia de Donna. Todos estábamos, y si alguien la hubiese visto abrir la verja y salir a la playa… ¡Qué increíbles son los accidentes! —exclamó moviendo la cabeza de un lado a otro y aprisionando los labios—. Es desesperante lo cerca que están las desgracias de cualquiera. Pero Elsa es una mujer de hierro y Reginald no vale lo mismo que ella.

—¿Tiene alguna idea de la razón por la cual Reginald Miles ha relacionado a Lizard con los asesinatos de Ethel Jones y Viola Mayer? —le pregunté, aunque estaba segura de que ya sus empleados le habían contado todo sobre mi visita al piso de Elsa Wade, y que estaría preparado para responderme. Me tomó por sorpresa cuando dijo que sí.

—Claro que la tengo. Somos culpables, como todos. No solo de esas muertes, sino de todos los crímenes. Cuando un loco se da a la tarea de asesinar y grabar la muerte de sus víctimas y las cuelga en la Internet es porque hay mercado para eso. A su modo, el asesino está comerciando con la muerte.

Escuché un ruido similar al que hacen los animales alados cuando chocan con las hojas de los árboles. Vi a los seres que producían el sonido justo frente a nosotros, sobrevolando nuestras cabezas. Eran unas asquerosas cucarachas voladoras. Me incliné a un lado y sentí toda mi piel erizarse, un corrientazo en el pecho y un frío mentolado en el cuello. No quería que me rozaran siquiera. Lawrence reaccionó rápido y las apartó, manoteando. Me quedé mirando a los bichos que se habían alejado. Sus alas parecían de goma sucia, y sus cuerpos marrones y ovalados aún brillaban.

—Me producen mucho asco —confesé sin pensar, como si estuviese hablando con un amigo.

—Es normal. La tienda Hollister, en el Soho, la Abercrombie y la Victoria's Secret se vieron obligadas a cerrar y fumigar. Hay una bonita invasión de estas pequeñas amigas en Nueva York no solo en verano, sino también en invierno, ya que son muy resistentes. Son una especie asiática que llegó a nuestras costas a través de las flores que adornan el High Line.

La imagen de huevos asquerosos sobre la piel de las flores me produjo mayor encrespamiento. Entonces mi mente me sugirió una idea extraordinaria y retorcida. ¿Y si parte de la campaña para elevar los segundos a los primeros lugares de ventas de Lawrence Roth era atacar a los competidores, empleando cualquier estrategia, hasta la de atestar sus tiendas de bichos? Me abochorné conmigo misma porque la teoría conspirativa en mi cerebro estaba alcanzando límites insospechados, y la verdad era que Lawrence me agradaba.

—Como decía, tal vez el asesino solo pueda crear eso: la muerte de las chicas. Debe verlo como si ese fuera su producto de mercado.

Cambié el tema porque no me interesaba su lectura del asesino. Ya habíamos llegado a la terraza y le pregunté cuál era la labor de Elsa Wade en la agencia. Me dijo que lo que él pensaba ella lo plasmaba. Que algunas veces él era disperso y que le iba mejor si tenía la compañía de alguien que pudiese darle orden y método. Me pareció que la admiraba.

—Elsa es el cincuenta por ciento de mi éxito, o, más justo sería decir, el veinticinco; el otro veinticinco es Jeff Trevor, nuestro abogado e informático de la consultora, y, sobre todo, un amigo incondicional. Por último está Sharon Vedder, quien se encarga de que todo avance a buen ritmo.

En ese momento se detuvo y levantó los hombros, para luego volver a bajarlos. Tenía las manos puestas en los bolsillos. Miré sus labios gruesos y, debajo, el cuello bronceado, que portaba una gargantilla de cuero y un colgante plateado que parecía una lanza o una hoja. Le pregunté sobre la publicidad Blood Moon que nos había mostrado Rob, pero no pude hablarle del asunto del zodíaco chino en los videos de los asesinatos, ni de la semejanza que noté en esa propaganda. No quería preguntarle directamente, porque además de que eso sería ventilar información sensible en un caso abierto, Lawrence tenía buenas relaciones con la prensa, que estaba al acecho de nuestros movimientos. Noté que mi pregunta sobre quién diseñó esa publicidad lo tomó por sorpresa porque sus ojos disminuyeron la dulzura de antes y se tornaron inquisidores.

—¿Qué quieres saber de esa campaña de la Blood Moon? Si Elsa te entregó nuestro portafolio y nuestra visión en el *pen*, ya debes conocer todo sobre ella. Había que validar una nueva oferta de consumo mucho más potable para quienes no pueden gastar dinero en los perfumes clásicos, y para ellos hicimos un estudio de mercado. ¿Por qué te interesa esa campaña en particular? —preguntó, y parecía que estaba resintiendo un ataque de mi parte.

Le dije que no podía responderle. La verdad era que comenzaba a dudar de la relación de los elementos del zodíaco con la publicidad Blood Moon. Después de todo, lo que había visto en ella era solamente una playa, un desierto y un bosque, y decir que eso se relacionaba con los elementos del zodíaco chino era muy ambiguo.

—Claro… —dijo él, volviendo a aspirar el aire y sacando las manos de los bolsillos.

«Tiene un gran atractivo», pensé. Ese era el efecto que Lawrence Roth causaba, que yo también podía comprender porque no me era desagradable en absoluto, a pesar de que estaba consciente de que podía ser un asesino. ¿Pudo también ser agradable a los ojos de Ethel y de Viola?

Sentí un escalofrío al pensar en eso y al recordar los videos.

En ese momento sonó su teléfono.

—Dime, Shanny…

Dio unos pasos delante de mí. Por la música y las voces, no pude escuchar lo que decía. Me sentí torpe, como si no hubiese aprovechado los últimos minutos ni preguntado todo lo que debía. También creía que esa llamada había roto una especie de hechizo.

—Permiso para retirarme, agente Stein —dijo cuando terminó de hablar por teléfono, e hizo una señal con la mano, dirigiéndola a la frente como si fuese mi subordinado. Después sonrió y caminó unos pasos en dirección a la puerta de cristal.

Desde allí se volteó y me hizo la pregunta.

—¿Usted está aquí por trabajo?

Me reí, aunque si lo hubiese pensado mejor, no lo hubiese hecho. Comprendí el poder que tenía Lawrence Roth en carne propia. Este consistía en la capacidad de hacer que uno hiciera cosas que no tenía pensado hacer. Él mismo era el mejor producto publicitario que tenía la exitosa Lizard.

¿Pero también era el asesino de Ethel Jones y de Viola Mayer?

8

Hans acababa de ver la sudadera negra con la silueta del famoso ratón dibujada en plateado. La llevaba la chica que hablaba por teléfono y que pasaba caminando a su lado en la playa. Era la misma figura del cuaderno de William Logan.

¡Era eso!, se dijo Hans, los tres círculos de Logan pretendían ser el dibujo de Mickey Mouse.

En ese momento sus prioridades cambiaron y necesitaba despejar la duda que le estaba estallando en la cabeza. Pensó que Ethel pudo haber ido a Florida en cualquier momento y comprado la prenda con la cual Logan la vio —si era cierto lo que pensaba— años atrás. Pero también cabía la posibilidad de que estuviese dando con algo sólido…

Salió corriendo y dejó a Reginald Miles solo frente a las olas. Luego se detuvo, dio la vuelta y volvió con él.

—La chica, Ethel Jones. ¿Usted la vio en este lugar?

—No lo creo —respondió él y Hans no supo traducir si decía la verdad, o mentía, porque su rostro era una lápida.

Hans sacó el teléfono del bolsillo y en pocos segundos

obtuvo en la pantalla una foto nítida de Ethel en la que se le veía sonriente, y la mostró a Reginald.

—No la vi aquí, pero eso no significa nada. Tal vez estuvo hablando con alguien. Yo estaba distraído en esos días.

—Me refiero a antes de la muerte de Donna, cuando se inició la conferencia Triggers de Lizard en el hotel Fantasy Sun —corrigió Hans.

—También hablo de esos días. Desde antes de que Donna muriera ya las cosas iban mal para mí.

Hans vio culpa en su expresión, pero no tenía tiempo en ese momento de continuar la conversación. Volvió andando a grandes pasos hasta la terraza de la piscina del hotel, donde el viento se apaciguaba, y buscó en su teléfono el informe con el número de Linda Smith. Cuando lo consiguió, la llamó. La chica tuvo que reconocer que era cierto que Ethel y ella habían estado en Miami, en el Fantasy Sun Hotel, unos días antes de que la asesinaran. Habían viajado con su tía paterna, Muriel Smith.

—¿Por qué no dijo nada sobre ese viaje? —preguntó Hans mientras caminaba con rapidez para alejarse de los gritos de los niños que chapoteaban en la piscina.

—La verdad es que nadie me preguntó sobre eso.

—¿Es que la policía no quiso saber los movimientos de Ethel los días previos al asesinato? —repitió Hans, haciendo un énfasis antipático al terminar de pronunciar cada palabra porque estaba convencido de que ella mentía.

—Está bien. Voy a contárselo, aunque no sé qué tiene que ver eso con la muerte de mi amiga. Lo que pasa es que viajamos sin decirles a sus padres porque Ethel no quería que se enteraran. Tiene que entenderme que no podía contarlo…

Quizá era cierto, pensaba Hans, que Linda creyera que contar lo del viaje era una forma de faltar a la amistad que todavía sentía aunque Ethel estuviese muerta. La quería, y por eso su voz parecía un lamento continuado.

—Dime los días exactos en los cuales estuvieron en el Fantasy Sun Hotel, en Miami —demandó Hans, intentando olvidar la omisión de la chica.

—Del 19 al 22 de febrero. Lo sé porque en medio pasó aquello con la niña. Mi tía Muriel nos invitó y nos pareció genial. Iríamos a Orlando y luego nos quedaríamos en el hotel de Miami mientras ella asistía a una conferencia de no sé qué. Perdone por no habérselo dicho.

Hans colgó sin despedirse. Su mente estaba en ebullición y entonces comprendió que había sido un error apartarse de Reginald Miles. Se dio cuenta de que su respuesta había sido demasiado extraña cuando le preguntó si vio a Ethel Jones.

—«No la vi aquí, pero eso no significa nada. Tal vez estuvo hablando con alguien» fue lo que me dijo. ¡Qué estúpido fui! ¡Él debió haberla visto hablando con alguien! —exclamó Hans atropellando las palabras. A toda carrera cruzó el piso mojado junto a la piscina, esquivando a un niño de cara roja que salió corriendo y casi lo choca, y se devolvió a la playa por el camino de arena entre los matorrales y las palmeras.

Sin aliento llegó a la verja, que encontró cerrada. Cuando iba a saltarla, una joven que vestía una camiseta blanca y pantalones cortos de color celeste se le acercó corriendo, entre asustada y extrañada.

—Lo siento. El acceso a la playa está prohibido a esta hora.

Hans ni siquiera la miró, ya que estaba observando más allá, la playa y la sombra del malecón.

—El agua se acerca de manera peligrosa y el ruido del mar se hace más fuerte a esta hora, y no permite oír los gritos de auxilio —le dijo la joven de vigilancia, que parecía muy asustada para hacer ese trabajo. Pero Hans no iba a analizarla, porque estaba enfrascado en la ausencia de Miles.

—Busco a un hombre que hace unos minutos hablaba conmigo. Soy el agente Hans Freeman del FBI —le explicó mostrándole la identificación.

Ella agrandó los ojos y sus hombros cayeron, pero luego, como intentando una reacción rápida, pretendió dibujar una sonrisa infantil que la excusara.

—Perdone, pero no podía saber quién era usted. ¿Quiere que le permita pasar? —dijo al mismo tiempo que tocaba con la mano derecha la madera blanca de la verja.

—No importa. Ya el hombre que busco no está —dijo Hans pensando en sus próximas acciones.

Pasó la lengua por sus labios y los sintió rotos y salados. Debía tomar agua, pues una sensación de inminencia le estaba quemando la boca. Por primera vez pensaba que era posible anticiparse al asesino e impedir que matara a otra víctima —al elemento «fuego» del zodíaco—, y esa esperanza se debía a que Ethel Jones había estado allí. Sabía que las primeras víctimas casi siempre lo conducían al asesino, de una manera u otra. Escuchaba las olas, y aunque no podía ver con la misma claridad de más temprano el malecón, era capaz de recordar su forma y también la anatomía de aquella playa donde Miles le había mentido, y donde su pequeña hija había muerto. Estaba seguro de que volvería a verlo pronto.

Dio la vuelta y se marchó, dejando confusa a la insegura muchacha de la vigilancia, junto a la verja. Caminó con rapidez por el sendero que lo conducía al hotel. Tenía todas las esperanzas de la resolución del caso puestas en ese viaje callado de Ethel Jones y Linda Smith a Miami.

9

Hans llamó a la teniente Carol Sim, a quien conocía desde hacía un par de años; la última vez que supo de ella fue por la trágica noticia de la muerte de su hijo. Sabía que era buena en su trabajo y por eso le delegó el interrogatorio al personal del hotel, porque era necesario conocer si alguien había visto a Ethel con algún sujeto sospechoso, incluso a Viola, porque podría ser que ella hubiese ido a ese hotel. Era posible que el Fantasy Sun pasara al primer lugar entre los ámbitos de interés. También le encargó a la teniente la búsqueda de Miles. Estaba convencido de que no se iría muy lejos de allí porque era como un satélite gravitando ese lugar.

Cuando terminó de hablar por teléfono, visitó el restaurante junto a la piscina y se sentó en la primera mesa que vio disponible. Pidió cuatro botellitas de agua con gas y las fue tomando una a una sin parar. Mientras lo hacía, vio a una mujer vestida con una falda verde que llevaba un humeante plato consigo, y el olor a bistec y papas fritas que desprendía lo provocó. Decidió que comería exactamente eso, pero en la habitación, porque necesitaba pensar en soledad. Pocos minutos más tarde se encontraba en su cuarto, rozando con las piernas el borde de la cama, parado enfrente de la mesita de noche y manipulando el celular.

Volvía a llamar a Linda Smith.

—No sé qué más puedo decirle —dijo ella, entre desesperada y suplicante, porque quería que la dejara en paz.

—La mañana que Ethel y tú volvieron a casa en Cambridge, ¿alguna llevaba una prenda de ropa que mostrase a Mickey Mouse?

—Sí. Compré una sudadera azul en Orlando, pero qué importa…

—Nada. Necesito que me cuentes todo lo que hiciste en el Fantasy Sun Hotel. Quiero saber cada paso que dio Ethel en esos días, con quién se encontró, en dónde pasaba las horas.

Linda inspiró profundo y el sonido del aire entrando en sus pulmones, en forma de agudo pitido, le hizo saber a Hans que la chica iba a complacerlo, que solo tomaba fuerzas para responderle. Entonces pensó en sentarse en la cama para estar más cómodo, pero al final no lo hizo porque la tensión no lo dejaba.

—Llegamos cansadas el 20 de febrero en la noche. Mi tía Muriel se fue a reunir con un amigo, y Ethel y yo nos quedamos en la habitación y pedimos pollo frito. Después Ethel quiso bajar a la playa, pero no la acompañé. Ella podía ser pesada algunas veces, demasiado terca, y yo no quería moverme. Como a las dos horas volvió de mejor humor. Ethel era…

—Cambiante y temperamental. Lo sé. Pero me interesa comprender a qué crees que se debió ese cambio. Lo que sea que te imagines, estará bien.

—No tengo que imaginarme nada porque lo sé. Solo quería fastidiarme. Se inventó que había hablado con alguien interesante, pero yo sabía que era mentira. Ethel hacía con frecuencia eso: tenía la manía de repartir lecciones, y como le parecía que estaba mal que me quedara en la habitación, entonces inventó que las «ganas de vivir» siempre se traducían en recompensas inesperadas. Me refiero a que, para ella, salir de la habitación e ir a la playa a esa hora era mostrar ganas de vivir.

—¿Nunca pensaste que fuera verdad que había conocido a alguien?

—Claro que no.

—¿Qué más?

—Al otro día estuvimos en la piscina hasta el atardecer y luego subimos a ver una serie de Netflix. Después pasó lo de la niña y fue una conmoción enorme. Ethel se afectó mucho y al día siguiente nos fuimos. ¿Usted sospecha que ella habló con el asesino en ese lugar? ¡Pero no puede ser! Fui yo quien la convenció para que antes de empezar el curso viajásemos a Miami! Fui yo... —repitió y rompió a llorar con amargura.

—Puede que no. Quédate tranquila —mintió Hans porque recordó lo que Fátima solía repetir, que la gente no siempre necesita conocer toda la verdad.

—No puedo creer que haya conocido a alguien en Miami y que esa persona la persiguiera hasta casa —dijo Linda.

—¿Todo el tiempo estuviste junto a Ethel hasta volver a Cambridge? Me refiero a que si el único momento en que se separaron fue la primera noche.

—Sí. Así fue.

—Quiero que recuerdes ese momento cuando Ethel subió a la habitación y dices que estaba de buen humor. ¿Qué fue lo que te dijo exactamente?

—Es difícil recordar las palabras —dijo envuelta en una entonación que sonaba a derrota temprana.

Hans suspiró. Tenía que cambiar la estrategia con Linda.

—¿Dónde estás? ¿Estás sola? Ayudaría que te recuestes en

una silla o te acuestes en la cama, cierres los ojos y revivas la escena —le recomendó.

—Estoy en casa de mis padres, sola en mi habitación porque no he querido salir.

Entonces Hans comprendió que Linda no había superado la muerte de su amiga. Intuyó que habían tenido un problema de importancia menor, pero a esa edad todo adquiría dimensiones monumentales. Sintió pena por ella e hizo un alto para intentar que saliera del estado en el cual presumía que se encontraba.

—Yo no te aprecio ni tengo por qué mentirte, así que ahora mismo puede que sea una de las personas adecuadas para decirte que no tienes la culpa de lo que le pasó a Ethel. El homicida la hubiese matado en ese momento o en otro. Pudo haberte asesinado a ti también —le dijo, aunque no creía que eso fuese cierto.

Linda rompió a llorar de nuevo, pero Hans continuaba hablando sin afectarse.

—Te digo por experiencia que la culpa destruye lo bueno que tenemos, y si no la apagamos a tiempo, nos acompaña y nos lastima mucho. Si tuviste algún problema con Ethel, no importa. Si la querías como creo que lo hacías, ayúdame a atrapar al culpable de su muerte. Concéntrate en lo que te dijo aquella noche porque puede ser importante, y olvídate de lo demás.

Entre sollozos, Linda comenzó a hablar.

Estaba acostada en la cama y miraba un cuaderno que había puesto a su lado, como si este tuviese vida y pudiese consolarla. Era el cuaderno de Ethel, el mismo que Hans estaba convencido de que existía cuando visitó su cuarto.

10

LINDA SMITH le hizo una increíble revelación a Hans. Cuando terminó la comunicación con ella, esperó impaciente la foto que iba a enviarle. Escuchaba sus latidos en todo el cuerpo y no podía aguardar mucho más. Al fin llegó la imagen. La escritura de Ethel Jones se mostraba en letras pequeñas, redondas y de color azul. Ya no le importaba que Linda se hubiese quedado con el cuaderno de Ethel y no dijera nada a la policía. Aquello era una falta por motivos afectivos. Sabía que la gente ligada a los casos solía mentir por razones diferentes que no tienen que ver con los asesinatos. Lo que sucedió fue que Linda le había contado algo a Ethel sobre su padre, y no sabía si su amiga lo había escrito, tal vez no aclarando su identidad, sino dándole características de personaje de ficción, pero ella no podía arriesgarse y decidió quedarse con el cuaderno y no hablar de él. Lo importante era que ahora había confesado, y que acababa de enviarle al celular las notas que Ethel escribió en el hotel. Hans sabía que, queriendo ser escritora, Ethel debía llevar consigo algo para anotar las ideas que se le ocurrían en el momento y así no olvidarlas. Y aunque tarde, ahora tenía el escrito de lo que esa persona desconocida le había inspirado a Ethel Jones. La que Linda creía que no existía, pero que —si lo que él temía era cierto— podría ser el asesino.

El párrafo que Ethel había escrito decía:

«Estoy emocionada porque acabo de conocer a una persona asombrosa. No se trata de si es un hombre en el cuerpo de una mujer o una mujer en el cuerpo de un hombre, porque lo importante es su doble naturaleza, las dos fuerzas que conviven en su interior aunque una de ellas esté agazapada. ¡He tenido la fortuna de conocer al vizconde de Valmont y ahora he quedado prendada de él! ¿Podré también conocer a su Isabelle de Merteuil? No lo creo».

—¿Esto es todo? —gritó Hans cuando terminó de leer y sus dedos pulgares aún tocaban la pantalla del celular con un ligero temblor.

Sintió una terrible decepción que tomó forma de ardor en la garganta. El párrafo era demasiado críptico para conducirlo. Claro que conocía la relación entre los dos personajes de la novela de Pierre Choderlos, pero no veía en lo que Ethel había escrito ninguna pista clara. Ni siquiera podía afirmarse si la persona con la cual había hablado era hombre o mujer. Al hacer aquella similitud con la novela se desdibujaban los hechos, y con ello la verdad.

—¡No puede ser! ¡Qué carajo con los escritores!

Se rascó la ceja y sintió dolor al hacerlo. Luego se llevó los dedos a los labios, tapándolos unos segundos, como si haciendo eso pudiese llegar a pensar mejor.

Decidió volver a leer el párrafo con tranquilidad.

Viéndolo bien, era una descripción de la psicología del asesino. Lo importante era que a Ethel le había llamado la atención que la persona con la cual habló mostraba una tensión interna, lo que ella llamaba una doble naturaleza.

—¿Cómo la detectó? ¿Sería eso lo que levantó el odio del asesino en contra de ella para matarla estando consciente, y por lo cual usó menor dosis de Immobilón que la que administró a Viola Mayer? —se preguntó.

Caminaba sin dirección en el cuarto y llegó, casi sin darse cuenta, a la habitación contigua, en donde había un sofá, un sillón, un gran cuadro en colores pasteles que mostraba un paisaje marino y un flamenco rosa, un escritorio y una cómoda silla.

Parecía que miraba las hojas de papel sobre el escritorio, pero en realidad estaba pensando en lo que había escrito Ethel Jones. La imaginaba anotando en su cuaderno; recordando el encuentro del hotel; moviéndose en su cuarto blanco o sentada en la mesita circular junto a la ventana, mirando hacia la casa de Logan; envuelta en la fragancia Light Blue de Dolce&Gabbana. Era cierto que era como una chica de agua…

Vino a su memoria lo que Kudary dijo sobre los elementos del zodíaco chino. No era que lo hubiese olvidado, porque con frecuencia la idea de alguna chica quemada o enterrada lo atormentaba. Tal como su buen amigo y mentor en Wichita le había dicho, su imaginación era a la vez una ventaja y un lastre.

Pero ahora, al recordar la idea de Kudary, lo que vino a su mente fue el *yin-yang* como noción central de las creencias taoístas. Era interesante que en la reflexión que la chica había dejado por escrito hiciera alusión a una doble naturaleza. El *yin-yang* también era eso, significaba una unidad dentro de los seres, la entidad entre lo oscuro y lo brillante, entrelazados sin posibilidad de separación, donde cada lado mantenía su espacio, pero necesitaba a su reverso. Quizá el asesino había hablado a Ethel de sus creencias religiosas, aunque se orientaba más a pensar que Ethel descubrió algo de su personalidad sin que él lo quisiera. Después de todo, ella podría ser mucho más detallista e inteligente que el promedio de las chicas de su edad.

Llamó a Julia. Oía con impaciencia el intermitente tono. Se sentía invadido por una sensación de atropello que no lo dejaba ni siquiera sentarse. Se encontraba en el medio de aquella habitación silente y le parecía que el tiempo era ahora más que nunca un enemigo.

Mientras llamaba, pensaba en lo necesario que sería volver a hablar con Miles, así que esperaba que la teniente Sim lo encontrara pronto. Era como si este se hubiese atrevido a denunciar algo al hacer la llamada y luego, por alguna razón, se hubiese arrepentido.

—El asesino podría haberlo amenazado —se dijo.

11

Me sentía inquieta después de hablar con Lawrence Roth. Era imposible que pudiera dormir. Llamé a Hans, pero no atendía la llamada. Necesitaba mi música y los dardos. Pensé que podría ir a comprar algunos en una tienda de turistas si eso me ayudaba a centrarme, pero preferí ir a correr, así que en poco tiempo estuve lista para ello. Salí del hotel y tomé un taxi hasta las cercanías del Parque City Hall.

Cuando comencé a correr, me encontré que había un par de vías cerradas por obras, por lo cual me desvié y tomé por las calles paralelas, que estaban desoladas. Pero detrás de mí venía un corredor. Podía escuchar sus pasos apurados aproximarse. Me extrañó porque a esa hora de la noche, y por esa zona, no parecían haber muchos. Se me ocurrió que podría estar en peligro, como lo estuvo Tim… y sentí que el sudor me empapaba la espalda, enfriándola.

La persona avanzaba más rápido que yo, y cuando me di cuenta, estaba a mi lado. Pero pasó de largo y me sentí tonta. No me fijé tanto en el resto de su cara, sino en la gran nariz. También me distrajo su ropa demasiado holgada. Vestía de rojo, de pies a cabeza, y me pareció un horrendo atuendo. Entonces vi su espalda, el pelo sucio y rubio cenizo que se movía de un lado a otro sobre sus hombros, en la medida en que se alejaba de mí. Cuando pensé que ya no volvería a verle la cara, inesperadamente el hombre volteó, no sé por cuál razón, y me miró como si necesitara aprenderse mi rostro, para luego continuar andando.

Me detuve y recordé al doctor.

Cuando corría, me atacaba una gran necesidad de preguntarle si él no deseaba salir conmigo, pero no en plan de paciente. Esa idea que se me ocurría cada vez que hacía ejercicio era una locura, y lo sabía, pero no podía evitar sentir tales ganas. También era que pensar en el doctor me ayudaba a acallar los miedos, como si su solo recuerdo fuera una barrera protectora para mis fantasmas. Miré al frente y vi que el hombre de la gran nariz se iba haciendo más chico con la distancia, y no entendía por qué me había asustado tanto al pasar cerca de mí. Supuse que lo de Tim me estaba afectando.

Después corrí por las calles vacías cuarenta minutos, y me sentí lo suficientemente cansada como para volver al hotel. Eso hice, pensando en Miles.

La verdad era que el contenido de su llamada podría ser un delirio y eso había hecho que yo estuviera allí totalmente perdida, detrás de Roth y su séquito de tres o quién sabe cuántos más. En el fondo estaba buscando excusas para exculpar a Lizard, aunque a la vez algo me empujaba a seguir considerando que las delirantes palabras de Miles tenían algún asidero. En conclusión, dos fuerzas dentro de mí se enfrentaban: por un lado, recordaba al equipo Lizard y sus rasgos peculiares, y por el otro, estaba la conversación con Lawrence.

Pero, como suele pasarme, cuando menos lo pienso, una idea aparece e ilumina el dilema. Esta vez fue cuando bajaba del taxi que había tomado en la esquina del Parque City Hall para volver. Cuando estuve frente al hotel, pagué al taxista con una aplicación del celular sin mirar lo que hacía, sin fijarme en la cuenta, y bajé del auto. Fue cuando recordé las palabras de Sharon. La chica, que aunque pretendía dar una imagen de tonta no lo era, había dicho «bien hizo Elsa en dejarlo primero». ¿Por qué «primero»? Pensé que tal vez el tormento de Miles era que había decidido antes de la muerte de la niña dejar a Elsa, y que Sharon había querido puntualizar eso al decir «primero». Si ese era el caso, este solo había ventilado un sentimiento de culpa porque estaba dispuesto a romper su matrimonio, proyectando esa falla en su mujer, dedicada al trabajo en cuerpo y alma. Lo de relacionar la muerte de Donna con los asesinatos de la web podría ser para llamar la atención. Podría valer la pena para saldar el asunto, preguntarle a Sharon qué había querido decir, confirmar que Miles quería culpar a su esposa y que la relación entre ellos era crítica.

Desde donde estaba miré la ventana de Elsa, que tenía las cortinas corridas. Me pareció que podía verse desde allí el manillar de la bicicleta de Donna. Caminé despacio a la entrada del hotel. En lugar de orientarme hacia los ascensores lo hice en dirección a la terraza donde me había encontrado con Roth. Fue cuando tomé conciencia de que la llamada que él atendió pudo ser de Sharon, porque había dicho un nombre parecido, algo como «Shanny», aunque no lo recordaba bien. Pensé que era una lástima que no hubiese podido escuchar nada más de esa conversación.

Me di la vuelta y me dirigí a mi habitación. Al llegar a ella decidí que no perdería nada pasando por las instalaciones de Lizard, antes de tomar el vuelo a Washington, al otro día por la mañana. El mismo Lawrence Roth me había dicho que podría ir cuando quisiera, y se le veía muy confiado al hacerme esa invitación. Creo que en ese momento la lucha interna que se había desatado en mí, la de las dos fuerzas, terminó y di por ganadora a la versión que exculpaba a Lizard y a todos sus miembros de tener algo que ver con los asesinatos de Ethel y de Viola. Lo malo de ese desenlace era que volvíamos a estar en cero, otra vez en el principio, y tanto Hans como yo presentíamos que el asesino volvería a matar pronto. Entonces creí que no tuvo ningún sentido mi viaje a Nueva York, ni la semejanza loca que yo detecté entre la publicidad Blood Moon y los elementos del zodíaco.

Tomé un baño que hizo que cayera sobre mí un pesado sueño. Mientras me frotaba el pelo con la toalla, me asomé por la ventana y volví a mirar al apartamento de Elsa Wade. Noté que ahora las persianas estaban descorridas.

Después me metí en la cama y creo que me dormí en menos de treinta segundos. Había olvidado por completo revisar el teléfono móvil.

Ahora que lo pienso, es verdad que cuando miramos al exterior por las ventanas casi nunca creemos que alguien desde afuera también podría estar observándonos, o que nos vigilen cuando estamos despreocupados sentados en un bar o en un café. Y eso es un error que puede costarnos caro.

12

—Hola —dijo el asesino.
—Hola. Has llegado tarde... —reclamó Loredana Lange.
—Estaba en una reunión y no pude salir antes. Pero todavía tenemos tiempo. Estás muy bonita. Sabía que ese traje te iba a quedar genial.
Ella sonrió, satisfecha, y se sentó sobre una de las tumbas.
—Esos clientes tienen gustos de lo más extraños, ¿no crees? Verme desnuda en medio de las lápidas es bastante tétrico. ¿Qué son? ¿De esos frikis que deliran por los vampiros y el suspenso gótico?
—No querida. Son clientes que exigen un buen espectáculo.
—No me digas que...
La chica no pudo terminar de hablar. El asesino tenía en la mano la pistola y le disparó en el pecho. La descarga se produjo de inmediato y su cuerpo padeció los estertores y luego la inmovilidad esperada.
Detrás de una lápida había dejado dos botellones de ácido sulfúrico. Fue por ellos y los puso junto a Loredana. Sacó del

bolsillo la inyección preparada y se la puso en la vena de un brazo. No quería que la chica se despertara. No volvería a correr riesgos, pues ahora tenía la convicción de que Ethel Jones había hecho algo que podría desvelar su identidad. Había visto muchas veces el video y logró darse cuenta, pero los agentes del caso no parecían haberlo hecho. Tenía que creer que la suerte lo acompañaba como había sido casi siempre.

Acomodó el pequeño trípode para la grabación, se puso la capucha, esta vez roja, y los lentes, se abotonó el impermeable y se dispuso a bañar a Loredana Lange con el ácido. Esta vez sus guantes eran diferentes, de los que usan los químicos en los laboratorios.

Quiso cantar su canción favorita. Le encantaba la locación de este asesinato porque la cabellera roja de la chica contrastaba con el blanco, gris y negro del lugar. Como en *La lista de Schindler* y la pequeña niña del abrigo rojo, que en este caso era Loredana y su melena.

—Aquí tienes la chica de Marte, la fogosa, bella e inteligente. La que siempre quería más y por eso murió. Ahora es una rosa roja muerta… —dijo el asesino mirando hacia el sur.

13

Me desperté sobresaltada a las ocho y media de la noche. Tal vez estaba soñando algo desagradable, pero no lo recordé en ese momento. Fue cuando revisé el celular y tenía un mensaje de Hans transmitiéndome algo asombroso. Entonces lo llamé de inmediato.

—Como te escribí, Ethel estuvo en el Fantasy Sun Hotel los días del evento de Lizard y de la muerte de Donna —me dijo.

—¿Qué dices? En el informe...

—Linda nos escondió algunas cosas. Por eso lo de la imagen de los tres círculos. La explicación era más sencilla de lo que yo había pensado; solo representaba a Mickey Mouse. El vecino las vio llegar con una prenda de ropa que mostraba esa figura y por ello lo dibujó en su cuaderno. Linda no nos dijo nada sobre el viaje a Miami. Fueron acompañando a la tía de la chica, llamada Muriel Smith. Ya he comprobado que es cierto que alguien con ese nombre se inscribió en Triggers, la conferencia de Lizard. Linda tampoco nos dijo que cuando llegó a casa y Ethel no estaba, agarró el cuaderno y lo escondió.

—¿Por qué hizo eso? —pregunté.

—Porque temía que Ethel hubiese escrito sobre una conversación que tuvieron en relación con su padre. Me temo que hay allí un secreto familiar que no debe ser nada bueno. He comunicado mi impresión a la gente en Cambridge, pero eso es otro asunto. El hecho es que Ethel conoció a alguien en este hotel y quedó muy contenta con ese encuentro. Lo contó a su amiga, pero ella no le creyó en ese momento.

Casi lo interrumpo para preguntarle por qué, pero me callé para que continuara.

—Escribió un párrafo sobre ese encuentro.

—¿Ha dicho algo importante? ¿Lo tenemos? —pregunté expectante.

—No. Es un texto bastante subjetivo. Solo una nota para usarla luego en alguna novela o algún cuento. Es común en los escritores hacer eso. En este caso, iguala a esta persona desconocida con el vizconde de la novela de Pierre Choderlos, con el de *Las relaciones peligrosas*. Por ahora lo único que pienso es que es la forma de la chica de describir una unidad al estilo del *yin-yang*, si nos mantenemos en la línea de lo que relató Kudary.

No sabía de qué me hablaba Hans. No es mi fuerte leer literatura de esa naturaleza. Tenía una vaga idea por una película de Michelle Pfeiffer, pero nada más. Sentí pena por Ethel. Si era verdad que había hablado con el asesino, era lamentable que no se hubiese dado cuenta del peligro que representaba. Debía ser una persona que ocultaba muy bien sus intenciones.

—Te enviaré el escrito al terminar. Ya me he reunido con Carol Sim. Se encuentra en este momento interrogando a los empleados del hotel, con las fotos de Ethel y de Viola. Si tenemos suerte, tal vez encontremos a alguien que la haya visto conversando con otra persona. Lo de Viola es para descartar que también haya venido aquí. Viviendo cerca del hotel, pudo haber estado aquí de visita. Es posible.

Tenía razón. Parecía cobrar mayor relevancia Miami y el hotel donde Ethel pudo haber conocido al asesino, y también Viola. El mismo donde tuvo lugar la convención.

—Carol mostrará fotos de Lawrence Roth, Jeff Trevor, Sharon Vedder, Elsa Wade y Reginald Miles.

Fue cuando comprendí que lo que decía Reginald era cierto: uno de ellos podría ser el asesino. Era demasiada casualidad que estuviesen en aquel lugar en el cual también había estado la primera víctima. Podría ser una coincidencia, pero no lo creía, ni tampoco Hans. Había que investigar a fondo lo que hacían en Lizard. ¿Pero por qué Hans incluía en la lista de sospechosos a Reginald si había sido él quien nos dio la alerta sobre Lizard?

Me dijo que lo había encontrado en la playa y que hablaron. Que no sabía por el momento qué pensar de Reginald y ni siquiera podría aclararse si la muerte de la pequeña Donna tuvo algo que ver con los asesinatos de Ethel y de Viola.

Aunque no lo dijo, yo supe que no se había encontrado a Reginald Miles por casualidad en la playa del Fantasy Sun Hotel. Él sabía que Reginald iría al lugar donde murió su hija. Hasta podía haber ido al hotel con la idea de encontrarse con él.

—No podemos descartar a nadie confundidos por el rol que desempeña. Sé que cuando tanto tú como yo vemos a Reginald Miles creemos ver a un padre que ha perdido a su hija. Pero hasta eso puede ser un disfraz. Todos usamos disfraces y los mejores son los que incluyen las pérdidas trágicas como máscaras.

Pensé que tenía razón en lo que decía.

—Como comprenderás, ahora vamos a centrarnos en los de Lizard; debemos interrogarlos y verificar si tienen coartadas. Hablo del círculo directivo de esa empresa, de los cuatro que estuvieron en el hotel Fantasy Sun. Volaré a Nueva York en el primer vuelo para que lo hagamos los dos.

14

ME ASOMÉ por la ventana para mirar el piso de Wade. Otra vez la sensación desagradable que sentí estando dentro cuando llegaron Trevor y Vedder vino a mi memoria. ¿Cuántas personas convocarían a sus compañeros de trabajo para tener una especie de rito funerario con las cenizas de una hija muerta? ¿Y por qué me pareció que Jeff Trevor se había puesto nervioso a pesar de la apariencia inmutable que quiso mostrar cuando dijo lo de Reginald? ¿Y por qué Sharon se esmeraba en demostrarle a Elsa un cariño que a todas luces no sentía? ¿Por qué Lawrence no había ido a casa de Elsa y sí a verme en el hotel?

Como decía Hans, ahora ellos eran los principales sospechosos, y tenía que concentrarme y seguir mi instinto: uno de ellos resultaba atractivo a las víctimas, con un encanto que no necesariamente tenía que ser del tipo común; buena imagen, bonito cuerpo, apariencia llamativa. Podría tratarse de alguien que les dijera a las chicas lo que querían escuchar, que supiera traducir lo que estaban buscando de la vida en ese momento de cambio, cuando se empieza a cursar estudios en la universidad, y más si, como en el caso de Viola, los padres no logran entenderla. No podía descartar la simpatía como un rasgo a considerar. Trevor no era atractivo como Lawrence, pero tal vez con las chicas desarrollaba conversaciones inteligentes y Ethel se veía tal como una chica quisiera verse en diez años; profesional, exitosa, elegante.

Pensaba en Elsa y las cenizas de su hija, en Sharon y su afán de parecer dulce, y en Lawrence y esa naturaleza seductora que le salía por los poros. Cualquiera de ellos pudo haber mantenido una conversación con Ethel durante dos horas.

Me sentí cansada de darle vueltas a la identidad del asesino y decidí acostarme. Pero entonces, cuando lo hice, me surgió la pregunta: ¿Qué quiso decir Ethel con lo de que había conocido al personaje de esa novela?

Volví a leer el párrafo de su cuaderno que Hans me había enviado.

Estaba claro que Ethel resaltaba algo oculto en la persona a la cual conoció. También que esa persona estaba influenciada por alguien. Lo que recordaba de la película era que la marquesa de Merteuil influía de una forma despiadada en Valmont. Tanto que solo al final pudo romper esa relación, pero al hacerlo también se destruyó a sí mismo. Si descubría quién era Merteuil, también descubriría quien era Valmont, nuestro asesino. ¿O no?

Perdí el sentido del tiempo metida en mis reflexiones. Creo que me quedé dormida, y transcurrieron varias horas hasta que una llamada de Hans me despertó.

—Ha asesinado a otra chica en el pequeño cementerio de la capilla de Saint Paul, cerca de la Zona Cero. Esta vez la ha quemado viva, no con fuego, sino con ácido. No sabemos quién es la víctima. El equipo de guardia en Ciberdelitos detectó el video hace cuarenta minutos.

No podía creerlo. Tanto Hans como yo esperábamos que

el siguiente asesinato se cometiera el jueves, y apenas era el amanecer del martes. ¿Ácido? Era espantoso.

—Enfrente de mis narices, Hans. Justo por donde estuve corriendo…

—Bien. Sacaremos conclusiones cuando tengamos la hora de la muerte y podamos interrogar a los de Lizard y verificar sus coartadas de esta noche. El jefe Norton habilitó un vuelo para mí. Estaré allí en dos horas —me dijo y cortó.

No sé cómo hice para vestirme tan rápido. En quince minutos estaba de camino a la escena del crimen. De pronto recordé que las calles que rodeaban la capilla y el cementerio de Saint Paul estaban en reparación. El asesino también debía saberlo y pensaría que contaría con la soledad necesaria para cometer el crimen sin ningún testigo.

Llegué a la escena con un nudo en la garganta. Recuerdo que se quedó como un eco —metido en mi cabeza— el ruido seco que hice al cerrar la puerta del auto. Creo que no controlaba la fuerza que me movía.

—Agente Julia Stein del FBI —me oí decirle a un policía que resguardaba la entrada del Saint Paul como si fuese otra persona la que hablara dentro de mí.

PARTE III

1

El cuerpo de la chica estaba desfigurado y comprendí al verlo que me acompañaría algún tiempo en forma de pesadilla. Uno de los forenses me ofreció los guantes y los protectores para los zapatos. También el ungüento para colocar debajo de mi nariz. Me acerqué al cadáver. Estaba sobre una tumba, descansando en la lápida. La acomodó como si estuviese sentada. El olor era terrible, nauseabundo: una mezcla de cloro, óxido y carne quemada. El equipo forense se había asegurado de que no era peligroso aspirar el aire en la escena. Pero, a pesar de ello, era la primera vez que olía algo así. Miré el rostro de la chica y comencé a formarme una idea de cómo era antes del ataque. La acción del corrosivo la había deformado. Solo se había salvado del efecto del ácido el pelo y parte de su falda. Era un amasijo deforme de carne, huesos, sangre y trapos.

Para mí el tiempo se detuvo en ese momento.

No sé cuánto estuve allí en el cementerio, mirando el cadáver y el lugar. Creo que repetí las mismas acciones una y otra vez.

Luego llegó Hans y se acercó a mí. Quería decirle que pensaba que él y yo éramos solo levantadores de cadáveres y no investigadores que pudiesen evitar las acciones de este homicida. Nos había dejado a esta pobre víctima en el cementerio, cerca de donde yo había corrido más temprano, y debía estarlo disfrutando. Tal vez nos observara…

Miré a ambos lados y solo encontré las lápidas como testigos mudos de lo que allí sucedió.

—Yo también he tenido esa sensación —me dijo Hans.

—¿Cuál? —le pregunté, descubierta.

—La de que está aquí admirando su obra. Observándonos dar vueltas y no llegar a nada.

—Jugando —completé.

—Exacto —me dijo con gravedad, levantando la mirada y llevándola más allá del área del cementerio, hacia la calle.

Nos alejamos del cadáver dando unos pasos y comenzamos a escuchar un murmullo cercano. Los dos comprendimos que ya la prensa se había enterado del homicidio.

—Él sabía que las calles Fulton y Vassey estaban en reparación… —le dije a Hans.

—Lo sabe todo, y nosotros casi nada. Además es prepotente, arriesgado.

Luego de decir esas palabras caminó unos pasos más y se detuvo junto a un ángel de piedra. Lo vi durante un instante y, aunque no era la tumba de un niño, no sé por qué volví a recordar a Donna y a Elsa, ese desafecto y aquella parodia de las cenizas en su piso.

—¿Has visto el video? —me preguntó desde donde estaba detenido con un tono de voz tan bajo que apenas pude entenderle.

Entonces me acerqué a él.

—No. Me vine de inmediato aquí. Es terrible. Hemos tenido suficiente para saber que ni en el video ni en este lugar habrá una sola pista. ¿Tú lo has visto? —pregunté, dolida.

—Sí —me respondió e hizo silencio.

—Estoy segura de que no se le ve el rostro. Siempre es lo mismo, solo el área de la nariz y bajo los ojos, todo lo demás cubierto. Y puedo apostar que esta vez se muestra con un impermeable rojo. De nuevo esos condenados colores… —agregué.

—Todo lo que dices es verdad. Se viste en relación con el color del pelo de las chicas. Esta pobre muchacha tenía el pelo rojizo —concluyó, mirando con pena hacia el cadáver.

—¿Por qué ese empeño? ¿Esa regla? —reflexioné.

—Le he consultado a Kudary de venida hacia acá después de que Rob me enviara el video. Dice que ha estado investigando después de nuestra reunión las concepciones populares del zodíaco, no las ilustradas. Le pedí que lo hiciera, sobre todo las difundidas en la década de los ochenta porque supuse que lo de la canción de The Police nos da una marca temporal sobre un tiempo relevante para el asesino, que no sé si será válida, pero es la única que tenemos.

—También lo creo. ¿Qué te ha dicho Kudary? —pregunté impaciente.

—Que en revistas no científicas aparecieron algunas guías de espiritualidad en esos años de efervescencia de las creencias holísticas. Que no le extrañaría que el asunto de los colores y del planeta que viste en el cuarto de Viola sean partes de un todo que se refiere a alguno de esos constructos populares difundidos hace años.

—¿Como si cada uno de los cinco elementos estuviese asociado un planeta, un color y otras cosas que aún no sabemos?

—Exacto. Independientemente de la validez de esas creencias en la religión taoísta, algunas ideas populares podrían haber sido la base para que nuestro asesino construyera sus propios códigos, que ahora nos muestra en los asesinatos. Kudary sigue investigando por su lado, y por el nuestro he pedido a Rob que busque dos analistas del Departamento para que se dediquen a esa revisión.

Una brisa helada entró en el cementerio, interrumpió la conversación y nos dejó un rato en silencio. Yo no me atrevía a volver a mirar al cadáver que estaba cerca de nosotros, a menos de cinco metros de distancia.

—Solo somos levantadores de muertos —dije, pesimista.

Él me miró con reproche, pero a la vez con alguna veta dulce en medio de sus ojos claros.

—Somos lo que hacemos. Podemos lamentarnos o buscar algo hasta cazar al responsable de este espanto. Este cementerio se levantó en 1766 y ha resistido el incendio que arrasó Manhattan, y por si fuera poco, también el ataque del 11 de septiembre. Así, pequeña como la vez, me refiero a la capilla, es un símbolo de resistencia. Vas a aprender con los años en este trabajo que o somos eso también, un símbolo de resistencia, o no valemos para esto.

Tenía razón. Era necesario que el odio que sentía por el monstruo que había quemado viva a esta pobre chica hiciera su trabajo dentro de mí y me protegiera de la resignación; me obligara a agudizar mis ojos y mi inteligencia allí en la escena porque, aunque en las otras no hubiesen encontrado nada, en esta podría haber cometido un error. Después de todo, se había adelantado, porque apenas amanecía el martes y los otros dos asesinatos los había cometido los días jueves. Estaba acelerándose, y eso podía ser una debilidad.

Asentí y me separé. Miré la blanca cresta de la capilla de la cual me había hablado Hans y los árboles a su lado.

Volví a donde estaba el cuerpo de la chica y me acerqué lo más que pude.

¿Por qué no la habría quemado con fuego?, me pregunté, y me respondí que habría preferido el ácido porque el humo hubiese alertado. Rogué a Dios que ella estuviese inconsciente cuando la mató. Hans debía saberlo porque vio el video.

Lo miré de pie, observando las lápidas y los árboles. Luego volví la mirada a mi lado y sentí la presencia cercana del encargado forense con su traje blanco. Volví a centrarme en el cadáver. La cabellera de la muchacha caía de un lado, desbordándose sobre la lápida musgosa. Pero yo no estaba mirando la vieja losa donde la había dejado recostada, sino que estaba fijándome en lo que me parecía un corte irregular en el pelo.

En ese momento escuchamos un revuelo, una voz de alarma, y uno de los hombres vestidos de blanco levantó la mano derecha, cargando algo en ella.

Hans se acercó a él con rapidez. Los vi hablar, pero no escuchaba lo que decían.

El forense a mi lado también habló.

—Parece que encontraron una identificación.

Yo volví a lo de antes. Miraba la caída del pelo y me convencí de que había un corte que no se correspondía con el resto. Alguien había cortado un mechón y no debió ser la chica, pues el efecto afeaba su bonita melena. Al menos no lo haría voluntariamente.

Hans volvió a donde yo estaba.

—Se llama Loredana Lange y es de aquí de Nueva York. Nació el 23 de diciembre del 2001. Han encontrado su identificación…

—Mira el borde del pelo. ¿No ves un corte irregular? —lo interrumpí.

Hans pidió una linterna a uno de los forenses e iluminó la cara de Loredana. La danza de la luz hizo que sin quererlo me fijara en los insectos que se acercaron por el resplandor.

Sentí los pelos de punta y un breve escalofrío que luego se extinguió.
—Es cierto. Se habrá quedado con el «típico *souvenir*» de los asesinos en serie. Pero eso me parece demasiado común para este homicida tan extraordinario. No sé por qué me choca tanto pensar que se ha llevado un mechón.
—Tal vez porque no lo había hecho antes ni con Ethel ni con Viola —afirmé.
—Así es. Sobre todo con Ethel, que es la víctima número uno, y tanto tú como yo sabemos que debería ser la más importante en la mente del asesino.
—Es verdad. Con Ethel tuvo aquel falso arrebato, aquella caricia postiza, y entonces no parece lógico que no se haya llevado nada de su cuerpo —completé.

Hans apagó la linterna y elevó la cabeza. Parecía que estaba mirando al cielo, pero en realidad estaba pensando algo.

—Eso que has dicho, Julia, lo de la caricia postiza, me lleva a dar vueltas sobre una cosa: creo que la personalidad del asesino no encaja con la de un homicida místico o creyente. Es como si todo el asunto del zodíaco chino y lo de los colores fuera una gran publicidad, un mensaje para atrapar la atención en la Internet, como una impostura. Algo falso.

—Sí. Ya lo hemos dicho antes —le respondí, pero comprendía que entre tantas dudas perdiéramos la brújula y no supiésemos cuáles de las cosas que nos decíamos eran las más importantes.

—Voy a quedarme aquí. El jefe está por llegar. Los medios están desquiciados y se pondrán peor con esta muerte. Luego hablaré con los padres de la víctima.

Supe que en ese momento estaba pensando que sería muy duro hacer eso. Sentía que volvíamos a empezar y que la pauta la marcaba el homicida. Otra vez ir a casa de la joven muerta y analizar su vida, sus últimos días, sus relaciones cercanas…

—Está bien. ¿Yo qué haré? —pregunté, aunque lo sabía. Que mi papel debía ser ver el video e intentar encontrar algo.

—Debemos ir a Lizard. Necesito que Rob consiga algo más de la Red, aunque le ha costado hacerlo. Le acabo de escribir, dándole el nombre de esta nueva víctima —me dijo.

Luego se dirigió al forense.

—¿Sabemos ya la hora de la muerte?

—Hace no más de cuatro horas —respondió este con voz tranquila.

El jefe forense, acompañado de dos hombres más del equipo, se acercó para levantar el cuerpo.

Hans comenzó a escribir en el celular y yo me quedé observando cómo manipulaban al cadáver. Pude ver algo en el cuerpo de Loredana: una pequeña porción posterior de la tela de la falda que el ácido no pudo destruir. Era igual a la de la bonita chica afroamericana en la publicidad que me mostró Elsa Wade en su casa.

Entonces el recuerdo de esa mujer, de Elsa, entallada en telas negras de arriba abajo, se tornó diferente. La imaginé llevando un impermeable y asesinando.

2

No tenía dudas, ya que me había llamado la atención el encaje antiguo y la tela floreada brillante. Era la misma tela, de aquella falda larga que terminaba en un bordado fino, y luego el listón de seda.

Se lo conté de inmediato a Hans, quien se quedó mirándome sin decir nada por unos segundos. Su mente debía estar procesando la información para tomar acciones.

—Tenemos que presionarlos y detenerlos para interrogarlos por separado...

Su celular sonó. Era Rob para informarnos de algo inaudito. Habían logrado un avance significativo en relación con la Dark Web gracias a un informante llamado Neil Duggan. Se trataba de un sujeto que había sido visitado en su casa en una oportunidad por los agentes de Ciberdelitos, quienes habían detectado un uso oscuro de la Internet. Duggan había aceptado ayudar a los agentes y les dio su clave para que ingresaran en una plataforma llamada Dark Ring. Rob acababa de descubrir que la chica, Loredana Lange, era *camgirl* en esa plataforma. Pero lo más importante era que también habían descubierto, gracias a la ayuda del informante, que la plataforma en criptomonedas a la cual se hacían los pagos de Dark Ring pertenecía a alguien de Lizard.

—¿A quién? —pregunté impaciente. Pensaba que tenía que ser él, Lawrence Roth, con su endemoniado encanto.

—A Jeff Trevor Mackenzie, abogado e informático de Lizard —respondió Hans.

3

A LAS SIETE de la mañana del martes, Hans y Julia llegaron a Yorkville. Detrás del auto que los llevaba venían dos patrullas de la Policía de Nueva York. En el número 1564 de la Primera Avenida se detuvieron frente a un hermoso edificio color arena que mostraba ventanales curvos a ambos lados de la fachada. El portal tenía cuatro columnas y una entrada en arco. Una breve escalinata cubierta con una reluciente alfombrilla rojo vino daba paso a la puerta de hierro y madera maciza.

Dos agentes de policía se detuvieron, uno a cada lado de la escalinata, y Julia y Hans continuaron hacia el interior del lujoso condominio. Una vez adentro, mostraron las credenciales al conserje.

—El señor Trevor está en su apartamento. Aún no ha salido a trabajar. ¿Sucede algo? —preguntó el hombre con un ligero temblor en los labios.

—Nada. Solo vamos a hablar con él —respondió Hans de manera casi mecánica, pero el conserje vio hacia afuera y supo que había policías. Ahora corría por su frente una minúscula gota de sudor que ni Julia ni Hans detectaron.

—Es el primer piso. Puedo llevarlos si lo desean.

—Gracias, pero no será necesario —respondió Julia y de inmediato tomaron la escalera circular de pasamanos dorado que iniciaba y terminaba con esferas de madera.

Al llegar al piso, atravesaron una antesala donde había un sillón y una lámpara de pie, de pantalla rectangular, a su lado.

Hans tocó el timbre y esperó. La puerta se abrió. Un hombre vestido con un traje color celeste, y otra vez una Lacroix, apareció detrás. Para Hans era una nueva cara, aunque lo sabía todo sobre él. Se había dado a la tarea de estudiar a los cuatro miembros importantes de Lizard mientras llegaba a Nueva York.

—Otra vez usted, agente Stein… —dijo Jeff Trevor entre burlón y molesto.

—Hans Freeman del FBI. A la agente ya la conoce. Tenemos que hacerle nuevas preguntas a la luz de unos hechos que acaban de ocurrir.

—¿No me digan que Reginald sigue molestando con sus ideas absurdas? —respondió al mismo tiempo que abría la puerta—. Adelante, pero solo tengo diez minutos. Hoy tengo que irme temprano al trabajo.

Los condujo a la sala. Era una estancia clara, con un sofá enorme frente a dos sillas de diseño, separadas por una alfombra rectangular color sepia, y dos poltronas negras frente a una mesa central de hierro y vidrio. Había una exótica lámpara plateada que pendía del techo con diez brazos que culminaban en luces ovaladas.

—Pueden sentarse. ¡Anita! —gritó.

Julia se sentó en la silla negra. Al hacerlo, se dio cuenta de que Jeff Trevor miró sus piernas y sus caderas. Su mirada era impertinente. Hans también se dio cuenta de ello y tomó debida nota en su cerebro. Se sentó en una de las sillas de diseño y Jeff Trevor lo hizo junto a él.

—Ustedes dirán.

—¿Conoce a Loredana Lange?

Hans escrutó la cara de Trevor, mientras, Julia escuchaba unos pasos apresurados que cada vez se acercaban más. Apareció una mujer de mediana edad que llevaba un uniforme azul oscuro.

—Anita, tráeme un té. Y no sé si los agentes quieren tomar algo…

—Nada —dijeron ellos a coro.

Luego un «gracias» se escuchó solo en la voz de Julia, dirigido a la mujer de la cara agradable.

—No conozco a ninguna Loredana Lange —respondió Trevor.

—Es ella —dijo Hans al mismo tiempo en que se levantaba y le mostraba una imagen en el celular que había tomado del perfil de Facebook.

La foto mostraba a una pelirroja sonriente con una gorra de los Yankees.

Trevor demostró un segundo de duda y luego respondió.

—No la he visto, o al menos no la recuerdo. Vemos a mucha gente en Lizard, así que no puedo asegurarlo. Desfilan bastantes chicas jóvenes por allá, aunque no tanto como esta.

—¿Conoce a Ethel Jones? ¿A Viola Mayer? —preguntó Hans.

—Siguen ustedes con eso que les ha metido en la cabeza Reginald. No tengo nada que ver con esos asesinatos.

—¿Dónde estuvo la noche del jueves 28 de enero?

—No lo recuerdo.

—¿Y la del jueves 5 de marzo?

—Supongo que aquí en casa.

—¿En el hotel Fantasy Sun, de Miami, no entabló usted una conversación con Ethel Jones?

—Claro que no. Es verdad que en las noches me la pasaba cazando mujeres bonitas en la piscina, pero eso no es un delito.

—¿Cómo sabe que me refería a una conversación nocturna? —preguntó Hans, interesado.

—Lo imaginé. ¿Acaso no es la noche la que nos mete energía en la cabeza como para entablar conversaciones casuales?

—¿Qué es la Dark Ring? —interrogó Hans, esta vez como lanzando una granada.

Hubo unos segundos de silencio.

—Entonces ya lo saben, y no tiene sentido negarlo. Pues sí. Yo administro una plataforma virtual llamada Dark Ring que ofrece servicios audiovisuales adultos a un público que paga por ello.

Otra vez se escucharon los pasos en el corredor. Era la sirvienta, portando una bandeja con una taza y una tetera.

Una vez que la mujer se fue, Trevor iba a continuar hablando, pero Hans lo interrumpió.

—¿Loredana Lange fue contratada por usted para trabajar como *camgirl* en esa plataforma? —preguntó Hans, esta vez de forma acusadora.

Él tomó la tetera y vertió el líquido. Luego agarró la taza y la llevó a sus labios.

Julia veía la escena y le parecía que transcurría en cámara lenta. Miraba la mano de Jeff levantarse, su cuerpo adelantarse hacia la mesa donde la empleada había dejado la bandeja. Vio sus movimientos calculados, su aparente tranquilidad, y le llamaba la atención la lentitud en responder a las preguntas de Hans. No estaba apurado ni asustado, más bien, se veía complacido y divertido a los ojos de Julia. Como si pensara que ni el FBI ni la Policía de Nueva York podían hacerle algo.

Trevor dio un trago y sonrió.

—Desde este momento no diré nada más sin la presencia de mi abogado.

4

Lo veía tomando el té y no lo podía creer. Era un hombre repulsivo y me pareció todavía más deforme: su enorme y voluminoso cuerpo con su pequeña cabeza hundida en él, y unas chispas libidinosas en sus ojos brillantes. Además, me fijé en un anillo de esmeraldas que llevaba en el dedo meñique. Sus manos eran largas, como las del asesino, y su respiración forzada. Volví a pensar que usaba una faja y por eso sus movimientos eran tan trabajados. Pero esa reacción de desagrado que generaba en mí volvía a verse atacada por la idea contraria: podría ser capaz de mantener una conversación que interese a las chicas, llena de ideas que les resulten novedosas, que las reten basándose en los conocimientos que tiene sobre el consumo cultural, sobre el uso de las redes, o tal vez con sagacidad les ha sabido ofrecer cosas que ellas deseen, objetos costosos… No se podía negar que era un hombre inteligente.

En ese momento dijo que no hablaría más.

—¿Puedo mirar un poco mientras llega su abogado? —pregunté.

—Adelante. No tengo nada que esconder aquí —dijo y sonrió de forma antipática.

Me levanté y comencé a caminar.

El apartamento de Trevor me parecía una perfecta extensión de su personalidad; pretencioso pero sin alma, al menos a mis ojos.

Caminé por el corredor por donde la empleada había traído el té y me encontré una puerta cerrada antes de la cocina. La abrí y entré en un estudio que olía a tabaco, aunque luego me pareció otro olor. No me extrañaría que Trevor tuviese una dependencia a alguna sustancia. La estancia encerraba un conjunto de clichés pasados de moda: la madera, el barco en miniatura, el globo terráqueo, los libros, el gran escritorio pulido. La verdad es que el hombre era un fiasco, un fraude, y pura apariencia. Miré los lomos de los libros, buscando alguno sobre el zodíaco chino. No encontré nada. La mayoría eran de derecho e informática, algunos sobre cocina y unos cuantos de publicidad y *marketing* digital.

Me acerqué al escritorio y vi justo detrás de él, en una estantería, varios discos de vinilo. Paseé la mirada y no encontré ningún tocadiscos. Busqué algún artista de los años ochenta, pero solo encontré a Dua Lipa, Justin Bieber, Billie Eilish, Halsey y Lorde. Quedaba comprobado: era un hombre de treinta y cinco años enterado del gusto musical que correspondía a personas de quince o veinte años menos. Y eso debía ser porque le gustaban las chicas muy jóvenes. Lo imaginé administrando la página de las *camgirls*, captando a las muchachas y ofreciéndoles maravillas. Como no tenía atractivo físico, podría sacarle provecho al atractivo intelectual, o hacer uso de estrategias mercantilistas para llevarse jóvenes a la cama; o tal vez ni siquiera lo hiciera de esa forma, sino que era cliente asiduo del sexo virtual. Pero ¿era un asesino?

Me di la vuelta hacia el escritorio y moví algunos papeles.

Intenté abrir la primera gaveta, pero, tal como esperaba, estaba cerrada. Probé con la segunda y me asombró poder moverla.

Adentro había un montón de hojas en blanco y una pequeña cajita china, negra, con ramas doradas.

La abrí y vi un mechón de pelo rojizo. Sabía de dónde provenía.

5

Volví a la sala.

—Tenemos que llevarlo con nosotros. He encontrado el mechón de pelo que ha cortado a Loredana Lange —dije. Ya había sacado mi Glock por si ofrecía resistencia.

Hans actuó de inmediato. Llamó a los policías que se habían quedado afuera. La empleada del piso también llegó a la sala y gritó, por lo que tuve que ordenarle que se tranquilizara.

Cuando le pusieron las esposas, bajé mi arma y llevé a Hans al estudio, para mostrarle la caja con el mechón rojizo.

Estuvimos investigando el piso de Trevor. Entramos en todas las habitaciones, pero no encontramos ningún otro objeto que pudiésemos relacionar con los videos ni que confirmara que él era el asesino. Ni la pistola Taser, ni inyecciones de Immobilón, ni impermeables. Al cabo de un tiempo volvimos al estudio y nos detuvimos frente a la cajita con el mechón. Entonces Hans salió de su ensimismamiento.

—No me cuadra, Julia. Es que no es…

—Lo sé. Ni de cerca se parece a nuestro perfil.

—¿No sientes un olor extraño? —dijo inspirando profundo.

—Como a fármaco mezclado con habano y perfume —le respondí.

—Exacto. Tendremos que interrogar a la empleada y al conserje. Hay que analizar todo lo que hay en este apartamento, pero sobre todo hay que hacerlo hablar a él. Veremos si confiesa ser el asesino.

—Yo no lo creo —admití.

—Yo tampoco. Podría ser parte de un grupo o de una pareja homicida.

En ese momento comprendí que Hans también había pensado que tal vez eran varios asesinos girando en torno a Lizard.

Salimos del estudio. Él caminaba delante de mí, pero de pronto se detuvo en seco.

—El asesino quiere que creamos que él es el culpable. Por eso ha dejado esa caja allí. Nadie puede ser tan idiota como para asesinar a una chica, cortarle un mechón de pelo y llevarlo a casa para aguardarlo en una gaveta sin más. Me fijé en su expresión cuando anunciaste lo del mechón, y no creo equivocarme si te aseguro que era la cara de alguien traicionado. Él sabe quién es el asesino y también que este le ha puesto una trampa. Ojalá me equivoque, pero creo que no va a hablar y dejará que lo culpen hasta cierto punto. Hagámosle creer al homicida que pensamos que atrapamos al culpable para que baje la guardia.

—¿También se lo harás creer al jefe Norton? —pregunté.

—A Norton tendré que convencerlo de que esta es la mejor estrategia. A los medios sí los engañaremos.

—Pero entonces crees que uno de…

—Uno de ellos tres es el culpable. Lawrence Roth, Elsa Wade y Sharon Vedder pasan a ser nuestra única línea de sospecha en este momento. Debemos buscarlos para interrogarlos, pero con sutileza, solo en relación con la detención de Trevor y con la Dark Ring. Aunque este hombre esté metido en cosas turbias, a lo más es cómplice de los asesinatos, pero no creo que sea quien buscamos. Al menos, no solo él.

«No solo él…».

Esas palabras de Hans retumbaron en el corredor y se quedaron pegadas en mi cabeza hasta que salimos a la sala. Y eso me pasaba porque no creía que podría descartarse de plano que el asesino fuera un «ella». Las chicas, las víctimas, podría sentirse a gusto con una mujer a la cual admirasen, al estilo de una maestra para una aprendiza. Podría tratarse de una libido, una energía vital resuelta con admiración a una figura femenina que tuviera la imagen y el poder que ellas quisieran tener. Alguien como Elsa o como Sharon, que aunque parezca tonta, no creo que lo sea. Así que estaban más vivas que nunca, en mi opinión, esas palabras de Hans… «No solo él…».

Ya se habían llevado detenido a Trevor y ahora su pomposo piso era un escenario forense. Cinco hombres estaban revisándolo todo y de vez en cuando se escuchaba la voz alterada de la empleada proveniente de la cocina. Una agente de policía muy joven de tez morena, que me recordó a la chica de Thanatos' Smile, caminó en dirección a la cocina para interrogarla y enviarla a casa.

Pensé que Lawrence Roth debía haber reaccionado. Estaba segura de que había dicho algo. De inmediato tomé el celular, busqué, y allí estaba el tuit de Roth:

«Jeff Trevor, a quien quise como mi hermano, hizo un manejo criminal de las bases de datos de Lizard y creó algo espantoso llamado Dark Ring. Espero que todo el peso de la ley caiga sobre él».

Se lo mostré a Hans.

—Es inteligente. Se desmarcó rápido.

En ese momento pensé que era buena idea mirar las tendencias de Twitter. Si alguien había conectado la detención de Trevor con los asesinatos de la Red esa, sería una noticia escandalosa que opacaría cualquier otra. Esperaba que no, pero un periodista inteligente podría habernos seguido desde la capilla de Saint Paul hasta la casa de Trevor y haber atado cabos.

Lo que encontré en las noticias fue algo muy distinto. No sé por qué me fijé en un titular totalmente diferente al que buscaba, y entonces reconocí un rostro que había visto hacía poco tiempo. Esa cara venía a mi memoria junto a la voz aguda y a la corbata sin gracia.

Era el hombre de la barra en la terraza del hotel. Le habían disparado por la espalda al llegar a su casa en Midtown Manhattan. Lo habían matado igual que a Tim.

—¿Qué te pasa? —me preguntó Hans.

Creo que tuvo que hablarme varias veces para que le prestara atención.

—Conozco a este hombre. Intentó entablar una conversación conmigo anoche en el hotel East.

Le enseñé la noticia.

—¿Estás completamente segura? —me preguntó con un tono desacostumbrado en él, diría que alarmado.

—Lo han asesinado de un balazo llegando a casa, como a Tim Richmond. ¿Qué está pasando con la gente a mi alrededor? ¿Por qué mueren de la misma manera? —le pregunté y sentí miedo por él.

Lo miré y lo supo. Se dio cuenta de que estaba pensando en su muerte, en que él también estaría en peligro debido a su cercanía a mí.

6

Eran las cuatro de la tarde del martes y Hans tomaba una soda en la terraza del hotel East, donde se había alojado. El mismo donde lo hizo Julia días antes.

Agarró el celular, que estaba en modo silencio, y llamó a su compañera.

—Está confirmado que el mechón de pelo es de Loredana Lange. Jeff Trevor no ha dicho nada más. Ni siquiera en presencia de su abogado. Nadie puede sacarle de su frase favorita: «sin comentarios». Dejemos por hoy que se encarguen de los trámites de la detención. Quiero hablarle cuando tenga varias horas encerrado. Puede que el tiempo ayude a horadar su seguridad.

—Las noticias ya lo señalan como «el asesino de la Red» —respondió Julia.

—Mañana, en cuanto amanezca, iremos a Lizard. Es mejor que no hagamos ningún movimiento hoy, que crean que con la detención de Trevor estamos conformes. Luego hablaremos con él.

—Está bien. ¿Qué sabemos de Loredana?

—Fui a su casa. Una chica alegre, precoz, tenía ropa costosa colgando en el clóset que nadie sabía de dónde provenía.

—¿También vivía sola? —preguntó Julia.

—Sí. Desde hacía dos meses.

—¿En su casa notaste algo?

—Nada. Todo en su lugar. Debió de citarla en alguna parte. Están analizando su computadora. Rob, por otro lado, ha logrado avances gracias al informante. Hemos descubierto una red de al menos cuarenta usuarios de Dark Ring y doce *camgirls*; tres de ellas menores de edad. Ni Viola ni Ethel fueron *camgirls* y estamos contactando a las otras chicas de la red. Pero la cabeza me sigue explotando. Creo que hay que separar el heno de la paja en este caso: Dark Ring parece ser una cosa y los asesinatos otra. No hay nada que nos oriente a la astrología china, ni que permita comprender la motivación de Trevor para matar a esas chicas.

—Está bien, Hans. Creo que dormiré un rato. Necesito hacerlo. Nos vemos en la mañana. Antes volveré a ver los videos. También el de Loredana. Tal vez encuentre algo…

—Julia, en cuanto a lo del sujeto que te abordó, se llamaba Peter Whitaker y trabajaba en Merck, la farmacéutica. Fue un asesinato limpio y nadie vio nada. Era divorciado y vivía con su hermano menor. Dicen que no tenía enemigos.

—Es que no es por algo por lo que él hizo antes, sino por haberme abordado en la barra del bar del hotel. Creo, Hans, que alguien está obsesionado conmigo.

—No pienses en eso ahora. Concéntrate en el caso y confía en mí. Eso vamos a resolverlo, pero no en este momento —le dijo Hans, se despidió y cortó la llamada.

Suspiró y tomó el vaso de soda. Se bebió el contenido de una vez y pidió una cerveza. Le provocaba un *whiskey*, pero quería tener la cabeza despejada para diseñar una estrategia que hiciera hablar a Jeff Trevor. Luego de visitar Lizard quería interrogarlo. Estaba seguro de que las horas de encierro contribuirían a que dijera algo, porque, sin poder evitarlo, imaginaría el espantoso futuro que le deparaba al ser acusado de los crímenes. Había que dejar que la angustia hiciera su trabajo.

Llegó su cerveza y se dio cuenta de que estaba perfecta, con los aros de espuma; uno, dos, tres dibujados en la jarra. Un recuerdo triste vino a su cabeza: Fátima. Todo lo perdido se agrupaba en Fátima de una manera infame. Recordó aquella tarde que le explicaba por qué la cerveza debía dejar esas marcas, y cuando iba a decidir llamarla, cuando sus dedos ya tenían sujeto el celular que guardaba en el bolsillo de la chaqueta, algo le hizo soltarlo. Un hombre delgado y pálido, de rasgos suaves, con un flequillo que recordaba al de los niños, con pómulos poco pronunciados, nariz fina y recta, y labios pequeños, se sentó junto a él y le había hablado.

—¿Usted es Hans Freeman? —preguntó al mismo tiempo que se acomodaba los lentes con unas manos blancas y cuidadas como las de un niño.

—Sí —respondió Hans sin más.

Se produjo un silencio incómodo. Hans esperaba que el desconocido continuara hablando, pero este parecía no saber qué hacer. Se acomodó en la silla de la barra y pidió un White Label con voz suave. Tuvo que hacerlo dos veces porque el chico que atendía no lo escuchó a la primera.

Hans lo examinaba y pensaba que era un sujeto que no sabía imponerse si para ello debía elevar la voz o pedir el trago de una manera altisonante. Una persona así debía estar acostumbrada a la comodidad, como envuelta en un halo de suavidad, y no era común que buscara hablar con el FBI, a menos que tuviera una buena razón para hacerlo. Para la mayoría, el FBI significaba problemas, o violencia innecesaria.

—Me llamo Neil Duggan. Soy…

—Sé quién es usted —interrumpió Hans, ahora más interesado. Sabía que gracias a él habían avanzado en la investigación de la Dark Ring.

—¿Lo sabe? —preguntó el hombre, agrandando los ojos y volviendo a acomodarse los lentes—. Necesito explicarle que si yo hubiese sabido que Jeff Trevor era el asesino de la Red, lo hubiese denunciado antes, pero no tenía idea. Uno comienza a hacer algo poco a poco, creyendo que lo controla todo, y luego a la vuelta de la esquina está atrapado y no puede soltarse. Sé que no me estoy explicando bien, pero quiero decir que comencé a utilizar la Internet como un escape, aunque ni siquiera me iba mal en mi vida con Any, mi esposa, es solo algo que no pude evitar…

—Creo que lo entiendo —le dijo Hans.

—Pero hay gente que sabe demasiado sobre uno, de los gustos y las debilidades. Es espeluznante como gente que no se conoce está dentro de tu cabeza y te hace conducirte de una manera que te destruye.

Neil Duggan tomó de un trago el *whiskey* y pidió uno más. El chico lo miró, desconfiado, pero se lo sirvió. Entonces Hans también pidió uno igual. Le interesaba lo que el hombre pudiera decirle porque planteaba cosas similares a las que había dicho Reginald Miles, a quien no habían podido encontrar aún.

—¿Cómo se metieron en su cabeza? —preguntó Hans.

—Creo que cuentan, en Lizard, con una gran base de datos de todos nosotros. De él. —Señaló al bar tender—. De ella. —Señaló a una chica que llevaba una bandeja con dos hamburguesas a una mesa—. De todos. No específicamente de cada uno con nombre y apellido, sino de los tipos a los cuales pertenecemos. Esos tipos son construidos por las cosas que hacemos. Entonces a todos nos encasillan. Yo creo que a través de mi uso de la Internet se dieron cuenta de que si me ofrecían algo como la Dark Ring yo iba a caer.

—Una trampa —concluyó Hans después de probar el escocés que acababan de traerle.

—Eso es. Nos ponen trampas en todas partes y caemos porque no las vemos.

El sujeto le pareció a Hans como un conejo atrapado. Aunque luego pensó que más bien era como un cervatillo, porque portaba una elegancia sutil, en medio de su aparente debilidad. Le pareció alguien inofensivo que había perdido la libertad. Se imaginó que su esposa lo había dejado. Aunque su interlocutor tuvo cuidado de decir «esposa» y no «exesposa».

—¿Any lo dejó? —le preguntó sin mirarlo a la cara. Sabía que la pregunta era muy personal y que era mejor no mirarlo a los ojos para hacerle más fácil la respuesta. Se quedó observando la roca de hielo en el vaso.

—Sí. Lo hizo después de la visita de los agentes de Ciberdelitos. Ella no sabía lo que yo hacía, y en ese momento lo supo todo de golpe y no lo soportó. No la culpo, porque convivir con un extraño es difícil de aceptar. Quiero decir que es desagradable creer que conoces a alguien y que no sea cierto. Lo más irónico de todo es que yo había logrado un buen equilibrio en mi vida y era feliz con ella, nunca había sido tan feliz desde que vivía con mis padres, antes de lo de mudarme con mamá cerca de Orlando y los parques temáticos. Creo que tiene un novio... —dijo, y sus ojos brillaron al hacerlo—. Pero al menos todo esto sirvió para que me animara a denunciar a Dark Ring. Perdone que le haya contado todo esto. Solo quería decirle que me alegro de que lo hayan atrapado y que mi cooperación haya servido.

—¿Cuál es su trabajo? —preguntó Hans, temiendo que Duggan planeara en breve levantarse e irse, y, antes de que lo hiciera, quería saber un par de cosas más.

—Soy informático y trabajo en Abbot, la farmacéutica. Me encargo de la ciberseguridad.

Hans confirmó lo que había pensado. Estaba hablando con un hombre inteligente, y por ello quería saber su punto de vista en torno a Lizard y a Dark Ring.

—Si yo le preguntara cuál es la clave de Dark Ring, ¿qué me diría?

Neil Duggan por primera vez sonrió.

—Es la perfecta comunidad del mal: una estructura de pirámide invertida y morbosa que toca el origen de los deseos, el germen temprano de la pasión que todos llevamos dentro. Si gasta más dinero y el administrador de Dark Ring lo aprueba, puede consumir videos de sexo violento o con chicas cada vez más jóvenes: la Dark Ring Premium. Fue allí donde me detuve. Luego recibí la visita de los agentes en casa y mi vida cambió. Pero no lo dejé así, tenía que vengarme de quien me había hecho eso. Seguí buscando para llegar al administrador de la página web y logré encontrarlo. Entonces me comuniqué con la agente Nora Tomelty, la misma que me había visitado en casa, para servir de informante al FBI. Lo que estoy haciendo ahora, hablando con usted, es parte de mi acto de contrición. Soy un hombre religioso y creo en el arrepentimiento. Me da vergüenza haber sido usuario de Dark Ring, pero creo que me he enderezado. Me ha costado caro. Perder la balanza interna es devastador.

—Gracias a usted estamos tras la pista de los usuarios, sobre todo de esos que consumen esa cúspide más oscura y lucrativa que ha descrito.

—¡Pero no se confunda, por lo que más quiera! No reduzca el efecto nocivo solo a las *camgirls*, porque Dark Ring es mucho más. También es una comunidad de sádicos que diseñan y llevan a cabo acciones dañinas de terceros cercanos, actos simbólicos pero muy poderosos, de acuerdo con lo diseñado por…

—¿A qué acciones se refiere? ¿Diseñadas por quién?

—Se lo he contado a los de Ciberdelitos, pero puede que no me hayan entendido, ya que ellos están más pendientes del asunto de la explotación sexual de las chicas y menosprecian todo lo demás. Hay algo más sofisticado. Imagine que usted tiene un vecino y este es desconsiderado y abusador. Y suponga que tiene un perro bravo que alguna vez le ha mordido. Usted pone ese «asunto» en la Dark Ring, alguien le responde y le dice que va a solucionarlo. A la semana siguiente el perro del vecino amanece envenenado, pero usted no hizo nada, solo que cuando se encuentra la feliz noticia da puntos a aquel que le respondió ofreciendo la solución. Son puntos virtuales que a su vez se convierten en ganancia para él, en bonos para el uso de más productos. Las ofertas más caras son las que tienen que ver con muchachas más jóvenes. Algunas veces ni siquiera son más jóvenes, solo lo aparentan. La verdad es que son unos genios para jugar con los deseos incumplidos de las personas; esos que alguna vez afloran y destruyen tu vida. Porque todos alguna vez nos hemos mirado en el espejo y nos hemos preguntado: ¿esto es todo?, ¿de esto se trata la vida?, y comenzamos a desear cosas que al final nos gobiernan.

—¿Ha notado alguna creencia filosófica o religiosa flotando en el aire durante su uso de la Dark Ring? —preguntó Hans.

—Nada de eso.

—Voy a hacerle una última pregunta. ¿Usted realmente cree que todo fue ideado por Jeff Trevor y no por Lawrence Roth?

—Estoy seguro. A Roth ni siquiera lo he visto ni oído. No

lo conozco, pero a Trevor sí. Sé que él es el artífice —respondió tajante.

—La apariencia de las *camgirls* es uniforme. ¿No cree que sea ideada por otra persona de Lizard?

—Creo que eso es parte del producto y que se nutre de las capacidades de Lizard. De alguna manera, se alimenta de la información y experiencia de la empresa aunque allí no lo sepan.

Neil Duggan terminó el trago y le hizo señas al chico para pagar. Parecía haber aprendido la lección de que su tono de voz tan sutil no le ayudaría a llamar la atención del *bartender*.

—Déjeme invitarle, pero a cambio le pediré que me permita contactarlo si surge algo más. Sé que mantiene relación con Ciberdelitos, pero me refiero a que yo pueda llamarlo porque tal vez me sea útil volver a hablar con usted —le pidió Hans.

Después de todo, no era común que una persona confesara sus secretos a un desconocido del FBI. Además, le había sido totalmente sincero. Hans sabía detectar la verdad en los gestos de las personas, y Neil Duggan había sido transparente.

—Muchas gracias —respondió agradecido.

Volvió a acomodar sus lentes y bajó de la silla. Le dio la mano a Hans y salió caminando rápido, mirando a un lado y a otro.

Hans se le quedó observando y pensó que tal vez estaría en peligro si el asesino sabía que gracias a él habían llegado a Lizard y que había contado todo. Sentía pena por él, porque en parte se veía a sí mismo como alguien que también había perdido lo que él llamó «la balanza». Se quedó pensando en la cantidad de personas —hombres y mujeres— que necesitaban un escape y usaban la Internet para ello. Él utilizaba su trabajo, y este se había convertido en un vicio inmanejable, en lugar de estar con Fátima. Ahora más que antes sintió esas ganas efervescentes de oírla, pero algo le impedía llamarla.

Empujó el último sorbo, pagó la cuenta y se fue a la cama, cometiendo el error de no mirar el celular cuando lo puso sobre el escritorio. No vio la llamada de Julia Stein.

Más tarde ella fue a buscarlo a la terraza, pero ya él se había ido. Necesitaba hablarle porque había descubierto algo nuevo en el video de Ethel. Un hallazgo que tal vez apuntara a otro culpable.

7

Me preguntaba dónde se había metido Hans. Me encontraba buscándolo en medio de la terraza del hotel. Volví sobre mis pasos y entré en el ascensor. No me quedaba más remedio que ir a su habitación, así que llegué hasta su puerta. Primero di tres toquecitos, pero no obtuve respuesta. Entonces toqué con más fuerza y escuché un ruido dentro. Se abrió la puerta.

—Lo siento, Hans, pero es importante. No has mirado tu celular.

—Entra —dijo y se apartó para que pasara.

En dos segundos me hice la idea de que aquella habitación había sido convertida en la «cueva de Hans». Se veían papeles, carpetas, la chaqueta de cuadros sobre el lomo de una silla en la antesala junto a un paraguas azul oscuro. Cerca del televisor, los restos de un sándwich en un plato puesto al lado de una Coca-Cola. En el escritorio había una caja de cigarros sin abrir, una botella de *whiskey* y dos vasos a medio andar. Además, todas las luces estaban encendidas, las del techo y las de las dos lámparas de pie.

—Lo que pasa es que a veces uno se distrae por algo

importante y no se fija en otra cosa que sucede al mismo tiempo. Es como una trampa que uno mismo se juega, y eso no permite atrapar lo esencial —le dije, confusa, caminando rápido hasta detenerme en la mitad de la habitación, junto al escritorio de los papeles y el *whiskey*.

—¡Vaya! Otra vez lo esencial. Noto una gran influencia de Valery Levintong en ti —dijo con un dejo de ironía mientras cerraba la puerta con lentitud.

—Déjame terminar. El asunto es que vi otra vez el video de Ethel —insistí.

Apenas dije eso noté su interés. Se detuvo en medio de la salita, muy cerca de mí. Pude sentir el olor dulce del escocés mezclado con su típica fragancia a limón.

—¿Recuerdas lo de la mirada de la chica reconociendo al asesino? Pues bueno, eso nos confundió y nos apartó de otra cosa igual o más importante. Ella hace un movimiento con la mano y al principio, la primera vez que vi el video, pensé que luchaba por soltarse, pero no era eso lo que hacía. Estoy segura de que estaba intentando escribir algo en la tabla. Si pones las manos atrás y las tienes atadas e intentas escribir con las uñas, haces un movimiento idéntico. ¿Lo entiendes? —finalicé.

—Eso es bueno. ¡Muy bueno! ¿Has llamado a Rob? —preguntó, frotándose la oreja.

—Quería decírtelo a ti primero...

No esperó a que terminara de hablar, dio unos pasos apurados y comenzó a buscar el celular, pero no lo encontró. Entró en el dormitorio y volvió con las manos vacías. Miré el escritorio y él me siguió la mirada.

—Debe estar allí debajo de los papeles.

—Sí. Es verdad —dijo y removió las hojas. Lo encontró y llamó a Rob.

De pronto sentí una vibración que parecía hacer temblar las paredes, y las lámparas del techo se balancearon.

—Es el tren o el metro, no lo sé —me explicó Hans al terminar la llamada.

—No sé por qué me imaginé que sería un barco. ¡Qué tonta! Tiene que ser como dices tú, algo subterráneo y no en la superficie, ni tan lejano.

—A veces lo lejano es lo importante. Es una de las cosas que no puedo dejar de pensar en este caso, en la tesis de Granovetter...

Entonces dudé de la cordura de Hans, al menos de su sobriedad, y volví sin quererlo a mirar los vasos de *whiskey*. ¿Por qué dos? ¿Tan mal estaría que no recordaba ya haberse servido uno? ¿Estaría con alguien? De inmediato descarté esa segunda posibilidad.

—¿Y ahora qué? —le solté antes de que me contara quién era Granovetter.

—Ahora esperamos que Rob vaya a Objetos Forenses y mire. Por suerte no había salido del Departamento.

Se sentó en el sofá que estaba frente al televisor y me miró como invitándome a que yo también me sentara junto a él. De hecho, parecía que ese era el único lugar que había dejado despejado en su cueva.

Hans estaba diferente esa noche. Como si los monstruos de la escritora del aeropuerto se hubiesen mezclado en él. Me refiero al que describía en una posición media, el de la sangre caliente, y a la vez el de más abajo, el de sangre fría. Hans podía ser ambas cosas a la vez. Lo veía mal emocionalmente, y al mismo tiempo lo veía como un portento racional.

—He conocido al informante, a Neil Duggan. Ha venido hasta aquí. Es un hombre interesante. Y me ha hecho ver algo que antes no había visto: la probabilidad de que Jeff Trevor sea capaz de engañar y sea el asesino. Según Duggan, ha sido capaz de crear lo de la Dark Ring sin ayuda. Tal vez ese menosprecio con el cual lo hemos evaluado porque no es como Lawrence Roth, ni tampoco el «alma de la fiesta», sea parte de su estrategia. Quizá esta sea permanecer junto a Lawrence, que a todas luces posee una personalidad y una apariencia atractiva, para pasar desapercibido, y al encontrarse con las chicas que le interesan, cambie y sea capaz de atraerlas a través de la conversación o por medio de comentarios acertados que ellas quieran oír. Hasta puede que se fije en chicas que no están interesadas en reconocer que son atraídas por los sujetos como Lawrence. ¿Qué opinas de este nuevo enfoque? —me preguntó.

—Es posible. No lo sé. Si es así, entonces no va a confesar jamás. Continúa jugando con nosotros y lo del mechón de pelo fue para que pensáramos que alguien lo estaba inculpando, porque…

—Porque nadie sería tan tonto para dejar una prueba del asesinato de Loredana Lange tan a la vista. ¿Lo ves? Quizá él sabía que pensaríamos eso. Lo próximo entonces será que encontremos pruebas que inculpen a alguien más, implantadas por él, para que caigamos en la duda. No solo nosotros, sino también el jurado, de ser el caso. Por eso es posible que nos quiera conducir a sospechar de Wade, de Vedder o del mismo Roth. Es solo una idea —dijo y se quedó mirando el marco de la puerta de salida de la habitación.

—Una de las peores cosas de este caso es que estamos a oscuras con relación al motivo de los asesinatos —le dije, buscando que siguiera hablando porque no quería que entrara en ese trance silente en el que a veces permanecía minutos.

—Eso pienso yo también y la idea del *yin-yang* me aturde. Siempre llego a ella por caminos diferentes. Es como si esos malditos videos fuesen un mensaje en una botella. No sé si te lo he dicho antes, como si por medio de los asesinatos dos personas se conectaran.

Estaba de acuerdo con eso. Yo no lo hubiese podido describir mejor. Además, estaba lo de la canción de Sting, que claramente reflejaba una relación intensa, llena de acecho y obsesión; pero Jeff Trevor no me parecía ni capaz de sentir una obsesión de tal magnitud que lo hiciera asesinar ni tampoco ser el sujeto por el cual alguien asesinaría.

Hans continuaba hablando sin parar.

—Como si el asesino fuese el miembro activo que esperara a que alguien, una o más personas, viera o admirara su crimen. Por eso lo de la idea de que sea una comunidad criminal tampoco es descartable.

—¿Por qué antes has dicho lo de la influencia de Valery Levintong? —pregunté, y reconozco que lo hice algo molesta.

—Porque es cierto, pero no está mal. Si es verdad lo que dices de Ethel, y creo que lo es, habrás dado con algo que nadie más vio, incluyéndome. —Sonrió—. Fátima también se molestaba cuando creía que no valoraba su criterio, y, al contrario, siempre lo valoré mucho.

La verdad era que Hans estaba enamorado de su exnovia, y no entendía por qué no la buscaba de una vez y prefería estar en ese estado de desolación. La necesitaba, así que me atreví a preguntárselo.

Se levantó y se fue directo al escritorio. Apartó una carpeta que había dejado sobre la silla y se sentó.

—No sé qué responderte. No sé por qué no la busco —dijo perdido en un tono de resignación. Luego se recompuso, se inclinó hacia adelante, puso las dos manos sobre el borde del escritorio y se levantó—. Te propongo que volvamos a los videos, que iniciemos una vez más el análisis de todos los asesinatos mientras esperamos el reporte de Rob. Aquí están los informes, y puedo pedirte una gran taza de café, o varias —dijo y sonrió.

—De acuerdo —respondí satisfecha.

Yo también había hecho un recuento antes, cuando estaba en la habitación, y volví a ver esos aterradores videos. Quizá porque la investigación en Miami la había llevado yo sola, mi cabeza se orientaba siempre a pensar en Viola. Entonces comencé a plantearme en serio la posibilidad de que Jeff Trevor pudiese atraer a Viola, entablar una amistad con ella.

Sentí dolor de cabeza, y si no hacía algo por remediarlo, este crecería y hasta podría impedirme leer.

—¿Tendrás algún analgésico fuerte? Yo siempre llevo Tylenol, pero está en mi habitación y no quiero…

—Sí, claro. Yo también lo tomo.

Fue a buscar dos pastillas y me las ofreció, además de una botellita de Perrier que tomó del minibar.

—¿Tú de verdad crees que Viola Mayer se juntaría con un tipo como Jeff Trevor? He pensado en eso. Cuando estaba en la playa, frente a su piso, vi a dos chicos adolescentes caminando y hablando tan compenetrados que, de alguna manera extraña, ahora creo que esa química que veía entre ellos me alertó que eso es lo que logra el asesino con sus víctimas. Sé que es loco lo que digo, pero imagino al asesino con un encanto particular, que pudiera no ser tan viril, sino más de aliado casi femenino; y cuando pienso en Viola, eso es lo que viene a mi cabeza. Alguien capaz de desatar una química en ella acorde con lo que le gustaba de la vida; la armonía natural, y entonces allí creo que Lawrence no le hubiese gustado a Viola, alguien más cercano, como esa amiga especial que tenemos en la adolescencia. La verdad es que no sé por qué me ha quedado esa imagen de esos muchachos de la playa grabada en la cabeza, como si fuese una señal.

—¡Claro! ¡Debe ser eso, Julia! ¿No lo ves? —me interrumpió, hablando en voz más alta.

Otra vez la vibración en el cuarto, ahora más fuerte, me desconcentró.

—La clave pudiera estar en la adolescencia. Cuando somos mayores la pertenencia grupal es vital, pero en los adolescentes es la pareja lo fundamental, y no importa que el resto del mundo se vaya al mismísimo infierno. ¿Qué edad podría tener nuestro asesino o asesina cuando Sting cantaba *Every Breath You Take*? Tenía que ser un adolescente en 1983, porque no creemos que tenga más de cincuenta años.

Hans hizo silencio después de esa explicación y yo estaba confundida.

—¿En qué piensas exactamente? —le pregunté. La verdad es que me parecía que Hans comenzaba a decir cosas muy complicadas.

—Que hay aquí una especie de demostración de un romance temprano y que por eso mata. Como si esa relación hubiese acabado mal de manera abrupta. Es que la obsesión con esa canción debe ser demasiado importante para él. Lo peor que le puede pasar a una díada es que se convierta en tríada. No voy a marearte con teorías, pero la ciencia social concuerda en eso con vehemencia. Puede que en la adolescencia padeciera un desengaño amoroso, un abandono, y producto de ese desequilibrio es ahora lo que es. Tal vez alguien se interpuso entre esa hipotética pareja y él.

Quería seguir el razonamiento de Hans, pero la verdad era que no lo lograba.

En ese momento oímos un golpe seco y el grito de un hombre. Ambos reaccionamos aprisa. En segundos estuvimos en el pasillo, pero no escuchamos nada más.

—Tal vez alguien se cayó —me dijo, restando importancia al asunto.

Eso pensé yo también, así que volvimos a la habitación y nos sentamos de nuevo en el sofá. Entonces yo rompí el silencio.

—Perdona, pero no te sigo. Tenemos un asesino que busca chicas muy jóvenes y las mata de formas diferentes, y graba sus muertes para colgarlas en la Red. Es alguien inteligente que domina la Internet de forma tal que todavía no hemos podido dar con él. También es alguien con encanto y por ello las muchachas le han permitido la entrada a sus vidas. Esto último lo suponemos. Todo esto lo hace mostrando símbolos que nos hacen pensar que se orienta por los elementos del zodíaco chino en una versión propia. Y tú solo por lo de la canción de *Sting*, como marca en todos los videos, sacas lo de la clave de la adolescencia y la pareja. Sé que tienes una imaginación prodigiosa, pero...

—Lo saco de la víctima número uno, que es la más importante, y de lo que ella escribió. De Ethel y su comparación con el vizconde de Valmont. Eso me ha hecho construir esta teoría sobre la motivación amorosa del asesino. Hubo alguien importante para él en el pasado que define sus actos presentes, porque nadie pensaría en Valmont sin recordar a la marquesa. Por eso digo que nuestro asesino construyó una relación determinante, y lo que hace con los asesinatos es volver a ella una y otra vez, de alguna manera. ¿Qué opinas? —me preguntó.

—¿Y si las marquesas son todas las víctimas? ¿Si imagina historias ficticias con cada una de ellas y quiere tener «algo» con esas chicas que encarnan los elementos del zodíaco para una especie de rito? —le argumenté.

—Podría ser, pero no creo que su motivación sea religiosa. Es como si hiciera lo que hace para alguien más, alguien externo que representa a ese amante que por alguna razón perdió. Tú misma me dijiste lo del mensaje, en la oficina. Fue lo primero que pensaste, que no asesina solo por el placer de matar, sino porque siente más placer comunicando sus asesinatos. Recuerda al criminal en el caso de Gianni Versace, por ejemplo. Para él, era Versace su razón última y todas las víctimas anteriores no eran importantes en sí mismas. Yo creo que nuestro asesino le manifiesta algo a su «par» por medio de esas muertes: y allí también entra lo del *yin-yang*, que tiene que ver con los elementos del zodíaco.

—Tal vez solo quiere filmar una película con sus crímenes y subirlos a la Red. En ese caso, su objetivo es el público en general y no alguien en particular.

—Tienes razón, Julia. Podría ser. ¿Pero por qué Ethel se pregunta, sin esperanza, si conocerá a la marquesa? Para mí eso es lo más importante de su escrito.

Sentí que Hans y yo estábamos perdidos y seguíamos danzando entre humos y nieblas, solo con ideas e hipótesis, y lo único que intuíamos era que con la detención de Trevor no iban a terminar las muertes. En el fondo, sabíamos que él no era el asesino porque no tenía ningún encanto.

8

El asesino llevaba conduciendo más de una hora y ya estaba cerca del lugar seleccionado, en la milla 700 de la River Rd en Conshohocken, Pensilvania. Le gustaba conducir porque lo relajaba. Su tío Theodor le contagió ese gusto, así como hacia The Police. Él murió hacía un par de años y le había dolido. Pasó toda la noche llorando y no precisamente en el funeral, cuando la gente le veía, sino en casa mientras se bañaba y luego al acostarse.

Todavía le hablaba en su imaginación al tío Theodor de las cosas que nunca conversaba con su madre. Casi podía verlo con la calvicie temprana y la cara roja, sus camisetas desgastadas con las que mostraba la panza, y la desenfrenada pasión que sentía por el álbum *Synchronicity*. Ahora volvía a recordar el momento en el cual el tío le regaló el *walkman* y el casete de Sting.

—Siempre estuvo perdida, la pobre ingenua, alertándome aquello de «no me gusta esa amistad», «es como si tuviese un monstruo adentro», cuando yo también lo tengo y el mío es mejor... —dijo entre risas, pensando en su madre.

Sentía que Theodor iba a su lado y le escuchaba, como aquella vez que le dejó conducir desde Kissimmee hasta Fort Lauderdale, escapando de todos los demás. Solo ellos dos en el Javelin SST del 68 que su tío adoraba, color negro con bandas amarillas.

En ese momento el asesino conducía un Citroën C3, pero era como si estuviera dentro del Javelin de Theodor. Se sentía otra vez adolescente y pensaba que era cierto que el deseo era lo que movía al mundo. El deseo, afirmaba resentido y eufórico a la vez, que era lo único que transformaba los fracasos y permitía que volvieran a salir los miembros perdidos, como pasaba con la cola de los lagartos.

Iba mirando la carretera y los árboles que pasaban rápido ante sus ojos, y corría más y más. Entonces pensó en él. Recordó la primera vez que lo vio en el patio y después las horas que pasaron hablando, pero luego sucedió lo de los chicos en el salón vacío en la escuela abandonada. Aquella expectación, su respiración entrecortada y la falta de aire en los pulmones. Aunque en ese momento no quiso o no supo reconocerlo, había sido emocionante. Aquellos dos muchachos —a lo más de doce años— que se sentaron uno frente al otro, sujetando cuchillos en las manos y a la orden de «comiencen ya» (y del movimiento de un pañuelo como si se tratara de una carrera), comenzaron a autolesionarse de manera frenética. Esa imagen se había quedado grabada en su memoria aunque luego intentara enterrarla sin éxito. Ahora iba a enterrarla a ella, a la chica que llevaba en el maletero, atada y amordazada.

—¡Sí! ¡Qué bien!... —Reía y golpeaba el volante con fuerza al ritmo de Sting.

El asesino reconocía que ese suceso de los chicos hiriéndose había sentado un precedente en su cabeza, otra vuelta de tuerca. Había significado placer y asco a la vez. Lo mismo que sentía cuando alguien le molestaba, cuando la gente se inmiscuía en los asuntos ajenos; asco porque la mayoría de las personas le producían aversión, y placer imaginando que acababa con sus vidas.

∼

—¿Por qué me hace esto? —pensaba la víctima una y otra vez mientras sus lágrimas caían y se mezclaban con los hilos de la sangre que resbalaban de su frente.

Tenía que pensar y no perder la calma, eso era lo que siempre repetía su madrastra, que nunca tuvo ataques de ansiedad como ella. Ahora creía que tenía razón, que había que intentarlo todo para sobrevivir. Como un relámpago, volvía a su cabeza el recuerdo del momento justo cuando la había raptado frente a su propia casa, después de que su padre salió. ¿Por qué fue tan tonta en creerle y acercarse para ayudarle?

Entonces sintió taquicardia cuando el auto se detuvo. La puerta del maletero se abrió y vio la silueta de su atacante a contraluz. El asesino no le dijo nada, ni antes ni ahora, solo la levantó y la llevó cargada hasta el lugar del bosque donde había cavado un hoyo. El terror se apoderó de ella; quería gritar, pero no podía hacerlo por la mordaza. Le miraba con los ojos llenos de lágrimas. Sabía que ese era su fin, ya que nadie llegaría a salvarla allí en medio del bosque. Creyó escuchar el relinchar de unos caballos y tal vez el ruido del agua correr, pero ninguna voz humana.

El asesino llevaba una cinta en la frente que sostenía el celular. Activó la cámara y la dispuso de forma tal que encendió el video.

La arrojó a la zanja y ahora le lanzaba montones de tierra

sobre la cara y el cuerpo, usando una pala de mango amarillo como el color del impermeable que llevaba puesto.

Cuando la tierra cubrió por completo la nariz y la boca de la víctima, ella esperaba que alguien apareciera para impedir su muerte, pero eso no pasó. Lo último que vio fue parte del impermeable amarillo de su asesino.

∼

Con cada montón de tierra que lanzaba a la chica se sentía más poderoso. Después de todo, tenía razón, era la mejor sensación que había experimentado en su vida, la que siempre había deseado, eso de asesinar a otros seres humanos. Esta vez fue menos elaborado el crimen, pero no por ello menos placentero. Cuando se aseguró de que ella había muerto, se dijo a sí mismo:

—No tiene sentido evitar el mal que está en tu naturaleza. No puedes burlarlo porque al final él te encuentra a ti. Lo siento, querida Roselyne, ya no podré detenerme…

Aunque no quería aceptarlo, sintió que unas lágrimas inundaron sus ojos, pero estas no llegaron a caer.

Al volver a Nueva York percibía la presencia de su tío todavía más fuerte, y un hormigueo se apoderó de las palmas de sus manos. Lo mejor de todo era imaginar las caras del agente Hans Freeman y de la novata Julia Stein cuando vieran la grabación de este nuevo asesinato.

9

Estuvimos más de tres horas trabajando la madrugada del miércoles. Nos esforzábamos por encontrar algo en relación con el asunto del zodíaco, pero no lo logramos, hasta que llegó el correo que nos envió Kudary. Era un cuadro que encontró en una revista llamada Interesante de circulación entre los años ochenta y ochenta y nueve. Era una versión libre del zodíaco chino. Entendí por qué el profesor había querido que lo tuviéramos de una vez.

No podía creerlo. En ese cuadro estaban resumidos aspectos claves de los asesinatos: el color negro del impermeable, el pelo negro de Ethel y que muriera ahogada, en relación con el elemento «agua». El planeta inconcluso en el cuarto de Viola, los mechones de su pelo verde y también sus ojos, y el impermeable del asesino del mismo color, que se correspondía con la «madera». Además de la forma como la pobre Viola murió, como picoteada por pájaros. La cabellera roja de Loredana y su incursión como *camgirl*, que denotaba su carácter intenso, y la espantosa muerte por quemaduras químicas representando el «fuego».

—¿Lo ves? Todo está allí… —me dijo Hans, hizo una pausa y luego continuó—: La verdad es que no sé…, necesito más información, y esa solo podría dármela Ethel. A veces creo que voy bien y a veces me siento descaminado.

La cabeza volvió a dolerme, pero no me importó. Me pregunté en ese momento cómo había hecho Paul Kudary para dar con eso, si estaba claro que aquello no era una revista científica. Me aterraba pensar en la próxima víctima, en que muriera enterrada. Era lo que se me ocurría siendo la tierra el próximo elemento.

Cuando iba por la tercera taza de café, llamó Rob y Hans lo puso en altavoz.

—Era verdad lo que pensabas, Julia. La chica intentó escribir dos letras. Eso es lo que creemos. Les acabo de enviar la foto ampliada con las muescas que hay en la tabla.

—¿Cuáles letras ves? —preguntó Hans.

Eso me pareció un error porque nos condicionaría, pero no tuve tiempo de reaccionar, Rob respondió de inmediato.

—Hay una letra te y una ere. Con trazos irregulares, pero es normal, escribiendo en las condiciones en las cuales se encontraba. Seguimos con lo de la Dark Ring. Ni Ethel ni Viola fueron *camgirls*. Ya lo confirmamos.

Hans cambió el modo del altavoz de su teléfono y se despidió de Rob. Dejó el aparato sobre la montaña de papeles y se quedó pensando.

De inmediato miré mi celular. Allí estaba en el correo la foto de las letras que había enviado.

Otro indicio más que caía pesado sobre Lizard. Tanto Hans como yo pensamos en el nombre de la conferencia: Triggers, que comenzaba por esas dos consonantes. ¿Sería una acusación directa al propio Lawrence porque era él quien la dictaba? Pero la «ere» podría ser una «hache», podrían ser tantas cosas… Además el apellido de Trevor contenía las mismas letras.

Hans se paró de espaldas a mí, y de frente a la ventana, junto al escritorio. Habló arrastrando las palabras.

—Ahora más que nunca creo que hay que volver a la víctima uno, a Ethel, quien todavía nos habla desde su tumba. Tengo que volver a hablar con Linda Smith de forma más extensa, lo que pasa es que la chica está muy afectada. Estoy seguro de que debió haberle dicho algo más que Linda ha olvidado. También quiero leer por completo el cuaderno de Ethel.

—Yo creo que debemos enfocarnos en los tres de Lizard. Y, en especial, en Lawrence Roth. Después de todo, él es el orador de Triggers —dije convencida.

—Tienes razón. Hagamos las dos cosas. Y también tenemos que conseguir que Jeff Trevor hable. Él lo sabe todo. Es lo único que poseemos en concreto, más allá de nuestras teorías. Lo primero que haremos apenas amanezca será hablar con él. He querido dejarle unas horas de angustia en cautiverio. También que los medios hagan su trabajo y que supongan que hemos atrapado al asesino.

La vibración del celular de Hans nos asustó a ambos. Me pareció muy fuerte, tal vez porque las hojas de papel hicieron un efecto de sonido aumentado.

Llamaron para informarle a Hans que Trevor sufrió un infarto y no había sobrevivido. No parecía haber nada extraño, solo que no pudo soportar la presión en el encierro porque no era un hombre de buena salud. Pero su muerte me parecía muy conveniente. Me imaginaba los titulares sobre el monstruo de la Internet, que no soportó la presión, o sobre la muerte del asesino de la Dark Web, y también imaginaba al jefe Norton —a quien casi no conocía—, muy satisfecho creyendo que el homicida ya era historia.

Hans, mirándome, con sus ojos me decía que nos habíamos quedado sin nada, otra vez.

—¿Cómo seguimos? —pregunté.

—Vigilaremos cada movimiento de los tres de Lizard. Al amanecer iremos a su sede. Tengo que hablar con Norton antes… ¿Por qué le habrá puesto ese nombre Lawrence Roth a su agencia?

Los tres —me repetí sin atender a la pregunta de Hans—. La tríada que concentraba ahora todas nuestras sospechas.

10

Hans y Julia llegaron al edificio Lizard la mañana del miércoles. Este se encontraba en la avenida Madison con la calle 57, a una cuadra de la Torre Trump y junto a una famosa casa de subastas. Se trataba de una construcción triangular donde resaltaban centenas de ventanales sostenidos por una enorme estructura de aluminio. A su lado había un rascacielos residencial que lo hacía parecer más pequeño, pero no por eso menos ostentoso.

Había una persona siguiendo a Julia y apenas la vio intuyó que ella no había dormido nada. Supo que pretendía esconder las ojeras tras los lentes oscuros, pero su andar era lento. También el de su compañero.

Cuando Hans y Julia entraron al edificio, los abordó una joven que lucía con orgullo una blusa blanca de Carolina Herrera que dejaba ver una pequeña rosa tatuada en el cuello.

Al mismo tiempo, los dos agentes mostraron la identificación del FBI como si hubiesen ensayado sus movimientos.

—Buscamos a Lawrence Roth.

—Lawrence se encuentra en una «inmersión» en su casa de Willamette Valley.

Julia se quedó mirando la rosa porque había visto una igual hacía poco tiempo, y Hans se apresuró en hablar.

—¿Elsa Wade? ¿Sharon Vedder? —preguntó.

—Tampoco están aquí. Se encuentran con Lawrence en la misma casa, en Oregón —dijo la chica, quien luego hablaba por un pequeño micrófono que pendía de su oreja.

—No son periodistas, Gisselle, son agentes federales —dijo al aparato y luego volvió a hablarles a ellos.

—He llamado a Gisselle Robinson para que los atienda. Creo que Lawrence ha dejado instrucciones para que a la señorita Julia Stein se le dé acceso a toda nuestra información —dijo la chica en tono de complicidad.

Luego los dejó solos.

Hans se quedó mirando el contorno de sus pantorrillas sin quererlo, después centró la atención en las medias, que eran negras y muy finas. Julia hubiese dado cualquier cosa por saber con qué estaba relacionando la estampa de la elegante muchacha.

—¿Por qué no hay cámaras rodeando el lugar? —preguntó él en voz baja.

Pero cuando ella iba a responderle ambos vieron aparecer a una mujer que se les aproximaba.

—Soy Gisselle Robinson Wong. Es una lástima que Lawrence no pueda atenderlos personalmente, y ni siquiera puedo avisarle de que han llegado. Es muy obsesivo con las actividades de inmersión creativa, así que no permite nada de celulares ni computadoras. Es la regla de la inmersión: nadie se comunica con el mundo exterior, solo se piensa en un producto y su mercado, nada más. Pero me ha dejado claro que quiere colaborar con las autoridades todo lo que sea necesario, después de lo del problema de Jeff.

—¿Cuándo salieron a Oregón? —interrumpió Hans mientras Julia notaba que la chica de la rosa, que se encontraba tras un mostrador en el centro del recibidor, no les quitaba la vista de encima.

—Creo que esta madrugada.

—¿Dónde queda exactamente el lugar de la actividad?

—A cuarenta minutos de Salem. En una propiedad de Lawrence que es una casa preciosa, de cristal.

—¿Cuándo vuelven?

—Mañana en la mañana. Tenemos una actividad programada, una filmación aquí mismo en esta calle, y deben estar aquí para desarrollarla. Además, ahora con la muerte de Jeff, supongo que querrán ir al entierro.

Julia continuaba mirando a la chica, que parecía querer enterarse de todo lo que Gisselle Robinson decía, como si tuviese que vigilarla.

Sabía que Hans no pretendía revisar nada en Lizard, porque de haber algo comprometedor, ya estaría fuera de allí. Lawrence debía estar preparado para la visita del FBI después de lo de Trevor y la Dark Ring. Así que comprendió que solo les quedaba irse, pero antes quería probar algo y dejó caer su identificación a propósito.

Se despidieron, dieron la vuelta y cruzaron la puerta del edificio. Una vez afuera, Julia se detuvo y contuvo a Hans, tocando su brazo.

—Espera un poco —le dijo y se calló, atenta.

Gisselle salió, llevando el carné de Julia en la mano derecha.

—Lo hizo —dijo Julia entre dientes y con aire de triunfo.

Se acercó a ellos y habló en voz baja.

—No crean nada de lo que digan. Nadie en este lugar. Sé cómo lo logran. Dicen que están en un sitio y luego están en otro. Los he visto —dijo con rapidez y luego cambió el tono para disimular—. Se le ha caído su identificación, agente Stein.

La chica de la rosa ya había salido a buscar a la nerviosa Gisselle Robinson y ambas entraron en el edificio.

Justo en ese momento sonó el celular de Julia. Era una llamada del jefe Eric Norton.

—¿Se encuentra con Freeman en este momento?

—Sí —respondió ella.

—Necesito que me oiga con atención. Han enviado otro video, pero esta vez a la dirección electrónica de nuestro Departamento. Se ha cometido otro asesinato. Han matado a Roselyne Dawson, la sobrina del agente Freeman. Ha sido en las afueras de Filadelfia, en la milla 700 de la River, cerca de la escuela de equitación. La han enterrado viva. Quiero que tome el control del caso mientras el agente Freeman se recupera de este golpe. No lo sacaré porque lo conozco y sé que si lo excluyo será peor para él. Es mi mejor hombre, el mejor en su trabajo sin duda alguna.

—Lo es. Eso que plantea es lo mejor —dijo ella mientras miraba la cara de Hans, que intuía que algo malo pasaba.

—Debe darle la noticia —dijo Norton antes de cortar.

Un remolino de emociones se produjo dentro de Julia, pero eso no impidió que le dijera a Hans lo sucedido.

Observó, en cámara lenta, cómo algo se rompía en él. Lo vio caer de rodillas y tuvo que sostenerlo para que no se hiciera daño. Se arrodilló junto a él y lo mantuvo.

—Mataron a Roselyne, era una chica excepcional, y mi pobre hermana Tricia… Tengo que ir con ella. Murió por ser de mi familia…

—Lo sé. Lo lamento tanto —respondió conmovida, pero sin perder la entereza.

Hans sentía que la marca de Terence Goren no lo abandonaba. Que eran millones de Goren en el mundo que destruían las vidas de personas hermosas y que él no lograba impedirlo, y continuaba allí, paralizado, como cuando golpeaban a aquel niño indefenso.

La persona que los observaba disfrutaba la inesperada escena de dolor, mirando a través de los lentes de sol.

En la cafetería ubicada frente a Lizard, estaba sentada con una pierna cruzada sobre la otra. Saboreaba un capuchino y movía la punta del zapato hacia arriba en un vaivén constante, como hacía desde niña para alterar la impasividad que siempre encontró en casa.

—Parece que, después de todo, no son tan fuertes como aparentan… —se dijo, sonriendo.

11

—Querida Tricia..., hermana. Lo lamento mucho. He debido ser yo... —Hans abrazaba a su hermana más pequeña y esta lo escuchaba y lloraba, mojando la tela azul de su traje.

Roselyne era hija de su esposo, Julius Dawson, pero Tricia la quería como si fuera su propia hija. Estaba tan enamorada de Julius y él la había hecho tan feliz cambiando su vida, insuflándole tanta alegría, que había pensado que nada podría destruirlos. Hans sabía que su hermana era el ser más pleno que existía y muchas veces quiso estar en su lugar, y tener sus ganas de vivir. Era capaz de encontrar algo bueno en todo. Incluso cuando pasó lo de Goren y Hans perdió su lugar en el grupo de indeseables que lideraba aquel, lo consoló sin importar lo que él había hecho. Era la única persona en el mundo que seguía tratándolo igual, aunque apenas tenía seis años en ese entonces. Le había dado una lección de afecto que nunca olvidó, le dijo, con la cara llena de caramelo, que «aunque había sido malo con ese chico, ella sabía que él casi siempre era bueno». Luego le tocó la cabeza con la mano y le dio un beso que olía a galleta.

Julius se acercó al umbral de la puerta, esperando a que terminaran de saludarse.

Cuando Hans se separó de su hermana, también abrazó a Julius y este le dio dos palmadas en la espalda. Hans lo vio envejecido, pero supo que iba a superar la muerte de su hija. Muchas veces había dado noticias espantosas a los familiares de las víctimas de los asesinos en serie porque era su trabajo, y había aprendido a reconocer a quiénes saldrían adelante y a quiénes se quedarían en el camino.

Julius le tomó la mano a Tricia y le pidió a Hans que pasara dentro de la casa. En ese detalle, Hans comprendió que Tricia iba a salvarse. Que pocas personas consiguen el nexo que ellos tenían y que gracias a él podrían superar la muerte de Roselyne. Eso le dio un consuelo.

Se sentaron en la sala y Julius sirvió café. Pasaron varios minutos en silencio. Hans miraba hacia el piso y Tricia acariciaba la pierna de su esposo. El sonido del teléfono rompió el tejido de luto que acababa de posarse sobre ellos.

Julius se levantó a atender y Hans aprovechó para hacerle una promesa a su hermana.

—Voy a atraparlo.

Ella dibujó una sonrisa trágica.

—Lo sé, Hansy. Nadie es mejor que tú en tu trabajo. Pero prométeme que harás que se muera cautivo y dentro de muchos años. No le brindes una salida fácil, no lo mates.

—Te lo prometo. Va a ver su vida languidecer en la peor cárcel del país.

—Que así sea, querido.

~

Un rato después, Hans y Julius se encontraban junto al auto.

—Debo irme. Cuando atrape a ese maldito, volveré a

verlos. Quería saber si Roselyne te habló de alguien que pudo conocer los últimos días. Alguien diferente que la hubiese impactado de alguna manera positiva.

—No había conocido a nadie. Sabes que lo contaba todo. Con tu hermana tenía una relación estrecha y también conmigo. Estoy seguro de que si hubiese conocido a alguien, nosotros lo sabríamos.

Hans asintió mientras abría la puerta del auto.

—Te creo.

Luego puso la mano sobre el hombro de su cuñado y apretó.

—Cuídala —le pidió y subió.

Mientras conducía, se convencía a sí mismo de que el asesinato de Roselyne había sido diferente. Ella no era importante por sus características personales, sino porque era de su familia. Por eso no había colgado el video en la Dark Web, sino que lo envió al Departamento. No tenía sentido indagar en la vida de su sobrina ni en la de su hermana. Esto había sido para herirlo a él porque estaba tras su pista.

Ahora solo quería juntarse con Julia en Nueva York. Era lo que más deseaba. O lo segundo que más quería, porque lo primero sería hablar con Fátima… De pronto sonó su celular y justamente era ella: Fátima. Julia había conseguido su número telefónico con la ayuda de Rob y le avisó del asesinato de Roselyne.

Hans se sintió salvado, sin esperarlo. Cuando terminó de hablar con Fátima, puso el celular en el asiento del copiloto y dijo en voz alta:

—Eres buena, Julia Stein…, empática y decides a tiempo. Por eso informaste a Fátima de la muerte de Roselyne, porque sabías que me llamaría y que era lo que necesitaba.

12

Hans llamó a Julia al celular a las nueve de la noche del miércoles mientras volvía a Nueva York. Cuando se calmó, en la mañana de ese mismo día, habían planificado los próximos pasos. Él iría a Filadelfia de una vez para ver a su hermana y luego se unirían en Nueva York esa misma noche, en el Wyndham New Yorker Hotel, ubicado en la Octava Avenida y muy cerca de Lizard. Habían acordado que interrogarían a Lawrence, a Sharon y a Elsa en relación con el caso contra Jeff Trevor cuando ellos volvieran a Manhattan. Mientras tanto, un equipo del FBI de Oregón vigilaría sus movimientos en Willamette Valley y los mantendrían informados. Se suponía que volverían a la ciudad el jueves en la mañana y, en cuanto lo hicieran, continuarían vigilándolos. Habían planificado entrevistarlos por separado y en las oficinas del FBI de Nueva York, el viernes. Lo más importante era que no sospecharan que ahora eran las personas de mayor interés en la investigación y que estarían bajo observación todo el tiempo.

Julia había sentido el impulso de volver a Lizard y buscar a

Gisselle Robinson, sacarle por qué había dicho aquello, pero pensó que era mejor no hacerlo. Eso podría ponerlos sobre aviso allí en Lizard, y aclararles que no se habían comido el cuento de que Trevor era el asesino. Hasta ahora la muerte de Roselyne se estaba manejando con suma discreción.

—¿Qué sabemos del chalet de Roth, de la «inmersión»? —preguntó Hans.

—Nada. Los vigilan y no han salido de la casa. Los agentes Chapman y Skinner me han reportado que no se han movido de la propiedad. Desde el bosque también los han vigilado y han escuchado una discusión entre Sharon y Elsa. Dicen que esta última parecía borracha. También vieron a Roth internarse en el bosque y volver con patos salvajes a cuestas y un rifle de caza. Luego Sharon se fue sola al bosque, pero volvió en menos de una hora. Eso ha sido todo. Dicen que hay tensión y discusiones entre ellos. ¿Y de Reginald? ¿Sabes algo? —preguntó Julia.

—Carol Sim está tras su pista. Creo que él… —dijo Hans.

—¿Que él tuvo que ver con la muerte de Donna? Yo también lo he pensado. Tal vez tenía una amante y estaba harto de la niña y de Elsa. Y se ha mostrado como un padre desesperado para desviar las sospechas. Si es así, ha jugado bien su papel. ¿Pero por qué acusar a Elsa y ponernos sobre la pista de Lizard y relacionarlos con las muertes de las chicas? —preguntó Julia.

—Le he dado vueltas a eso también. Puede que haya visto algo en su propia casa o en las oficinas de Lizard, alguna vez al ir a buscar a Elsa, que le hiciese pensar que el asesino de la Red es uno de ellos, y quiso sembrarnos la idea a nosotros para presionar al criminal. Siempre lo hemos visto como una víctima, pero si, al contrario, es un chantajista, podría estar extorsionando a alguno de ellos, lo cual significa que sabe quién es el asesino. Haberse comunicado con nosotros y brindarnos esa acusación tan falta de concreción pudo ser para hacerle saber al chantajeado que iba en serio. Y yo de idiota lo tuve frente a mí en la playa y lo dejé ir...

—Ahora lo importante, Hans, es que si los vigilamos a los tres, aunque no sepamos quién es el criminal, los asesinatos se detendrán. Tiene que ser uno de ellos, porque han estado en los lugares indicados, porque la misma Ethel nos dejó las muescas en la madera con las letras te y ere que nos han hecho pensar en las dos letras iniciales de Triggers, y porque, siendo cercano a Trevor, pudo haberlo implicado poniendo en su casa el mechón de Loredana Lange. Creo que solo fue un tonto útil, aunque estuviese organizando lo de la Dark Ring, y que no quiso hablar tal vez porque lo que el asesino tenía en contra de él igual iba a destruirlo. Pensaría que se iba a librar de la culpa de los asesinatos de alguna manera. Era un sujeto retorcido.

—Lo era. Usaba una faja bajo sus trajes caros. Tenía varias costillas rotas y maltratadas. También otros golpes. Era un vicioso de las relaciones sexuales violentas y masoquistas. Lo malo es que todo lo de Dark Ring solo nos conduce hasta él y no alcanza a Roth. No me creo que solo Trevor lo supiera.

—Ni yo.

—Los chicos siguen desmontando esa plataforma. Han descubierto varias direcciones de delincuentes, pedófilos y también de trata sexual. Pero aún no dan con nada que se conecte con los videos de los asesinatos. Por otro lado, he pedido a Linda Smith fotos del cuaderno de escritura de Ethel Jones, de todas sus páginas.

—¿Crees que encontrarás algo allí?

—Es posible. Estuve un rato largo hablando con la chica ahora en el aeropuerto. ¿Sabes? Está usando el mismo perfume de su amiga Ethel. Nadie se imagina cómo va a reaccionar cuando alguien cercano muere. El asunto es que creo que si comprendo mejor la forma de pensar de Ethel Jones, podría hallar las piezas que faltan sobre esa breve pero vital relación que tuvo con el asesino y que la animó tanto. Sé que allí está la clave.

Hans Freeman estaba inquieto. Le parecía que algo importante se le escapaba y que estaba justo frente a sus ojos.

13

CUANDO LOS SOSPECHOSOS llegaron de Oregón esa mañana, habían ido directo a las oficinas de Lizard, y Hans y yo en persona estuvimos vigilándolos a bordo de una camioneta estacionada en la calle durante todo el día. A principios de la tarde, Roth había ido a una cafetería ubicada en la esquina de la calle Madison llamada The Garden y había permanecido allí unos minutos, luego volvió a Lizard. Pasadas tres horas había vuelto a la cafetería una vez más. Elsa también fue a ese lugar un par de horas más temprano. En el mismo edificio de la cafetería, en la azotea, se encontraban filmando una pieza audiovisual de la avenida que agrupaba varias tiendas de marcas conocidas; Dior, Tiffany, Burberry y parte de la Torre Trump.

Pudimos ver el alboroto, las cámaras, las idas y venidas de varios empleados. Reconocí a la chica que vigilaba a Gisselle, la de la rosa tatuada. Elsa parecía ser la encargada de que todo marchara sobre ruedas. Sharon también entraba y salía de ambos edificios, cruzando la calle 57 y la avenida Madison, mostrando una inusitada lentitud al moverse, como si algo le pesara.

Llegaron las ocho de la noche y vimos salir a Roth, luego a Elsa y de último a Sharon. Cada uno se dirigió a sus respectivas casas, donde continuarían siendo vigilados por los agentes policiales. Entonces, Hans y yo decidimos irnos al Wyndham New Yorker Hotel, que quedaba cerca de allí, en la Octava Avenida.

Hubo un incómodo silencio entre nosotros durante el trayecto. En mi caso, era una sensación agridulce: por un lado, esperaba que no muriera otra chica, pero por otro, sentía una amenaza inminente porque si aparecía un nuevo video de asesinato, significaba que habíamos estado perdiendo el tiempo vigilándolos a ellos, y que lo que teníamos contra Lizard era sal y agua. Que debíamos empezar de nuevo revisando las relaciones de Jeff Trevor porque la única pista concreta que teníamos era el mechón de pelo de Loredana que encontré en su casa.

Llegamos al hotel y nos despedimos hasta el otro día.

A medida que fueron pasando las horas iba ganando en mí la versión de que hacíamos lo correcto y de que estábamos vigilando al asesino. Además, al otro día los interrogaríamos por fin. El sueño me fue venciendo y caí rendida, hasta que la llamada de Hans me devolvió a la pesadilla, a las seis y tres minutos de la mañana del viernes.

Se había cometido otro asesinato.

14

—¡Hola! ¿Has esperado mucho? —le preguntó el asesino con cara de pena a Brenda Miller.

—Solo cinco minutos —respondió ella, sonriendo. Estaba nerviosa. Lo había conocido por Internet, era la primera vez que se veían y no le había contado a nadie sobre ese excitante encuentro.

—Entra —dijo y la chica subió confiada al auto.

Se quedaron en silencio unos minutos mientras cruzaban la solitaria carretera Dublin Hill y se adentraban en el bosque.

El asesino había seleccionado con detalle el lugar para cometer este crimen, en aquel paraje desolado junto a la pequeña vía rural que se alejaba de la principal, en una de las zonas más desiertas de Greenwich.

—Has dicho que allí debemos cruzar a la derecha y luego seguir el camino, ¿cierto?

—Así es —respondió Brenda, quien conocía el lugar porque vivía muy cerca.

El asesino pensó que esta víctima había sido la más fácil de seleccionar. Solo tuvo que buscar en la Red una buena foto de alguien con cabellos rubios, que viviese a cuarenta minutos de Nueva York cerca de la carretera de Greenwich, en el área del bosque. Y allí estaba Brenda Miller cumpliendo todos los requisitos. Tuvo que contactarla varias veces y sostener con ella varias sesiones de conversación *online*. Le parecía muy tonta, aunque era cierto que la chica había seleccionado las mejores fotos para mostrárselas, porque en persona era menos atractiva.

Brenda le habló, sacándolo de sus fugaces reflexiones.

—He hecho lo que me pediste. Nadie sabe que vamos a vernos. Nadie ni siquiera imagina que nos conocemos. No puedo creer que quieras tomarme fotos…

No esperó a que terminara de hablar y le disparó la descarga eléctrica con la pistola Taser que tenía oculta, y la observó, desviando la mirada de la carretera. No quería perderse el movimiento disparatado del cuerpo hacia adelante y hacia atrás. Sonrió y sintió euforia cuando el cuerpo de Brenda dejó de moverse. Dudó si drogarla o no, pero decidió hacerlo con una dosis menor. Esperaba verla despierta y muriendo. Esta sí era la verdadera «chica de la tierra».

Detuvo el auto, buscó en la guantera la inyección que tenía preparada y le administró solo un poco de droga a la muchacha. Luego continuó manejando hasta que llegó al lugar indicado. Apagó el auto, suspiró y miró de nuevo a su víctima inconsciente, y sobre todo se fijaba en su pelo. Era lo mejor que tenía: un cabello precioso del color del sol que iba a contrastar con la tierra oscura que echaría sobre él. Le hubiera gustado que aquella imagen que miraban sus ojos se hubiese podido imprimir de inmediato. En varios momentos —como ese— volvía sobre sí el recuerdo de la cámara Polaroid instantánea que una vez tuvo y que voló por los aires cuando su madre y su padre pelearon. Todavía recordaba el sonido ronco del aparato al caer, y cómo se convirtió en cuatro partes inservibles. El armazón quedó de un lado, la pantalla con las ranuras del otro, un olor químico salió del corazón de su cámara como si fuese sangre. Lo peor fue la reacción en casa: «se ha caído la cámara y ¿qué más da?... la pasabas tomando fotos a cualquier cosa». Pero al poco tiempo llegó la salvación: aquella tarde en la casa de junto vio a un vecino nuevo, de largas y blancas manos, y una cámara Kodak entre ellas.

Dejó los recuerdos a un lado y se quitó el cinturón de seguridad, y bajó. Dio la vuelta al carro por detrás y miró a ambos lados de la vía. Como esperaba, no había nadie a esa hora de la tarde. Abrió la puerta y cargó a la chica. Avanzó varios pasos hasta donde había dejado preparado el hoyo y la lanzó en la zanja. Se dirigió de nuevo al auto y sacó el impermeable amarillo, el trípode para fijar el celular al activar el video, y la pala amarilla y negra.

Volvió al lugar donde estaba Brenda, se acomodó el impermeable y la capucha, también los lentes oscuros, y puso a grabar con su celular la escena. Esperó unos minutos a que la chica despertara y comenzó a enterrarla, y disfrutó cada grano de tierra que caía sobre su larga cabellera rubia. Ya casi no veía nada del rostro de Brenda, solo unos fragmentos, parte de su ojo y de su frente. Continuaba echando tierra. De pronto sintió que alguien venía porque escuchó un ruido. Luego pensó que tal vez era algún perro de la casa más próxima, y consideró que no había riesgo.

Pero estaba preparado para hacer la muerte de la chica aún más agónica. Entonces agarró una manguera larga que dejó preparada en el lugar con anterioridad, y desde arriba, junto al agujero donde Brenda estaba metida, orientándola con las manos desde uno de los bordes, buscó con el otro la boca de la chica, y con ese extremo que estaba tocándola, apartó la tierra de la boca de Brenda y la dispuso de forma tal que pudiese respirar soplando y aspirando el extremo de la manguera que él le ofrecía. La escuchaba toser, pero sentía que intentaba respirar por el rudimentario y cruel mecanismo que había diseñado, solo para brindarle un poco de aire, para que ella creyera que se había apiadado y que iba a salvarla. Luego le apartó el extremo de la manguera que había orientado a su boca y continuó el entierro. Al poco tiempo ya no podía ver nada del cuerpo de Brenda, totalmente cubierto con capas y capas de tierra. Cuando terminó de enterrarla, detuvo el video, recogió el celular y el trípode, se dirigió al auto, abrió el maletero y guardó los objetos allí. Se puso al volante y emprendió el camino de vuelta a la cafetería que se encontraba junto a Lizard, en Manhattan. Tardó treinta y dos minutos en llegar.

Cuando estuvo cerca, estacionó a unos metros en el callejón trasero, se bajó del auto y caminó a buen paso. Entró por la puerta de servicio y de allí fue a dar al baño. Se quitó el impermeable y se lavó la cara. Luego lo acomodó sobre su antebrazo izquierdo y salió del baño para dirigirse a una de las mesas del local. Allí estaba alguien esperándole.

No se dijeron ni una palabra. El asesino se puso el abrigo y la bufanda que el hombre le entregó y luego le dio un sobre blanco lleno de dólares y unas cuantas pastillas. El hombre agarró ambas cosas y tomó también el impermeable, dio dos golpecitos a la madera de la mesa, haciendo vibrar el servilletero plateado que se encontraba en ese momento rozando el borde. Eso hizo que se cayera y que la mujer volteara, una que estaba sentada en la mesa de junto. El asesino fue víctima de un súbito ataque de rabia. Más bien fue como si aquella misma ira que había sentido al recordar su cámara Polaroid y a su achacosa madre, que siempre fue vieja e inútil, hubiese florecido otra vez.

Iba a decirle algo al hombre, pero no lo hizo. La mujer

vecina mostró una mueca de desagrado y vio que el acompañante del asesino se marchaba. Luego continuó leyendo el New York Times.

El asesino pagó la cuenta y salió por la puerta principal.

Esa noche colgaría el video de Brenda Miller en la Dark Web. Todo, absolutamente todo podía encontrarse en la Red, se dijo satisfecho de sí mismo.

15

—¿Otro asesinato? —pregunté, dando un salto en la cama.
—Sí. Cerca de la carretera Dublin Hill, en Connecticut. En las proximidades de la rectoría católica de St. Agnes. Descubrimos el lugar por la torre de la iglesia, que se vio unos segundos en el video.
—¡No puede ser, Hans! Han estado todo el tiempo bajo vigilancia —dije mirando por la ventana las luces de la ciudad, que ya daban paso al amanecer. Luego volteé y miré la habitación y me centré con nostalgia en los envoltorios de dos Ferrero Rocher que me comí en la noche, cuando pensaba que habíamos ganado al criminal.
—Sí, Julia. Norton ha pedido levantar la vigilancia….
—¿Cómo ha sido esta vez? ¿Cómo lo ha hecho? —le pregunté, temiendo la respuesta. Había imaginado varias formas de muerte producto de la presencia de metales y todas me causaban terror, pero tenía que saber.
—Ha repetido.
—¿Qué dices?

—Que ha repetido el asesinato como el de Roselyne. Ha vuelto a enterrar a una chica de diecisiete años, llamada Brenda Miller.

No entendía lo que estaba pasando. Pensaba que, para el asesino, seguir el orden de los elementos del zodíaco era sagrado. ¿Por qué repetir «la tierra»? Hasta ahora el esquema que nos había enviado Kudary se iba cumpliendo.

—Eso no tiene sentido —sostuve.

—No, pero esa repetición significa algo importante. Estoy seguro.

—¿Cuándo salimos a Connecticut?

—Nos quedaremos aquí en Manhattan.

—¿Por qué? —pregunté confusa.

—Porque nuestro asesino está aquí y allá en su entorno no encontraremos nada. Solo era una pobre chica que vivía cerca de Nueva York y que tenía el pelo rubio. Además, bastante crédula para confiar en la buena intención de una persona que de seguro conoció por Internet.

Yo no entendía nada. Agarré el papelito del chocolate que estaba en la mesita de noche y lo apreté con fuerza.

—Pero has dicho que el jefe Norton ha quitado la vigilancia a los de Lizard —le increpé.

—No. Te he dicho que pidió que la levantáramos, pero lo convencí de que debíamos esperar.

—¿Esperar a qué cosa? —le pregunté, temiendo que Hans estuviese perdiendo la cordura ante nuestro monumental fracaso.

—Debe haber en alguna parte de Nueva York, en algún suburbio, un cadáver con un impermeable amarillo. Alguien que se parezca al asesino de la Red.

«Alguien que se parezca»... entonces lo comprendí, porque las palabras de Gisselle Robinson, la asustada empleada de Lizard, volvieron para golpearme a través de la memoria: «No crean en nada de lo que digan… Dicen que están en un sitio y luego están en otro».

16

Me vestí lo más rápido que pude y en menos de quince minutos estaba en el vestíbulo del hotel esperando a Hans. Lo vi venir apurado con el celular en la mano.

—Aún no lo han encontrado. Han aparecido tres cadáveres en la ciudad durante la noche, pero ninguno...

—Ninguno que se parezca a Lawrence Roth.

—Ni a Elsa Wade, ni a Sharon Vedder.

Gracias a lo que nos dijo Michelle Robinson, yo creía haber comprendido lo que había pasado. El asesino puso una trampa a nuestra vigilancia, aprovechando el revuelo del asunto de la filmación en la calle Madison. Desde el principio este caso era como un truco de espejos. Uno se dejaba llevar por lo que veía. Tanto Lawrence como Elsa o Sharon podrían haber buscado a alguien muy parecido a ellos que cruzara la calle vestido igual. Con el movimiento natural de Manhattan en esa esquina y aunque pareciera arriesgado, no era un mal plan. Yo pensaba que la empleada tal vez vio esa práctica en otro momento: que había descubierto a uno de ellos acordando algo con alguien muy parecido que eventualmente tomara su lugar. Entonces el asesino buscó a una víctima que viviese cerca de Nueva York —tal como dijo Hans— que habría conocido por internet. Pudo haber acordado con Brenda Miller el encuentro cerca de su casa, en aquella vía rural desolada de la carretera Dublin Hill. Ahora Hans esperaba que un cadáver nos revelara la identidad del asesino. Alguien que en vida hubiese sido su doble y despistara la vigilancia por un par de horas. Esa era la forma de estar en «dos lugares a la vez».

—Creo, como tú, que el asesino es uno de ellos tres.

Miré las dos sillas que estaban separadas del resto en el vestíbulo, y Hans comprendió que pensaba que sería mejor sentarnos.

Nos dirigimos hacia ellas y, una vez que me acomodé, lo escuché lamentarse:

—Sigo sin saber quién es la condesa de Merteuil…

Apenas terminó de decir eso llegó un mensaje a su celular. Hans lo leyó y su cara cambió. Entonces dijo en voz alta:

—Nos pide ayuda porque se siente en peligro.

Yo pensé en Gisselle de inmediato, pero Hans comenzó a leer. —«Agente Freeman, creo que está tras de mí. Me ha estado observando desde la calle. Creo que alguien ha filtrado la información de que fui yo quien les dio la entrada a Dark Ring…». Es un mensaje del informante Neil Duggan.

En ese momento su olor a limón me inundó, pero venía mezclado con esa fragancia dulce que encuentro en todos los hoteles Wyndham.

Salió de ese letargo analítico en el cual solía caer y se levantó con vehemencia. Llamó al teléfono donde se originó el mensaje, pero no atendía. Entonces comprendimos que la situación podía ser de gravedad mortal para el informante porque ninguno de los dos estaba conforme con la culpabilidad exclusiva de Trevor en relación con la *Dark Ring*. Además, el informante le había escrito a Hans y debía estar atemorizado para hacerlo.

—Debemos ir a casa de Duggan. Llama a Rob y pregunta su dirección. Conseguiré un auto ahora mismo —me dijo y salió corriendo hacia la entrada del hotel, en dirección a la puerta giratoria donde dos empleados uniformados hablaban.

Llamé a Rob y obtuve la dirección. Vivía en Clinton Hill.

Salí corriendo y atravesé el amplio vestíbulo para alcanzar a Hans. Sabía que ya estaría a bordo de alguna patrulla. Lo vi subiendo a una donde un policía acomodaba la sirena. Casi me caigo porque tropecé con una mujer que iba vestida como una actriz de Broadway, incluso con ropas que la hacían ver más vieja: una falda clara pasada de moda y una blusa con un lazo al frente, que podría ser común en los años ochenta. Me pareció conocida. Trastabillé, pero logré mantener el equilibrio.

Su cara me resultaba familiar. Tal vez no su cara, pero sí su sonrisa.

Llegué a la patrulla donde estaba Hans.

Subí y de inmediato activaron la sirena. Cuando íbamos pasando junto al Empire State, al mismo tiempo, el teléfono de Hans y el mío vibraron. Nos avisaban de que habían encontrado en un suburbio a un hombre envenenado llamado Alan Sutherland, que cumplía con la descripción que Hans especificó: alto, atlético, blanco y de pelo corto de tipo militar y muy rubio. Junto a él había un impermeable amarillo.

De espaldas era muy parecido a Lawrence Roth.

17

Un operativo policial iba en dirección a la casa de Roth porque Hans ya había dado la orden, al mismo tiempo que él y Julia se dirigían al 282 de la avenida Grand en Clinton Hill, donde vivía Neil Duggan. Varias patrullas del Distrito 88 acudieron al llamado de Freeman y, antes que ellos llegaran, ya se encontraban frente al pequeño edificio de dos plantas. Los agentes de policía bajaron corriendo y tocaron a la puerta de Duggan sin obtener respuesta, por lo que decidieron ingresar. Cuando lo hicieron, encontraron signos de lucha en el salón y un rastro de sangre sobre la alfombra blanca que cubría la empinada escalera. Preparados para atacar, subieron raudos. Al llegar a la segunda planta notaron que el rastro de sangre se perdía en la entrada del cuarto principal.

Al mismo tiempo que eso sucedía, cinco hombres armados entraban en el piso de Lawrence Roth ubicado a pocos metros de la sede de Lizard. El detective Alfred Murray, al mando, encontró las pruebas de que Lawrence era el asesino que aparecía en los videos. Halló tres impermeables colgados en el armario junto a la cocina. También halló un álbum de Sting en el salón. Y un dibujo con la figura representativa del *yin-yang* colgando en la pared.

Hans y Julia llegaban al cruce de la avenida Lafayette con la avenida Grand, a escasos metros de la casa de Duggan. Julia se sorprendió a sí misma rezando para que los policías llegaran a tiempo y evitaran la muerte de este. Se fijaba sin quererlo en los anuncios y los edificios que pasaban veloces en su ventanilla. Sentía la adrenalina en la cabeza y una punzada en la sien mientras miraba un anuncio que pendía con un extremo desprendido, en una edificación que parecía abandonada. En ese momento la patrulla frenó. Bajaron del auto y entraron corriendo en el piso de Neil.

Julia miró la sangre en la escalera y Hans recordó de forma vertiginosa cada palabra que le había dicho Duggan en la terraza del hotel, no lejos de allí.

—¿Cómo pude ser tan idiota? —se preguntaba mientras Julia miraba una fotografía dentro de un marco dorado que mostraba una mujer bonita, junto con un hombre de facciones muy finas, que parecía un niño.

—Esa debe ser Any, la esposa —dijo Hans sin pensar.

Oyeron unos pasos. Luego escucharon las voces de los policías. El encargado de la operación se asomó por la puerta, acompañado de Neil Duggan ileso.

—Tuve que dispararle, pero lo hice en el hombro. Me han dicho que se va a recuperar. Yo le avisé Freeman, le dije que me estaba vigilando… —dijo Neil nervioso.

Hans miró al agente que lo acompañaba, un hombre corpulento de mirada sagaz que produjo una voz de trueno.

—Roth está en el patio, herido pero estable.

Julia volvió a observar la fotografía sobre el mueble de madera brillante. Entonces el hombre ya no le pareció tan común.

—Quiero verlo —pidió Hans.

El agente dio dos pasos atrás y dejó que Hans avanzara, mientras, Neil Duggan movía la cabeza de un lado a otro y sus manos temblaban.

Hans llegó al patio donde estaba el asesino de la Red, atrapado y herido. Y le extrañó, porque le pareció que había llorado hacía poco tiempo, y eso no se correspondía con su carácter.

18

CRUCÉ la puerta de entrada del FBI en Nueva York. Detecté miradas de curiosidad mientras caminaba. Era una oficina no tan grande ni tan clara como la nuestra, pero tenía personalidad. O tal vez era el clima de victoria que se respiraba allí. En tiempo récord habíamos capturado al asesino de la Red. Tanto Hans como yo éramos celebridades. Ahora parecía que las críticas que nos hacían sobre nuestros métodos nubosos y teorías llenas de imaginación habían dado paso a aquellas felicitaciones que llovían de todos lados.

Hans me esperaba en un pequeño salón. Yo no conocía a nadie en aquel lugar y solo quería encontrarme con él. Cuando lo hallé, pensé que el contacto con Fátima estaba logrando sus frutos. Se veía mejor, no tan descuidado.

—¿Viste las noticias? Es toda una celebridad, agente Stein —dijo con una entonación que me costó traducir.

—Solo tuvimos suerte —le respondí y me senté enfrente de él.

—No ha sido suerte, querida Julia. Ha sido empeño y

terquedad, observación y obsesión. Esta vez lo hemos hecho bien, pero que no se te suba a la cabeza.

Entrelacé los dedos de mis manos sobre las piernas y me recosté hacia atrás en la silla.

—¿No ha dicho nada? —le pregunté, refiriéndome a Lawrence.

—Aún no. Ya lo han operado. La bala estuvo a punto de dar en el corazón. Se salvó de milagro. En cuanto podamos interrogarlo, daríamos por terminado el caso.

No me gustó esa conjugación verbal que utilizó, pero luego sonreí.

—¿Algunas piezas siguen sin encajar? No todo es racional en las personas, Hans. Tienes que aprender a dejarlo —le recomendé.

Él movió la cabeza de un lado a otro, como si asintiera, pero con dudas.

—No te di las gracias antes, así que lo hago ahora. Avisaste a Fátima sobre la muerte de mi sobrina y por ello me llamó, y eso me hizo mucho bien.

Levanté las manos para que parara de hablar.

—Todos necesitamos a alguien —afirmé y al decir eso pensaba en el doctor Lipman.

—Puede que tengas razón —me dijo y dibujó una bonita sonrisa.

—No hemos brindado. No por nosotros, sino por Ethel, y por la justicia que conseguimos para su familia y la de Viola, Loredana, Brenda y para Roselyne.

—La pobre chica, Brenda, solo estaba en el lugar equivocado…

—Todavía me pregunto qué mueve a un hombre como Roth.

—Yo no me pregunto eso porque sé que es el poder. Solo quiero saber lo mismo que quería saber Ethel, quien hubiese sido una maravillosa escritora. Quién es la marquesa, esa es la cuestión. Y el párrafo de Ethel se me mete en la cabeza: «Estoy emocionada porque acabo de conocer a una persona asombrosa… ¡He tenido la fortuna de conocer al vizconde de Valmont y ahora he quedado prendada de él! ¿Podré también conocer a su Isabelle de Merteuil?». Está diciendo que a Lawrence lo mueve alguien diferente a él, y yo creo que esa es su razón para asesinar. Hay muchas cosas que todavía no sabemos y puede que nunca las sepamos. Pero de todas, la que mi mente no puede dejar de pensar es quién o qué es el objeto de su deseo. Esa bendita canción de Sting es un amor no resuelto que nos podría explicar mucho.

Pensé que yo también había llegado a esa conclusión durante el vuelo de Miami a Washington.

Hans continuaba hablando.

—… y ni Elsa Wade ni Sharon Vedder parecen tener el peso, lo necesario para serlo. Debe ser algo en su pasado. Si fuera una de ellas, Ethel hubiese dicho que había conocido a la marquesa porque ellas estaban allá en el hotel. No, es como si fuera una idea, un fantasma.

—Alguien del pasado. ¿Pero quién? —pregunté y luego continué—. No nos desesperemos, porque cuando pueda hablar, lo dirá. Está enamorado de sí mismo y no se sabrá callar. Podrías escribir un nuevo libro solo con las ideas de este hombre. Lo que pasa es que tú no has leído con detenimiento sus conferencias Triggers sobre los detonantes del comportamiento ni conoces la gran tribuna de odio que significan algunas de sus campañas publicitarias, tal como me las mostró Elsa Wade. Todo eso es creación de un hombre sumamente narciso y hedonista…

Me interrumpió.

—También está lo del zodíaco. Me acaba de llamar el inspector Murray desde la casa de Roth, a quien pedí que volviera allí e hiciera una búsqueda más a conciencia, porque siempre puede haber algo que a uno se le pase por alto. No encontró nada en su casa en relación con lo del zodíaco. Solo ese cuadrito pequeño con el dibujo fechado en el año 1988. El del *yin-yang*. Todo es como si, para él, lo de los elementos del zodíaco significara poco. Es como Linda con el cuaderno de Ethel. No importa que lo tenga en su poder ni cuántas veces lo lea y lo hojee, eso no es de ella, es robado. Algo así creo de los elementos del zodíaco y de Roth. Nunca fueron de él, son el relato de otra persona.

—¿Dices que son ideas plagiadas? —pregunté.

No me respondió y sacudió la cabeza. Luego golpeó una vez con el puño el escritorio que nos separaba.

—¿No te ha parecido que Lawrence tenía algunos objetos incriminatorios en casa, como si no le importara, como si no tuviera miedo…?

—Porque no lo tenía. Ese es su debilidad, la prepotencia con la que actúa. Se creía fuera de nuestro alcance —me interrumpió.

—Roth dijo algo en la terraza del hotel. No solo tú piensas en este caso, porque yo también lo hago —le confesé—. Y en las conferencias lo repite con frecuencia. Era algo sobre «el origen de la pasión», que él había descubierto en Kissimmee, en Gatorland, sobre el lomo de un cocodrilo. Creo que por eso llamó a su agencia Lizard.

—¿El origen de la pasión? ¿Habló también del «germen temprano que todos llevamos dentro»?

—Sí. ¿Cómo lo sabes? ¿Has visto las conferencias de Roth?

—No, pero yo he oído eso antes. ¡No puede ser, Julia! —dijo cubriéndose la cara y los labios. Luego se llevó ambas manos a la cabeza.

Se levantó y caminó hacia mí. Después se alejó como si no

supiese a dónde caminar. Buscó su celular, que estaba sobre el escritorio, y llamó a alguien con desesperación.

—Detective Murray, usted ha sido el encargado del reporte de revisión de la casa de Lawrence Roth y aún está allí, ¿cierto? —Hizo una pausa y luego continuó—. Necesito que mire tras el cuadro, el que ha dicho que cuelga en la pared. Quiero que busque si hay alguna escritura o algo que se pudo haber pasado por alto —se calló, y luego dio las gracias y cortó la llamada.

—Dice que hay una firma pequeña, un nombre escrito, algo como «Neil».

—¿Neil? ¿De qué estás hablando…? —pregunté confusa.

—Por eso hubo esa repetición de asesinatos basados en el elemento tierra, por eso en el rostro tan blanco de Roth había pruebas de haber llorado… No tendría por qué hacerlo si iba a asesinar a Neil solo por ser un informante. Era más como el dolor de Linda Smith al hablar de Ethel Jones; la desesperanza de saber que ya el *yin-yang* se había desdibujado para siempre. Allí comprendió que Neil Duggan actuaba también por venganza y no solo por el vínculo entre ellos. ¡Si no para vengarse de mí! ¿Por qué acompañé al jefe Norton el sábado en la rueda de prensa? Si no lo hubiese hecho, si hubiese permanecido de bajo perfil tal vez Roselyne continuase con vida…

Cuando terminó de decir eso salió corriendo, dejándome hecha un mar de confusión.

19

Pero enseguida volvió a la habitación.
—¿Quién es igual de inteligente o incluso más que Roth, pero, en apariencia, opuesto? ¡La clave es lo opuesto! ¡El *yin-yang*! ¿Quién es suave, sutil, para nada invasivo ni dominante como lo es Lawrence? Y él me lo dijo, usó esas mismas palabras, las del origen de la pasión y del germen. También la nombró a ella, a la agente de Ciberdelitos responsable de su averiguación, quien lo visitó y gracias a esa visita perdió el equilibrio, perdió a su esposa Any. Él había logrado sobrellevar oculto el uso que hacía de la Internet, pero nosotros, el FBI, lo descubrimos. La agente Nora Tomelty expuso su bochornoso uso frente a su esposa, así que lo perdió todo. Y yo he debido traducir esa sed de venganza que lo hizo acercarse a mí en el bar. Creo que venía de asesinar a Roselyne…
—¿Estás hablando de Neil Duggan? —pregunté incrédula—. ¿Dices que él asesinó a tu sobrina? —completé.
—Sí. Es él la marquesa para Roth. Debieron conocerse hace tiempo. Quizá desarrollaron una relación muy estrecha y en ella ya podrían existir algunos juegos imaginarios sobre

asesinatos. Es posible. Lo que queda claro es que les llamaba la atención lo del zodíaco chino, y la prueba es que Lawrence conservara el cuadro y que Neil lo firmara. Tal vez sea Duggan el que creía o cree en esas ideas taoístas. No hay ninguna razón para que Neil Duggan y Lawrence Roth repitan exactamente las mismas palabras, a no ser que hayan compartido algo. Duggan me ha dicho que no conoce a Roth y esa mentira tan innecesaria es determinante. Él debe ser la razón por la cual Roth asesina.

Lo que Hans decía explicaba lo del elemento duplicado, que hubiese dos chicas «tierra». No era tan alocado pensar que a Roselyne la había matado Duggan para vengarse del FBI y de Hans, y que esperaba tapar su crimen a través de los cometidos por Lawrence. Tampoco que Neil fuese el asesino de Viola. Algo dentro de mí me decía que para que Viola confiara en él debía ser un hombre diferente a Lawrence, no tan masculino. Podrían estar jugando y alternar asesinatos uno a uno, haciendo realidad sus deseos de adolescentes si lo que decía Hans era cierto.

Volvió a salir y activó todas las alarmas porque pensaba que había que salvar a la agente Nora Tomelty. Estaba seguro de que Neil Duggan iría por ella, como su última acción.

Pero fue inútil, aunque nos movimos rápido, cuando llegamos al piso de la agente solo encontramos la casa vacía, y un fox terrier alerta.

Nora Tomelty había desaparecido y yo no quería imaginar lo que le haría Duggan bajo el último elemento zodiacal, el espantoso signo del metal.

20

—Has llegado —dijo Neil a Lawrence Roth, abriendo del todo la puerta de su casa para que pudiera entrar.

—Aquí estoy, pero no creo que tu bienvenida sea la adecuada después de tantos años sin vernos, y de comunicarnos solo por correo. ¿Qué te ha parecido la última? Brenda. No es por competir contigo, pero creo que ha estado mejor que Roselyne —respondió Lawrence entrando a la casa, cerrando la puerta y siguiendo al amigo de su adolescencia, quien se había convertido en su obsesión.

Lawrence estaba emocionado, había iniciado la serie de asesinatos para volver a relacionarse con Neil Duggan o Sony como lo llamaba cuando eran adolescentes. Lo jugó todo a que, de esa manera, Neil se interesaría en él y lo había logrado. Pero no le gustó que Sony matase a la sobrina del agente que llevaba el caso. Quería que le diera una explicación de por qué había hecho eso. En ese momento, cuando iba a empezar a increparlo, Lawrence vio la foto de Neil con su esposa, una mujer que sonreía, y sintió unos asfixiantes celos.

Los dos hombres caminaron hasta llegar al salón.

—¿Puedes explicarme por qué mataste a esa chica? A Roselyne. La verdad es que no te entiendo, Sony —exclamó Roth con voz infantil.

Neil lo miró con desdén.

—Aunque no lo parezca, eres débil, amigo. Yo siempre lo he sabido, que detrás de esa apariencia de hombre duro hay un ser endeble. Crees que puedes pedirme explicaciones.

Sonrió Neil.

—Claro que puedo pedirte explicaciones, porque este juego es de ambos, nos pertenece a los dos —respondió Lawrence.

—No es cierto. ¿Quién tuvo la idea de asesinar a aquellas chicas que veíamos en los parques temáticos cuando éramos unos adolescentes? ¿Quién elaboró la clasificación de acuerdo con el zodíaco en aquel entonces?

—Tú, pero yo contribuí. Además fui yo quien inició los asesinatos.

Estaban de pie en el salón. Uno frente al otro mientras discutían, cerca del sofá y las poltronas.

Lawrence continuó hablando.

—Creo que lo has arruinado, asesinando a la sobrina del agente. Cuando me enviaste el video y me decías quién era, no podía creerlo. También ha sido un error venir aquí… —dijo Lawrence con amargura.

—Tú lo has dicho, no yo —respondió Neil y movió los hombros hacia abajo.

Lawrence intentó abrazarlo, pero Neil lo esquivó. Se tumbó en el sofá que estaba justo detrás de él y metió la mano entre dos cojines y tomó con rapidez un arma.

Lawrence se había quedado de pie, pero le daba la espalda.

Neil lo apuntó. Cuando Lawrence volteó, vio a Sony, a su única obsesión amenazándolo, apuntándole…

—¿Por qué haces eso? —preguntó, llorando.

—Porque ya no soy el mismo que tú recuerdas. Desde que mi mujer se fue, algo se rompió. Tú no conseguiste a nadie, pero yo sí. Y fue tu culpa que se fuera. Tuya y de esa agente Tomelty. Tú, que creaste esa maldita Dark Ring. Porque siempre al final muestras que no tienes estilo. Como aquella vez que creíste que pagarle a aquellos chicos para que se hirieran un poco los brazos iba a gustarme.

Lawrence miraba el arma.

—¿Vas a dispararme? ¿Ahora vas a dispararme? Después de que usaste la Dark Ring a tu antojo y de que me seguiste el juego de los asesinatos, matando a Viola y a Roselyne. ¿Por qué no aceptas que todo esto te ha gustado tanto como a mí? No tenías por qué seguir el juego y lo hiciste.

—Mira quién habla de aceptar. Tú, que me confesaste en aquel correo que disfrutaste asesinando a Ethel porque era una entrometida y te había dicho que estabas obsesionado con alguien del pasado.

Lawrence, sin importarle que Sony lo apuntara, dio dos pasos intentando acercarse a él, y Neil le disparó. Cayó sobre un sillón y lloró como un niño. Sony lo había traicionado.

Neil Duggan, quien continuaba con el arma en la mano, buscó el celular en la mesita auxiliar junto al sofá, y con la mano izquierda lo sostuvo. Usando el dedo pulgar escribió un mensaje a Hans Freeman.

Y luego esperó.

21

De camino al hospital, le pregunté a Hans qué creía que había pasado en realidad entre Lawrence Roth y Neil Duggan. Hans acababa de hablar con Rob y había confirmado que Duggan vivió junto con su madre un periodo corto de tiempo en Kissimmee, al lado de la casa de Lawrence.

—Creo que es un caso donde dos asesinos se encontraron siendo adolescentes y uno de ellos se obsesionó con el otro, pero ambos cuentan con deseos similares. Me atrevo a afirmar que Lawrence Roth ha llevado un papel más activo en esta asociación homicida. La comunicación entre los dos debió volverse a producir justo después de la muerte de Ethel, quien fue víctima de Roth. Lawrence debió colgar el video en la Red, quien ya sabría que Neil era usuario de la Dark Ring. Siempre estuvimos en lo cierto, tú lo estuviste cuando dijiste que los asesinatos eran como un mensaje para alguien. También eso nos dijo Kudary: cada asesinato era una unidad de símbolos, de significados que eran importantes para el asesino. Se trataba de algo que debieron imaginar cuando se conocieron. Luego, cuando Lawrence supo que Neil había visto el video de la muerte de Ethel, debió enviarle mensajes directos. Debió haber sido un gran momento para él. Y más aún cuando Neil le correspondió, porque me temó que Duggan también cometió algunos asesinatos.

—Neil pudo haber asesinado a Viola. Siempre me pareció que un tipo como Roth no le hubiese sido a ella simpático, en cambio, alguien como Neil tal vez sí —lo interrumpí.

—Exacto, supongamos que jugaban a una alternancia y que, como dices, Neil continuó el juego de Lawrence y asesinó a Viola. Se intercambiarían videos y comentarios en relación con ese asesinato. Luego Lawrence asesina a Loredana.

Volví a interrumpirlo.

—Creo que una chica como imagino a Loredana podría sentirse bien con alguien como Lawrence. Estoy de acuerdo contigo en que ese asesinato debió ser suyo. Además, ella era *camgirl* de la Dark Ring, y esta, a todas luces, estaba controlada no por Trevor, sino por el propio Lawrence.

—Hasta allí todo iba según lo había previsto Lawrence, alternándose los asesinatos. Pero entonces Neil mata a Roselyne, y esta no se correspondía con el tipo de chica adecuada para el elemento tierra. Creo que desde ese momento se distorsionó la relación, a los ojos de Lawrence. Debió intuir que la motivación de Neil iba más allá: debió haber comprendido que Neil quería vengarse del FBI, de la gente que lo había separado de su esposa, cosa que ya él debía saber por la comunicación que mantenían. Por lo tanto, Roth debió comprender que ella debía ser más importante que él para Duggan.

—¿Crees entonces que ese fue el verdadero detonante para convertirse en asesino para Neil Duggan? ¿La pérdida de su esposa? —le pregunté.

—Es posible. Neil es un hombre reprimido y viven dos fuerzas antagónicas dentro de él: Lawrence y Any. Creo que atraviesa una crisis que culminará en la autodestrucción. Una parte de él odiaba a Lawrence porque le mostraba lo que él era, lo que una parte de él era, precisamente esa parte que lo había separado de lo que quería ser, un hombre normal junto a Any. Me temo que lo invitó a su casa para destruirlo, luego mataría a la agente Tomelty, y luego se suicidaría.

—¿Y entonces por qué te escribió el mensaje y no mató a Lawrence?

—Creo que al final no pudo hacerlo, quiero decir, no pudo asesinar a Lawrence. Si hubiese querido matarlo, en realidad Roth no estaría vivo. No actúa con claridad. Duggan está dentro de una espiral destructiva y no se detendrá hasta terminar con la agente y con él mismo, si no lo encontramos —me respondió, convencido.

Llegamos al hospital. Subimos al segundo piso y apenas abrió el ascensor vimos a dos agentes de policía cuidando la entrada a la habitación número 215.

Caminamos por el pasillo y yo llevaba conmigo la firme determinación de sacarle a Roth la información necesaria para salvar una vida.

Le pedí a Hans que me dejara hablar a solas con él. Él mismo había dicho en una oportunidad que la traición podía ser un móvil poderoso y, por sobre todas las cosas, ahora Roth era un hombre traicionado. Pensaba aprovecharme de eso, y prefería estar sola para hacerlo.

Entré en la habitación y lo vi.

Era otra persona, una consumida por la fatalidad. Estaba acostado en la cama, con la cabeza haciendo un leve ángulo, apoyada en dos almohadas de fundas celestes.

—Hice todo lo que pude… —me dijo como si le hablara a una amiga.

Me aproximé y le mostré en mi celular la tabla que Kudary nos había enviado.

—¿Cómo dieron con eso? —preguntó con una leve emoción en la mirada que se extinguió de inmediato.

—No importa, Lawrence. Tienes que recordar algo que me ayude. ¿A dónde pudo llevar Neil a la agente Tomelty?

—Antes creía que lo conocía, pero ahora no.

—Haz un esfuerzo —le pedí, parada junto a él, al borde de la cama.

—Pregúntale a Any, a su querida esposa… —dijo resentido.

—Te lo pregunto a ti. Ella no sabe nada de él. Solo tú lo conociste tal cual es. La relación entre ustedes es especial. Ya sabemos que vivió en Kissimmee unos meses junto a tu casa. Lo hemos comprobado. Por favor, recuerda qué pudo haberte dicho en el pasado que nos dé una pista, cuando hablaban de asesinatos ligados al elemento «metal» —le pedí. Sabía que tenía que hacer hincapié en el vínculo especial que creía que tenía con Duggan.

—No sé cómo han logrado saber eso. Él tenía mucha imaginación, pero no se atrevía a liberarla, en cambio, yo sí. Disfrutábamos mucho imaginando asesinatos de las chicas que iban a Orlando, de acuerdo con sus ideas de los elementos del zodíaco. Y no tengo ningún problema en reconocer que yo he matado por eso… Una vez me dijo que le gustaría ver a dos personas hiriéndose, y que cobraran por ello. Entonces le mostré una vez a dos chicos a los que contraté para que se autolesionaran y me hizo creer que no le había gustado, pero sé que sí, que nunca lo olvidó. El asesinato del metal por el cual me pregunta lo imaginábamos en una fábrica que quedaba cerca de casa, en Kissimmee. Una que estaba abandonada y era de vigas de metal. Recuerdo las letras celestes del aviso torcido en la puerta.

Di la vuelta y salí deprisa del cuarto.

Escuché su voz detrás.

—¿La he ayudado? Ahora lo odio y quiero que lo atrapen. Se empeñó en ser uno más del montón intentando vivir una vida normal. Quiero que lo atrape usted misma. Fui a su casa y no me recibió como esperaba. Fue una trampa para mí…

Yo continué caminando sin voltearme.

—Sería muy interesante que me visitara en la cárcel. Le aseguro que puedo ayudar como nadie a estudiar la mente que ustedes llaman «criminal». Hasta podría ayudarle a comprenderse a sí misma, porque, desde que la vi, sabía que usted no estaba allí por trabajo, que algo interno la mueve, una pasión distinta.

Como las cucarachas voladoras fuera de su hábitat, ahora Lawrence Roth era un espécimen extraño, repulsivo. Era la ruina de un delirio de grandeza reducida a cenizas. Uno que de manera vertiginosa condujo al asesinato y a la tragedia de muchos y que había terminado por destruirse a sí mismo.

No me detuve. Lo importante era salvar a la agente Tomelty. Creía saber dónde la tenía porque siempre me fijo en los anuncios de las calles cuando voy en un auto. No puedo dejar de hacerlo, desde niña.

22

Una mujer estaba atada a una silla junto a una mesa manchada. Sobre esa mesa había una montaña de un polvo gris que olía a metal. Junto al montón metálico y granulado que hacía una pirámide de medio metro de altura había un pequeño embudo de color blanco.

Neil Duggan estaba sentado frente a ella.

—Se supone que debes ser fuerte, Nora, según el elemento del zodíaco que te corresponde —le dijo al ver que sus ojos estaban llenos de lágrimas.

Ella movía la cabeza sin parar e intentaba gritar, pero solo emitía un ruido gutural y desagradable, por la mordaza.

—¿Sabes algo del zodíaco chino? No lo creo, porque tú solo sabes destruir el equilibrio que otras personas han conseguido con esfuerzo. Te voy a contar lo que es eso —dijo Neil señalando lo que estaba sobre la mesa—. Es una mezcla de aluminio y plomo. Sé algo sobre eso y no voy a mentirte: tu muerte será dolorosa, pero nadie la verá. Yo no soy como Lawrence, que siempre necesitó tener espectadores, y terminó siendo solo un ladrón, un bufón. A mí me basta con hacer las cosas para mí mismo.

Se acercó a Tomelty. Ella miró sus guantes negros y gruesos. Se veían aún más aterradores cubriendo sus manos pequeñas. Le parecieron los miembros de un monstruo. Estaba fuera de sí porque sabía que iba a morir.

—Todavía me pregunto, Nora, por qué no pudiste llevar a cabo tu investigación sin que mi esposa se enterara. Yo te lo pedí. ¿No lo recuerdas?

Hizo el ruido, con la punta de la lengua y el paladar, que solía hacer cuando desaprobaba algo, y se acercó todo lo que pudo a la agente.

—Los peces mueren por la boca, dice un refrán que escuché una vez. Y es divertido porque son ellos quienes se envenenan por ingerir mercurio, que también es un metal...

De pronto, un sonido hueco destruyó la satisfacción de Neil Duggan.

La puerta se abrió y un hombre vestido de negro, portando un arma, le apuntó.

Neil levantó las manos y no pudo mirar a los agentes a las caras, su mirada se quedó detenida en el embudo que descansaba sobre la polvorienta mesa. No podía creer que su venganza no se consumara.

Detrás del hombre que irrumpió en la habitación venía Hans Freeman.

Julia había recordado que justo antes de llegar a casa de Duggan había visto un anuncio de una escuela abandonada. Aunque no era una fábrica de vigas como la que había recordado Lawrence, contaba con un anuncio desvencijado y torcido como el que describió. Ella pensó que podía ser el lugar cercano y deshabitado donde mataría a Nora Tomelty, la última de la secuencia de los elementos del zodíaco.

23

Iba camino a Wichita y pensaba en las personalidades de Lawrence y de Neil. Estuve presente en la confesión que hizo este último, y también fui al lugar donde pretendía envenenar a la agente Tomelty. Sentí escalofríos al ver aquella montaña de metales. Él también asesinó a Roselyne, la sobrina de Hans. Era un criminal con gran sangre fría, tan peligroso como Lawrence Roth. Los asesinatos de Ethel Jones, de Loredana Lange y de Brenda Miller sí fueron obra de Roth. Después de todo, sí había dos asesinos, aunque uno de ellos no tenía nada que ver con Lizard. Lo de las ropas de Loredana idénticas a las que creaba Elsa había sido porque, en efecto, Roth era el cerebro tras la Dark Ring y se servía de todo lo que hacían en Lizard. Tal vez Elsa estaba al tanto de lo de las *camgirls* o tal vez no. Yo creo que sí, pero se hacía la vista gorda. Haría cualquier cosa para mudarse de Brooklyn a Manhattan. En cambio, creo que Sharon no imaginaba la verdad sobre Lizard y Lawrence.

Para mí es un misterio esa pasión que se desencadena entre personas tan diferentes como Roth y Duggan, que crean un vínculo mortal que permanece aunque el encuentro entre ellos se haya dado mucho tiempo atrás y haya sido prácticamente frugal.

Ahora lo sabíamos todo: Lawrence y Neil habían sido vecinos en Kissimmee solo tres meses, pero eso bastó para que Lawrence se sintiera unido a él. Neil le había contado sus fantasías homicidas, unas que tenían que ver con los elementos del zodíaco. Y ese fue el origen de todos los asesinatos, el germen temprano...

Neil confesó haber asesinado a Viola y a Roselyne Dawson, a esta última para vengarse de Hans por ser el agente del FBI encargado del caso del asesino de la Red, pero no le fue suficiente y guardaba lo mejor para el final aunque le descubrieran: asesinar a la agente que lo visitó en casa e hizo que su esposa lo dejara. Lawrence deseaba el nexo con Neil de una manera obsesiva. Pero Neil, aunque le siguió el juego, no sentía lo mismo y al final utilizó a Lawrence para sus fines. Era cierto que disfrutaba ser la otra mitad de la pareja asesina, que cuando Lawrence le envió el video de Ethel a manera de invitación, para que comenzaran los asesinatos basados en las ideas del zodíaco de su cuaderno, se sintió complacido y planeó él el próximo asesinato, el de la chica madera. Y que debió haber disfrutado mucho la comunicación que Lawrence había reiniciado, basada esta vez no en asesinatos imaginarios, sino reales. Digo que Neil utilizó a Lawrence para sus fines porque, además de que incluyó a la sobrina de Hans en la lista de víctimas, estuvo a punto de matarlo, como si no le importara su vida. Aunque puede que quisiese dejarlo vivo y luego intentar convencerlo, cuando Lawrence lo perdonara, porque de seguro lo haría, de que afirmara que la muerte de la agente había sido obra de un aprendiz de Lawrence. Hubiesen construido un asesino inexistente para confundir al FBI. Tienen ambos una imaginación prodigiosa y el corazón de piedra. Son peligrosos como hienas y hábiles para usar a la gente.

Lawrence también utilizó a Jeff Trevor para mantener la Dark Ring, que en el fondo era su idea. El alimento de Roth siempre fue buscar la caída de las personas, hacerlas flaquear, someterlas a retos y angustias innecesarios, como había hecho con Sharon, que la amenazó con decirle a Elsa que era la amante de Reginald. Se recreaba en el sentimiento de culpa de los padres de Donna porque debía saber que fue un acto de negligencia el accidente de la niña. De seguro la misma Elsa se lo había confesado en algún momento. Lo que creo que pasó con la niña fue que Elsa estaba muy ocupada entre su trabajo y las sospechas sobre la infidelidad de Reginald esa noche en el hotel, y él estaría con Sharon. La pobre Donna no tenía quien se ocupara de ella. No creo que ninguno de ellos propiciara el accidente, y después de que este ocurrió, cada uno comenzó a sentirse culpable a su manera. En el caso de Reginald, el desequilibrio debe haber sido mayor, hasta el punto de culpar a Elsa y a su mundo, es decir Lizard, en aquella llamada anónima.

Roth también sometía a Jeff porque conocía sus inclinaciones sadomasoquistas y lo utilizaba para que reclutara chicas muy jóvenes en el lucrativo negocio de la Dark Ring. Efectivamente, Jeff Trevor conoció a Loredana Lange producto de su contrato como *camgirls* y había tenido sexo con ella y le arrancó un mechón de pelo la última vez que estuvieron juntos. Lawrence lo sabía y no le importó porque quizá le fuera útil esa relación y ese mechón, por si había que buscar un sospechoso para sus asesinatos. Roth era un hombre movido por el odio y la necesidad de ejercer un cruel poder sobre los demás. Un caníbal de los afectos. Eso era lo que estaba detrás de Lizard y la esencia de Triggers. La más pura sonrisa de Tánatos…

Fue muy hábil para esconder su identidad en la Dark Web. El ardid de Lawrence para matar a Brenda también fue increíble. Había contratado a un actor de segunda de su misma contextura y altura que consiguió en Internet, le había pedido que se cortara el pelo como él y lo pintara del mismo color, y se hiciera pasar por él al salir de una cafetería y volver a Lizard. La vigilancia que teníamos debía ser discreta y tanto los agentes como nosotros no llegamos a bajarnos de la furgoneta. Nos engañó como a tontos. Cometimos el error que Lawrence esperaba que cometiéramos. Luego ese mismo hombre llamado Alan Sutherland fue asesinado por Lawrence, para que no hablara. Le había dado unas pastillas tóxicas, prometiéndole que eran «especiales» y también el impermeable amarillo. Le convendría que al encontrarlo se pensara que él era el asesino de la Red porque ya Trevor había muerto. Tal vez la inteligente Ethel vio esa doble naturaleza en Lawrence. Era un hombre extraordinariamente atrayente y masculino, pero Ethel tuvo la sensibilidad para descubrir que había un lado oculto casi sumiso, un lado oscuro que estaba subyugado por otro tipo de hombre, diametralmente opuesto pero igual de atractivo, porque Neil Duggan es un hombre con un gran encanto para las mujeres. Ese nuevo tipo con apariencia de niño, sensible, detallista, que encarna a tu amiga de la adolescencia, del cual no tienes que cuidarte. Tal vez la misma Ethel lo hizo darse cuenta a Lawrence de su obsesión y por eso fue su primera víctima.

Era cierto que aquella caricia del video de Ethel era la clave. La caricia de alguien que no puede sentir afecto por quien llega a conocerlo de verdad. Ahora pensaba cómo lo había visto en el hospital y me quedaba sin palabras. Era un hombre arruinado porque Neil Duggan lo había usado. Si Duggan había perdido cuando su esposa Any se fue, Lawrence perdió todo cuando Neil casi lo mata. Todo el esfuerzo que Roth puso en hacer los videos de sus asesinatos y colgarlos en la web para exhibirse ante Duggan, para mostrarle que él podía por medio de las imágenes lograr la representación perfecta de las fantasías de antes, que podía recrear a la perfección a las chicas tierra, madera, agua y fuego, había sido en vano porque su compañero, la otra parte de la unidad del *yin-yang*, intentó asesinarlo. Pero Duggan también estaba destruido y pagaría por sus crímenes. Tal vez sea cierto que cada parte del *yin-yang* separada de la otra significa la destrucción, y que debemos aceptar nuestras luces y sombras tal como son, sin esconderlas ni negarlas, para que no sean anclas que terminen ahogándonos.

Por eso yo viajaba a Wichita. Necesitaba contarle a mamá lo que había pasado con Richard.

La encontré sentada en el porche. Me saludó con cariño, como si fuese una agradable sorpresa para ella verme. Me dio un beso y un fuerte abrazo, y de pronto me sentí muy cerca de Maggie —mi madre—, y se agolparon en mi memoria muchos fragmentos agradables del pasado: sus manos, su risa, su pelo largo y bonito, el sabor del pastel y de su guiso de carne. Lloré como una niña pequeña y ella me consoló sin decir nada, solo manteniendo el abrazo.

—Fui yo, querida Julia. Yo maté a Richard. Tú lo empujaste, pero estaba vivo. Ya no podía seguir soportando el monstruo que era. Fue lo mejor para él. Así que el verdadero engendro soy yo. ¿Quién mata a su propio hijo? —me preguntó entre sollozos.

No podía creerlo.

—Tomé uno de los cojines de la sala y fue fácil. Me acerqué y tapé su cara y esperé. Iba a parar a la cárcel más temprano que tarde o tal vez terminaría asesinándote, y yo no quería eso... Siempre te he querido tanto, pero no sé cómo hacértelo saber. Eres todo lo que yo no soy. No sabes lo que es vivir con miedo porque eres tan valiente…

La abracé con mucha fuerza y agradecimiento. Me sentía liberada y a la vez me pareció muy irónica la vida: yo cazaba criminales y quería con locura a una asesina. Jamás la delataría porque lo mató para salvarme a mí.

Luego nos sentamos en las sillas que mamá ha conservado en el corredor lateral de la casa y que desde niña eran mis preferidas. Tienen un tejido bonito y un velero dibujado en el espaldar. Allí nos quedamos disfrutando de ese silencio cercano que hacía que mi casa resultara un lugar apacible, dulce. Creo que fue la primera vez que mi madre y yo sentíamos lo mismo. Yo también quería que tuviésemos armonía, como dijo Ernest, su padre, que deseaba Viola, y recordé su planeta inconcluso y aquella jaula abierta pintada en la pared de su cuarto.

Mi madre quebró el silencio un tiempo después, tocando con sus bonitas manos la tela de su vestido blanco, como acariciándolo.

—He apostado con tu hermano Patrick con relación a tus sentimientos hacia el doctor Lipman. No sé por qué no has tenido el suficiente valor de decirle de una vez que te interesa. No paras de hablar de él. Patrick me ha contado todo lo que dices…

No pude hacer otra cosa que reírme, ella también lo hizo y me regaló esa misma cara que yo veía de niña y que tanto me gustaba.

Algunas veces es estupendo mirar al pasado y quedarse con lo bueno. En ese momento supe que en poco tiempo le confesaría a mamá que ahora era agente del FBI.

Pero entonces dijo algo que me sacó de mis pensamientos.

—Margaret Bau ha estado viniendo. O, mejor dicho, estuvo haciéndolo, pero desde hace más de una semana se ha ido de casa. Parece que está viajando y su madre cree que a Nueva York. Pero a Dorothea la noto muy a la defensiva, hasta ha dicho que no le va a permitir a nadie que digan que su hija está loca… No entiendo muy bien por qué te aprecia tanto si para ti siempre ha resultado antipática, y además yo juraría que siempre estuvo enamorada de ese asesino, de Frank Gunn, quien gracias a Dios se está pudriendo en la cárcel. Y mira que lo del hermano fue raro, tal vez el chico estaba metido en mafias, porque eso de cortarle la cabeza —dijo mamá, apretando los labios.

Mientras ella continuaba hablando, se me iba ocurriendo algo terrible y necesitaba comprobar si era cierto. De súbito recordé a aquella mujer que tropecé al salir del hotel en Manhattan antes de subir a la patrulla. La que me pareció conocida, que iba vestida con ropas pasadas de moda. Y las palabras de mi madre adquirieron un macabro sentido. ¡Era Margaret!

∽

Hans esperaba en la penitenciaría de Wichita. Su camisa estaba empapada a la altura de la espalda y debajo de los brazos.

Lo vio venir hacia él, pero le costó reconocerlo.

Solo verlo así, tan miserable, le sirvió para liberarse. Era una piltrafa humana y no tenía nada que ver con el Terence Goren de sus recuerdos, el que todavía estaba metido en su cabeza y sobre todo en su cama durante el insomnio y la culpa que le atacaba cada noche.

Caminaba despacio. Era un hombre calvo y enfermo. Sobre todo, un ser cautivo, en cambio, él era libre.

Fue la última vez que el recuerdo de Ray —el chico que casi matan— le hizo daño a Hans.

Supo que ese *flashback* de la agresión a Ray iba a ser el último, porque Ray ahora, donde estuviera, podría ver la diferencia abismal entre Goren y él.

Apenas se sentó frente a Hans, este se levantó y se fue.

—¿Para qué coño me has hecho venir? ¿Quién eres y por qué te vas? Yo no te conozco —dijo Terence Goren.

Hans Freeman ya no estaba en compañía de los fantasmas del pasado cuando llegó de nuevo a su auto. Al contrario, se sentía liviano. Tomó el celular y llamó a Fátima para preguntarle si podrían verse pronto.

24

Llevaba puesto un vestido corto y ajustado, con escote americano y un dije alargado que llegaba a la mitad de mi torso. Los labios más rojos que nunca y los ojos maquillados con sombras de color cobre y bronce. Me había calzado unos zapatos plateados con tacón de aguja, y estaba sentada en la barra, esperando.

Me encontraba en el Hard Rock Cafe, en el que tenía una historia importante para mí. Donde Tim solía cantar. De pronto, fue como volver a verlo cantando aquella canción de Elvis Presley, e inclinarse hacia un lado sosteniendo el micrófono. Siempre hacía eso cuando subía al escenario. Lo recordé entonando *Can't Help Falling in Love* y riendo. Esos recuerdos de Tim me daban fuerza para continuar hacia lo que estaba a punto de hacer.

Un hombre se me acercó y me dijo unas palabras. Entablamos conversación y pedimos vino. Luego de unos minutos iniciamos un juego corto, pero intenso, de coqueteo y seducción. Al final, nos intercambiamos los números de teléfono. Salí de allí y el hombre también lo hizo, pero él tomó un camino distinto al mío. Continuó andando despacio en dirección al teatro Ford.

Me oculté tras los contenedores de basura, junto a la parada del autobús en la esquina de la tienda de recuerdos. Pasó un Volkswagen Polo color rojo muy despacio, siguiendo al hombre que me habló. Hice la llamada y enseguida, frente a mí, apareció el auto blindado que esperaba. Me subí a él y desenfundé la Glock. Era mi primera vez, pero estaba decidida a continuar.

Cuando el hombre llegó al lugar indicado, a unas cinco cuadras del teatro y cerca de la avenida New York, se detuvo y sacó una llave del bolsillo de su pantalón. La mujer que venía siguiéndolo se bajó del Volkswagen con rapidez y yo también lo hice. Apuntó al hombre, pero yo fui más rápida y disparé a su pierna izquierda.

El hombre volteó y miró a la mujer herida y tendida en la acera: era Margaret Bau.

Ella había asesinado a Tim y al hombre del hotel en Nueva York. Era la tejedora de la muerte en torno a mí. Su móvil era la venganza, así como también lo era el de Neil Duggan, más no el de Lawrence Roth.

En este último caso, era la obsesión que no logró dejar en el pasado. Yo tuve la idea de que esa era su motivación esencial en el avión privado mientras escuchaba a The Police y recordaba las nubes del boceto de Viola. Es extraño lo que uno siente cuando visita los cuartos de las víctimas de los asesinos seriales. Es una conexión con personas que ya no existen, pero que parecen no dejar de estar presentes en nuestras cabezas. Para mí será difícil de olvidar el cuarto de Viola, y lo que la movió a pintar aquel mural quedará en mi memoria como ese deseo de libertad que en algunas personas es más fuerte que en otras. Eso fue lo que aprovechó Neil Duggan, y se presentó como un ser inofensivo y sensible, como encarnando todo lo que era importante para Viola. La animó a dibujar lo que pensaba, a revelarse a la rigidez de sus padres; sabía lo que sentía una chica como Viola porque él también debió haber sentido algo parecido cuando ideaba sus asesinatos imaginarios y los representaba en su cuaderno. Lo que pasa es que la mayoría de las personas resolvemos nuestros deseos de libertad sin tener que quitarle la vida a nadie más. Solo los psicópatas lo hacen así y encuentran en la muerte de los otros satisfacción. Los psicópatas como Margaret Bau.

Margaret confesó haber organizado el rapto y el asesinato de su propio hermano Elvin, y los otros crímenes que había cometido para dejarme claro que amaba a Frank y que era su aliada. Haber sido la autora intelectual del rapto de Elvin Bau en complicidad con Frank, haberlo sometido a una tortura constante, amputando miembros de su cuerpo y luego, cuando Frank fue detenido, haberlo matado, envenenándolo —según sus propias palabras— solo porque era el preferido de su madre desde siempre, deja claro que es el diablo en persona, pero que a pesar de eso era presa de una inmensa pasión por Frank Gunn. Eso la hacía odiarme a mí de una manera desmesurada.

Pensé que no era mala idea que leyera las obras maestras de la literatura que se basan en esas pasiones humanas que pueden determinar los crímenes actuales. Recordé algo que oí en el cine Dorian, sobre el amor en la adolescencia y la idealización del otro como la razón de la perdición. También lo errado que es intentar destruir la unidad de lo oscuro y lo brillante, como decía Hans sobre el *yin-yang*. Fue lo que le pasó a Lawrence y también a Duggan. Negaban una parte de su naturaleza y la aprisionaron tanto que se convirtieron en asesinos.

Ahora acabo de llegar a casa con la novela de Pierre

Choderlos entre las manos y creo que comenzaré a leerla de una vez. Aunque antes tomaré una gran copa de vino tinto y brindaré por la resolución de mi primer caso como agente graduada. Brindaré por las víctimas, pero, sobre todo, porque logramos hacer justicia y atrapamos a sus asesinos.

FIN

Julia y Hans regresan para resolver un nuevo caso en la cuarta novela de esta serie: *Malherida*. Adquiérela aquí: https://geni.us/Malherida

NOTAS DEL AUTOR

Espero hayas disfrutado la lectura de esta novela.

Si te gustó mi obra, por favor déjame una opinión en Amazon. Las críticas amables son buenas para los autores y los lectores... y un estudio reciente (realizado por mi persona) también indica que escribir una opinión positiva es bueno para el alma ;)

¿Sabías que ahora también puedes disfrutar de mis historias en audiolibros? Te invito a gozar de esta experiencia con mi relato *Los desaparecidos*. Escúchalo **gratis** aquí: https://soundcloud.com/raulgarbantes/losdesaparecidos

Puedes encontrar todas mis novelas en mi página web: www.raulgarbantes.com

Finalmente, si deseas contactarte conmigo puedes escribirme directamente a raul@raulgarbantes.com.

Mis mejores deseos,
Raúl Garbantes

- amazon.com/author/raulgarbantes
- goodreads.com/raulgarbantes
- instagram.com/raulgarbantes
- facebook.com/autorraulgarbantes
- twitter.com/rgarbantes

Made in the USA
Middletown, DE
15 April 2025